몬타우크

Max Frisch

서양문학의 향기 08

몬타우크

막스 프리쉬 소설

막스 프리쉬 · 이정린 옮김

고려대학교출판부
KOREA UNIVERSITY PRESS

Montauk. Eine Erzahlung

by Max Frisch

차례

이 책은 솔직한 책이다. 독자여. 책을 여는 순간 벌써 이 책이 오로지 개인적이고 사적인 목적에서 쓰였음을 알게 될 것이다… 나는 이 책을 친구들, 그리고 가족들이 개인적으로 읽도록 바쳤다. 나를 잃은 후 그 안에서 내가 살아온 방식과 심정을 다시 한 번 찾아볼 수 있도록… 그건 내가 묘사한 것이 나이기 때문이다. 이 책에서는 내가 저지른 실수들이 있는 그대로, 그리고 미풍양속에 저해되지 않는 한에서 솔직한 나의 본모습이 드러날 것이다… 독자여, 이렇게 내 자신이 내 책의 유일한 내용이다. 그대가 낸 시간을 천박하고 하찮은 대상에 허비한다면 그건 안 될 일이다.

1580년 3월 1일 몽테뉴

Overlook. 섬을 조망할 수 있으리라 약속하는 표지판. 여기서 멈춘 것은 그의 제안이었다. 최소한 백 대는 들어갈 수 있을 듯한 주차장. 지금은 텅 비어 있다. 아스팔트에 그려진 주차선 위에는 두 사람이 타고 온 자동차가 유일하다. 오전. 해가 비춘다. 주차장을 둘러싼 관목과 덤불. 그러니까 섬을 조망할 수가 없다. 하지만 관목 덤불 사이로 길이 나 있고, 두 사람은 그리 오래 상의하지 않았다. 그 길을 따라가면 확 트인 전망대가 나올 것이다. 그때 그녀가 다시 자동차로 되돌아갔고, 그는 기다린다. 두 사람은 시간이 많다. 주말 내내. 그는 자리에 서 있지만, 그 순간 자신이 무슨 생각을 하는지 모른다… 베를린이라면 벌써 오후 세 시인데… 보통 때, 그는 기다리는 걸 좋아하지 않는다. 하지만 그녀는 대서양을 보는 데 핸드백이 필요 없을 거라 생각했다. 그는 모든 것이 비현실적이라고 생각하다가, 잠시 후 분명한 현실로서 보게 된다. 관목 숲 속에서 살랑대는 바람 소리, 오솔길 위의 그녀의 바지(당연히 바랜 밝은 청색이다)와 두 다리, 수많은 잔가지 뒤로 그녀의 진한 붉은색 머리카락. 그녀가 자동차로 간 것은 소득이 있었다. Your Pipe. 이 말을 한 뒤 그녀는 다시 앞서 걷는다. 종종 빽빽한 나뭇가지 밑으로 허리를 숙인다. 그녀가 다시 몸을 일으켜 빽빽하게 나무가 들어찬 숲속으로 걸어갈 양이면 그가 똑같은 나뭇가지 밑으로 허리를 숙인다. 그 길은 오솔길 같은 것이다. 내내 분명하게 드러나 있지는 않다. 잡초가 무성하다. 처음엔 그가 앞장서 걸어갔다. 두 사람 다 이곳을 잘 알지 못했지만, 그는 남자니까. 도중에 늪 같은 웅덩이가 나와 그녀를 부축해야 했고, 거기서부터 그녀가 앞장서고 있다. 그도 원한 일이다. 그 때문에 그녀는 기뻐하고 있는 것 같다. 경쾌하고 빠른 걸음걸이로 알 수가 있다. 대서양은 그리 멀어 보이지 않는다. 갈매기가 여기저기 하늘 높이 날고 있다. 그는 걸으면서 파이프를 채운다. 그리고 무엇 때문인지 굳이 알려고 하지는 않지만 기이하다는 생각을 한다. 여기저기서 꽃 냄새가 풍긴다. 무슨 꽃이 피었는지는 알 수가 없다. 낯선 식물들이다. 그는 어느 때고 자동차를 다시 찾을 수 있다고 장담했다. 그리고 그녀는 그 말을 믿는 눈치다. 그는 파이프에 불을 붙이기 위해 잠시 멈춰서야 한다. 바람이 불어 성냥 다섯 개를 소모한다. 그 사이 그녀는 계속해서 걸어갔다. 그 때문에 한순간 그녀를 볼 수가 없다. 순간 젊은 그녀와 함께 걷는 이 길이 환상처럼 혹은 아련한 기억처럼 떠오른다. 원래 길 또는 길처럼 보이는 곳은 많다. 그래서 그녀는 멈춰 서 있었다. 이제 어디로 가지? 어제 그가 산 지도는 차 안에 두고 왔다. 그 지도 역시 이런 곳에서는 별 도움이 되지 않을 것이다. 두 사람은 태양을 따라 걷는다. 길은 대화를 하며 걷기엔 좁다. 주변을 둘러보니 옛날엔 숲이 우거졌던 곳이 아니다. 평생 이곳에 와 본 적은 없지만 낯설지 않았다. 그리스는 아니다. 식물이 그곳에 있는 것과는 전혀 다르다. 그래도 그는 그리스를 머리에 떠올린다. 그런 다음 쥘트 섬을 떠올린다. 그는 늘 무언가 기억난다는 것이 불쾌하다. 두 사람은 벌써 삼십 분이나 걸었다. 대서양을 보려는 것이다. 다른 볼일은 없고, 시간이 있어서. 그가 일 년 전 마지막으로 바다에 갔던 브르타뉴에서도 그렇지는 않았다. 바닷가 공기는 똑같다. 그가 그때와 똑같은 셔츠와 똑같은 신발을 하고 있을 수도 있다. 전부 다 일 년 전 일이다. 그는 그 물건들이 어디에 있는지 알고 있다.

몬타우크

라는 지명은 인디언식 명칭이다. 맨해튼에서 백십 마일 떨어진 롱아일랜드의 북쪽 끝을 일컫는다. 또 날짜를 지칭할 수도 있다.

1974년 5월 11일이라는.

잔가지들만 있는 건 아니다. 그것들은 길 위로 늘어져 있어 허리를 숙이게 만든다. 바닥엔 여기저기 마른 가지들도 놓여있다. 그녀는 그 위를 뛰어넘는다. 마른 체형이지만 앙상한 건 아니다. 청바지는 장딴지까지 접혀 있고, 자그마한 엉덩이엔 허리띠 없이 꼭 낀 바지를 걸치고 있다. 옆 주머니엔 빗이 꽂혀 있다. 그녀는 그보다 크지도 작지도 않지만 체중은 덜 나간다. 머리카락은 풀어 늘어뜨리면 엉덩이까지 닿는다. 지금은 높이 들어올려 매 놓아 걸어갈 땐 붉은 말총처럼 흔들린다. 길이 있는 곳에서 벗어나지 않게 조심하고, 나무가 빽빽한 숲에서 벗어나 그녀가 가는 길을 찾기 위해 여기저기 살피느라 그는 그녀의 모습을 간혹 가다 볼 뿐이다. 그녀의 밝은 블라우스가 햇빛을 받고 있다. 이젠 머리카락도 햇빛에 밝게 빛난다. 때로 길이 아닌데 계속 가야 할지 생각이 필요한 경우도 있다. 그녀는 가끔 돌이나 쓰러진 나무를 딛기 위해 걸음을 크게 내딛기도 한다. 다리가 길다. 하지만 걸음이 너무 커서 몸을 일으키기가 쉽지 않다. 혼자였더라면 머리카락을 어깨 뒤로 넘기기 위해 잽싸게 머리를 젖히는 동작을 취했을지도 모른다. 두 사람이 해안으로 가고 있는지 점점 더 의심스러워진다. 그래도 계속 걸어간다. 한참 지난 후 그녀는 밧줄 위를 걷고 있는 것처럼 보인다. 상체로 조심스럽게 균형을 찾고 있는, 줄 타는 댄서처럼 한 발 한 발 조심스럽게 내딛는다. 여전히 모래언덕은 나타나지 않는다. 하늘엔 갈매기도 없다. 그녀는 블라우스 소매를 걷어 올리기 위해 잠깐 멈춰 선다. 이곳 분지는 뜨겁다. 바닷바람도 없다. 지금은 두 사람이 나란히 서 있다. 둘이서 참여하고 있는 특이한 현재. 그는 자신이 두 손을 바지주머니에 넣고 식은 파이프를 입에 물고 있는 걸 발견한다. 그녀의 얼굴. 그는 그 얼굴을 잊지 않았다. 하지만 커다란 검은 안경을 쓰고 있어 두 눈은 보이지 않는다. 입술은 하루 종일 가늘게 닫혀 있는데, 때론 조롱하듯이 보인다.

How did I encourage you?

그녀가 이렇게 물은 것은 지금이 아니다. 어제 이쪽으로 오는 도중이었다. 분명 지금처럼 그가 그녀 옆에 서 있다는 사실에 그녀 역시 그와 똑같이 놀란 것이다.

When did I encourage you?

그는 오는 화요일 날짜로 비행기를 예약해 두었다.

처음 난 그녀가 인터뷰를 할 때면 흔히 동행하는 카메라 요정이라고 생각했다. 갑자기 웅크리면서 셔터를 누르는가 하면, 이렇게 앉아라 저렇게 앉아라 요구하며, 마침내 잊을 만하면 그때마다 다시 셔터를 누르는 일을 한 번, 두 번, 세 번, 네 번 반복하는 그런 사람으로 알았다. 하지만 그녀는 카메라가 없다. 별 볼일 없는 신문사에서 온 남자가 한 시간 내내 영어로 질문하는 동안 그저 곁에 앉아서 아무 말도 하지 않고 방해하지도 않는다. Have you been in this country before 등등. 신상에 관한 인터뷰. Are you married, where in Europe are you living, do you have children 등등. 이제는 이 모든 것을 젊은 이 여자도 알게 된다. 한번은 그녀가 바로 그 옆에 앉아 있어서 전화를 받아 깔끔하게 일을 처리한다. 고마워요. What are you going to write next, play or novel or another diary? 기분이 좋아진다. 이것은 늘 마지막 질문이고, 그게 아니라도 최소한 마지막에서 두 번째 질문이기 때문에. 난 미국의 독자들에게 말한다. 삶은 지루합니다. 난 오직 글을 쓸 때만 내 자신을 경험하게 됩니다. 사실 이건 농담이 아니다. 그래도 인터뷰하는 남자는 웃는다. 그녀는 웃지 않는다. 나중에 내가 그녀의 흰색 털 코트를 들게 될 때 예의상 다시 한 번 이름을 물어본다. 린. 그녀는 마치 내겐 이름만 필요하다는 듯 대답한다. 머리카락은 길고 묶지 않았다. 그 때문에 코트를 입을 때 약간 거추장스럽다. 하지만 내가 도와줄 수는 없다. 내가 관여할 일이 아니다. 한 가지 더 질문을 던진다. 마지막 질문. Do you consider yourself a doomed man? 나중에 그녀가 담배를 두고 간 것을 알았다. 라이터도 있었다. 이 주일 동안 램프 밑에 놓여 있다. 값싼 녹색 라이터.

실제로 여기서 내가 할 일은 무엇일까?

외투 없이도 다닐 수 있다. 눈보라를 맞으며 여기에 왔는데 곧 다시 봄이 되었다… 모퉁이의 여죄수 형무소는 헐려서 앙상한 갈색 벽돌 잔해만 남아 있다. 지금은 모래광장이다. 쇠줄로 둘러쳐져 있고, 울타리 안에 비둘기들이 구구거리고 있다. 그래도 비둘기들은 언제라도 울타리를 넘어 날아갈 수 있다. 그 밖에는 이 년 동안 변한 건 별로 없었다. 그때 심은 9번가의 작은 나무들은 예나 지금이나 가늘고 말라 있다. 그래도 푸르다.(엽록소의 강인

함이라니!) 다시 아침을 들게 된 간이음식점에서는 아직도 그때 사람들이 일하고 있다. 노란 택시, 거리 가장자리에 놓인 검고 반짝이는 쓰레기 봉지들, 붉은색 소방차의 사이렌 소리. 모두 다 그대로다. 호텔종업원들이 옛 고객을 알아봤다. Did you have a good time? 이 년 전과는 다른 방이지만 가구는 똑같다. 발을 올려놓을 수 있는 낮은 대리석 탁자, 노란 스탠드램프, 노란색 침대보, 신축성이 있는 초록색 양탄자, 오줌 빛깔의 편안한 소파, 같은 색 안락의자 두 개, 귀에 익은 에어컨 돌아가는 소리, 하지만 직접 끌 수도 있다. 미닫이 창문 둘은 일부 열 수 있고, 흰 창틀을 위로 올릴 수 있다. 창유리는 늘 지저분하다. 창 난간이 낮아서 거리의 교차로를 내려다보려면 조심해야 한다. 자신의 힘으로 하늘을 나는 것은 꿈속에서나 가능한 것이니까.

May I introduce you

그럴 때 난 이름을 흘려듣거나 듣고 나서 곧장 잊어버린다. 선 채로 대답하고는 누구에게 대답했는지 아는 때가 없다. 왜 이런 일을 하는 건지. 책 때문에 할 수 없다(라고 출판사는 생각한다)—

린

일을 핑계 대고 전화를 할 수도 있지 않을까. 저녁식사 정도는 가능할지도 모른다. 한 여자가 마음에 들자 이젠 무리한 요구가 아닐까 하는 생각이 든다.

허드슨 강 :

방파제 위로 한 쌍의 갈매기가 있다. 물속에 반사되는 모습과 함께 그들을 다시 보게 된다. 낡은 증기선은 여전히 닻을 내리고 있다. 닻줄엔 미역이 수염처럼 달려 있다. 헬리콥터도 지나간다. 바람이 분다. 검은빛 바닷물이 방파제에 부딪히며 철썩 소리를 낸다. 거기 있는 목재들은 이 년 전에 이미 썩어 있었다. 다음 날 떠날 것으로 보이는 커다란 흰색 화물선 하나가 고요하게 떠 있다. 아무 움직임이 없다. 스타텐담 호. 바람에 네덜란드 국기가 펄럭인다. 뒤쪽으로 낡은 고가도로가 놓여 있다. 지금은 수리 중이다. 당구도 칠 수 있는 어두컴컴한 작은 바도 아직 있다. Blue Ribbon이라고 쓰인 형광 간판이 해 질 녘 레몬주스처럼 붉은색을 띠고 있다. 서쪽으로 끈적끈적한 일몰이 막 시작된다. 그 앞으로 기다란 검은색 화물선이 한 척 떠 있다. 방파제 위에는 사람들이 몇 서 있다. 나처럼 한가한 사람들이다. 자전거를 탄 흑인 청년이 지그재그로 가고 있다. 그리고 맨 끝자리에 있는 나무판 위에 서로 껴안고 실루엣처럼 앉아 있는 한 쌍의 남녀. 개를 데리고 나온 노인. 주인 없이 서 있는 또 다른 개 한 마리. 길고 두꺼운 삼밧줄. 바람에 막 구르기 시작한 맥주깡통 하나.

미국 학예아카데미 :

일어서서 인사를 한다.

뉴욕현대미술관 :

어느 날 오전 내내 예술은 내버려 두고 정원에 앉아 있다. 혼자 있을 때면 나와 예술은 아무 관계가 없는 것 같다. 여기 몇 그루 나무 아래 앉아 있는 것을 즐긴다. 벌써 이십 년 넘게 이 정원에 (무어, 피카소, 콜더 등의 이름이 붙어 있다) 앉아 있는 셈이다.

1951년

1956년

1963년

1970년

1971년

1972년

도중에 또다시 몸이 더 가벼워진 것 같은 느낌이 든다. 장시간 걸어갈 때 중력이 감소된 것같이 아주 가볍다. 내가 깨달은 모든 것을 이루어 낼 수도 있을 것 같다. 난 그것을 말로만 하지 말고 행동으로 옮겨야 한다.

센트럴파크 :

믿을 만한 어떤 이가 저 유명한 다람쥐는 다람쥐가 아니라 나무쥐라고 가르쳐 주었다. 예전엔 여기도 다람쥐가 있었다. 나무쥐들은 다람쥐와 달리 붉은색이 아니지만 못지않게 귀엽다. 수분간 가까이서 이놈들을 지켜볼 수 있다. 그만큼 나무쥐들은 붙임성이 있다. 다람쥐와의 차이는 무엇보다 그놈들이 다람쥐의 싹을 말려 버린다는 데 있다.

화이트 호스 :

작가는 책으로 써 내기에 적합하지 않은 감정을 두려워한다. 그럴 때 작가는 자신의 아이러니를 기다린다. 자신의 모든 감각과 지각을 두고 과연 그것이 서술할 만한 가치가 있는가를 문제 삼는 것이다. 그러고 나서 어쩔 수 없이 결코 말로 표현할 수 없는 것을 체험하게 된다. 이런 직업병은 많은 작가들을 술꾼으로 만든다.

Sanitation :

난 여전히 너무 일찍 일어난다. 하루 일상이 시작되기 전에 사람들은 개나 강아지를 끈에 매어 거리로 데리고 나온다. 그때 개들은 오줌이나 똥을 싼다. 아침저녁으로 개를 위한 시간을 낸다. 가는 데마다 조심을 해야 한다. 이 사람들은 자기가 키우는 개에 매어 있다. 여기 사람들은 사랑이 필요한 것이다. 개에 끌려 변 냄새가 남은 곳을 찾아다니고, 비가 오더라도 느긋하게 기다린다. 신호등이 빨간색일 때만은 끌려 다니지 않고 다시 파란 불이 들어올 때까지 버틴다. 악취를 풍기는 지역. 개를 여러 마리 키우는 사람도 몇 있다. 사랑에 굶주린 지역. 회전빗자루가 달린 하얀색 도로청소차도 전부 다 치우지는 못한다. 찌꺼기는 늘 남아 있다.

Long distance :

한 여자가 전화로 울 때면 난 어찌할 바를 모른다. 무척 당황한다. 그녀의 손목을 잡아 줄 수 없다는 것 때문에 — 물론 그렇게 한다고 달라질 건 아무것도 없겠지만.

5번가 호텔 :

양탄자가(노란 램프 빛 없이도) 낮 동안은 내내 푸르게 보인다.

초록빛이 아니다. 지금 막 그 위로 햇빛이 들어온다. 경사진 사각형 모양으로. 하지만 발에 스미는 공기는 차갑다. 책을 읽었다. 그리고 방금 읽은 것을 생각했다. 갑자기 살갗의 기억이 떠오른다. 봄, 그래 너구나! 그러니까 내가 알고 있는 이 양탄자 위 햇빛과 함께 봄이 찾아온 것이다. 거기에 입을 맞추었다. 널 느낀 거야! 갑자기 피부의 이 기억에 대해 책읽기(Fiction)가 무용지물이 된다. 무엇보다 양말 위 두 다리의 냉기 때문에. 열린 창문으로 들어오는 새소리는 없다. 대도시의 자동차 소음뿐이다. 아주 특정한 소음. 거리 모퉁이의 파란 신호를 받아 버스가 출발할 때 나는 소음이다. 5번가 / 9번 거리. 다시 신발을 신은 채 두 발을 낮은 탁자 위에 올려두고 오그린 손으로 땅콩을 집어먹는다.

My Greatest Fear : Repetition

예일 대학에서 받은 미국인 여학생의 질문은 논문에서 제기되는 일반적인 질문이 아니다. 그녀는 이렇게 질문했다. 슈틸러는 진심으로 율리카가 구원받기를 원하나요? 아니면 무엇보다 율리카의 구원자가 되는 것이 중요한 건가요?*

* '나는 슈틸러가 아니다'라는 소설 첫 문장으로 유명한 프리쉬의 대표적인 장편소설 〈슈틸러Stiller〉의 주인공인 조각가 슈틸러와 그의 아내

워싱턴 스퀘어

물에 젖지 않게 돌 테이블 위에 그려진 체스판에 붙어 앉아 체스를 두는 사람. 그 위로 새들이 지저귀는 푸른 나무들. 나는 종종 오랫동안 거기에 머물지만 늘 그냥 서 있을 뿐 앉지 않는다. 오늘은 어떤 사람이 한판 두겠느냐고 물었다. 흑인이었다. 그 사람이 그리 잘 두는 편은 아니란 걸 전부터 알고 있었다. 그럼에도 난 응하지 않았다. 지기 싫어서인가? 아니면 아무 소득도 없으니 이길 생각이 없어서? 그 반대다. 뒤늦게 습관적인 체념의 의식이 불거져 나온 것이다—

커머스 스트리트 15번지

전에 살던 곳에 또 살고 싶지 않다. 정겨운 이 집도 마찬가지다. 이 집엔 층마다 방이 하나씩 있다. 지하에는 시설이 완비된 부엌과 식당이 있다. 거기에선 선실에 있는 듯한 느낌이 든다. 낮 동안에도 불을 켜야 한다. 작은 창문으로는 파도거품이 아니라 보도 위에 쌓인 눈이 보인다. 눈과 진창 속에 지나가는 행인들의 다리와 사람보다 잽싸게 움직이는 개들의 다리가 보인다. 재가在家

율리카를 지칭한다(이하 각주는 모두 역주).

작업실로 써 보려고 했던 이 집 맨 위층은 흔들림이 가장 심하다. 새벽이 오기 전부터 무거운 트레일러를 단 육중한 화물차의 고문이 시작되고, 이 차가 신호대기로 일 분간 기다리느라 조용할 참이면 지하철의 또 다른 고문이 있다. 그래도 집 안은 조용하다는 생각이 든다. 귀머거리라도 된 듯한 적막함이다. 냉장고에서 나지막이 들리는 윙윙거리는 소리, 내 발자국 소리, 신문을 뒤적거릴 때 나는 바스락거리는 소리. 문틈으로 우편물 떨어지는 소리, 현관 자물쇠에 열쇠를 꽂아 넣고 돌리는 소리도 들린다. 귀가 먹었던 것일까? 난 내게 들려오는 소리를 듣고 그것을 믿는다. (거리의 소음이 들리지 않도록) 실제 바닷물 소리를 담은 레코드판도 들었다. 우정 어린 선물이다 —

우리는 네루다의 시 낭독을 들었다.

마르구타 가街 :

불빛이 공기를 따뜻하게 한다. 갑자기 난 로마에 있다. 늘어선 건물들만은 로마에 맞지 않는 듯한 느낌이다. 내가 로마에서 무엇을 할지 모른다. 그저 잠시 동안 로마에 있게 된 것뿐이다.

괴테하우스 :

성공한 예술가는 마치 해마海馬처럼 보일 수도 있는가 보다. 여자들은 관심을 보이는 데 그치지 않고 원하지 않는데도 자신의 매력을 남김없이 드러낸다. 사람들이 들끓는 거리에서 익명의 한 사람이 되고서야 비로소 내 자신이 다시금 온전히 하나라고 느낀다.

8번가 서점 :

한밤중에도 서점에 머물 수 있다… 노란 표지의 랑겐샤이트 소사전을 샀다. 이 사전을 들출 때마다 예외 없이 기억이란 걸 비웃게 된다. 그러니까 과거에 이미 알고 있던 것이란 말이다.

Sensible / Sensitive / Sensual

콘라트 파너*가 취리히에서 사망했다는 소식을 엘리베이터 안

---

* 1953년 동베를린에서 일어난 소요와 1956년의 헝가리 소요가 소련 군대에 의해 진압된 뒤 스위스의 반공산주의 운동은 도처에서 대중적인 히스테리로 발전했다. 횃불 행진과 공개적인 분서焚書, 공산주의자 추적이 전국을 휩쓸었다. 언론을 통해 대중적 증오를 이끈 에른스트 비에리는 《취리히 신문*NZZ*》에 콘라트 파너의 주소와 전화번호를 공개하고 대중들로 하여금 항의 행동에 나설 것을 촉구했다. 여기에 대해 프리쉬는 1967년 5월 바젤의 《노이트랄리테트》에 파울 니촌, 페터 휠취와 함께 〈보이콧. 콘라트 파너 문제Boykott. In Sachen Konrad Farner〉라는

에서 읽는다. 그 때문에 내가 사는 층을 지나치지는 않는다. 콘라트 파너는 많은 일을 면했다. 주변에 친구가 되는 사람보다는 죽는 사람이 더 늘어간다.

올리베티 레테라 타자기

이걸 포기할 수 없다. 작품을 쓰려는 생각 없이 작은 타자기를 샀다. (테신 주州를 배경으로 쓰려던 소설이 네 번이나 실패했다. 소설가로서 위치가 불안하다.) 타자기로 글을 써야 한다는 강박관념—

Pro Memoria

어느 프랑스 귀족이 단두대로 가는 길에 뭔가를 적어 두려고 종이와 펜을 부탁하여 받았다. 이 메모가 어느 누군가를 위한 것이라면 없애 버릴 수도 있을 것이다. 하지만 그렇지 않다. 그건 전적으로 그 자신을 위한 메모다. 기억하기 위한.

내가 뉴욕에서 해야 할 일은 취리히나 베를린에서도 할 수 있을

회람을 게재해 파너에 대한 마녀사냥을 비판하고, 언론 출판의 보이콧으로 경제적인 어려움에 처해 있는 그에게 후원금을 보내 줄 것을 촉구하고 나섰다.

것이다. (테신 주의) 베르조나에서는 이미 했다고 생각한다. 로마에서는? 그건 더 이상 쓸모없는 감정에 의한 환경오염—약간 상한 것이다. 왜냐하면 전혀 말하지 않았거나 아니면 결코 진심으로 말하지 않았기 때문에. 의도적으로 이별하지 않았던 것이다. 이제 그럴 시간이 되었다. 그저께는 꿈을 꾸었다. 다음 주 수요일에 내가 처형된다는 꿈이었다. 한데 왜 다음 주 수요일인지 이해가 가지 않는다. 나는 건강하다. 전혀 나에 대해 모르는 어떤 국가기관의 자의적인 처분. 주소조차 없는 곳이다. 항소할 기회는 없다.

또 다른 꿈 :

사람들이 소곤거린다. 누굴까? 아버지의 관이 부서졌다는 것이다. 내가 모르는 사실이었지만 이해는 간다. 갑갑함이 사람을 미치게 할 수도 있는 것이다. 그들은 내게 애들을 어를 때 주는 사탕 같은 것을 준다. 지나가는 사람들이다. 내가 왜 관에 누워야 하는지 갑자기 묘연해진다. 그들은 벌써 거룻배 같은 곳에 올라타 있다. 모두 검은 옷을 입었고, 긴 노를 가지고 그 안에 서 있다. 취리히 호수다. 아무도 날 방해하지 않는다. 달린다. 호숫가에서 긴 구조용 막대를 발견한다. 비상시에 노로 사용될 수 있는 것이다. 노깃이 없어 힘이 들 뿐이다. 하지만 난 그들에게 노 젓는 걸 보여 줄 것이다. 어디에 서 있었는지 기억할 수가 없다. 뗏목 위였던 것 같다. 판자 위였을까? 나는 선 채로 노를 저어 그들 옆으로 간다. 그중 누군가가 어디로 가는지 알려 주었다. 마침내 그들을 따라잡아 그들이 탄 거룻배와 나란히 노를 젓게 되었지만 내게 아무 말도 건네지 않는다. 난 그들이 말하는 걸 듣는다. 소곤댈 필요가 없잖아! 그들도 전혀 소곤거리지 않는다. 그들은 이제 폐가 파열되었노라고 말해 준다. 그들에겐 내 목숨이 끝났다는 건 의심의 여지가 없다. 내가 노를 젓고 있다는 사실만 아니라면 완벽하다. 그들은 날 쉽게 처리할 수 있다고 여겼다. 번거롭지도 않고, 저항을 하지도 않을 거라고 단정했다. 노를 저어 무덤으로 가자는 결정이 난다. 하지만 난 노를 저을 수 있기 때문에 그 결정을 이해할 수가 없다. 내가 노를 젓는 걸 그들도 안다. 이제 그들은 나와는 한마디도 하지 않는다. 서둘러 노를 저어 갈 뿐.

알프레도 음식점

솔직히 이 음식점을 우연히 발견한 건 아니다. 마치 여기서 어떤 감정을 불러올 수 있기라도 하듯이 이곳을 찾아다녔다. A cause d'une femme한 여자 때문에. 사람들 눈에 띄고 싶지 않아 파이프가 타는 동안만 여기 서 있다. 여기서 아무것도 잃은 게 없는 한 행인

일 뿐이다. 이 년이 지난 뒤 여기에 서 있다는 것이 부끄럽다. 파란 신호등을 기다리며. 사실 이 작은 음식점을 밖에서만 보았다. 작은 테이블들 위로 의자가 놓여 있다. 이른 오전 시간이라서. 내부를 보려면 반사되는 유리창 가까이 얼굴을 대 보아야 한다. 두 손을 모아 시야가 흩어지지 않게 하고서 반사되는 유리창 속을 들여다봐야 한다. 난 그렇게 하지 않았다. 유리창에 비친 내 모습을 보고 깜짝 놀랐다. 그러고 나서 다시 파란 불이 들어오는 순간 깨닫는다. 자연스런 이야기란 걸. 총을 쏘아 버렸더라면 어떻게 됐을까? 어쨌든 이제 원래 가려고 하던 곳이 어딘지 잊어버렸지만 그냥 걷는다. 외투도 걸치지 않았다. 그 당시 봄처럼 공기가 차갑다. 바닷바람이 불어오는 맑고 푸른 오전이다. 걸으면서 전단지를 전부 다 꼼꼼히 읽는다. 다른 걸 할 수도 있었지만 그렇게 한다.

인간에겐 진실을 기대할 수 있다

인용한 것뿐인데도 그녀는 이 문장을 참지 못한다. 유치하다고 생각한다. 진실이 과연 무엇인가! 우리는 유치한 것이 무언가를 놓고 논쟁을 벌였다.

My Life as a Man

필립 로트가 어저께 호텔로 가져다준 새 책 제목이다. 내가 남자로서 나의 삶이란 독일어 제목을 꺼려하는 건 무엇 때문일까? 예술이라는 부담을 갖고 글을 쓰면서 내가 남자로서 내 삶에 대해 경험하는 것이 무언지 알고 싶다.

자코메티 :

나선형 램프가 달려 있는 이 이해하기 힘든 미술관에서 그의 작품 전시회가 열린다. 수천 명의 턱시도를 입은 신사들과 긴 파티복을 입은 숙녀들이 참석한 전시회 개막식. 지나치게 큰 작가의 초상 사진도 걸려 있다. 엄청난 얼굴이다!… 누가 수준을 평가하는가? 아니면 무엇이? 부분적으로는 실적을 통해서다. 스스로 자신에게 수준을 부여하는 것일까? 실패한 사람도 수준이 있을 수 있다. 무엇을 통해서? 수준이 곧 명성을 의미하는 것은 아니다. 난 살아생전에 명성을 잃은 사람들을 안다. 그들에게도 수준은 남아 있다. 수준이 승리자의 영광은 아니다. 수준은 어떻게 드러날까? 난 수준 높은 사람들을 만났다. 남자도 있고 여자도 있다. 나이 든 사람도 있고, 젊은 사람도 있고, 유명한 사람, 그렇지 못한 사람들도 있다. 자코메티는 만나본 적이 없다. 수준 높은 사람들과의 만남은(같은 분야는 안 된다) 특이하게 용기를 불러일으킨다. 이 사람들은 용기를 주는 데 칭찬을 이용하지 않는다. 동의하기도 하고 반박하기도 하지만 수준을 평가해 준다. 수준을 평가받기를 기대하며 설전을 벌인다. 그런 기대는 물론 실망을 안겨주기도 한다. 수준 높은 사람들에게 수준에 대한 기대는 맹목적으로 존재하는 것은 아니지만 성공하거나 그렇지 못한 것과는 무관하다. 그들 스스로 평가 잣대를 설정하는 것이다. 이는 많은 경우 다른 사람은 평가할 수 없는 실적보다 더 거짓 없이 이들의 참모습을 보여 준다. 그들의 수준이 그들의 실적을 빛나게 한다. 이들이 항상 친절한 것은 아니다. 경우에 따라 누군가가 자신의 수준에 미치지 못할 때면 자신들의 그릇된 기대에 당혹스러워하지 않을 뿐이다. 그들은 자신 앞에 제기되는 스스로에 대한 의심을 진지하게 받아들이지만 다른 사람들과는 달리 자포자기에 빠지지 않는다. 다른 사람들은 대개 태도에서 자신이 역부족이라고 생각하자마자 자신이 기대하는 바를 어쩔 수 없이 접고, 모든 게 한 수 아래라는 태도로 겸손해진다. 모든 게 한 수 아래라는 태도로.

복수의 여신들

복수의 여신들은 널 갈가리 찢어놓지 않는다. 다만 구석 어딘가에서 있을 뿐. 너는 한때 이 집 삼 층에서 살았다. 웨이벌리 광장, 크리스토퍼 가에서 이십 삼 년 전에. 난 마치 그 사실을 전혀 모르는 것 같다! 한 번도 건물 정면을 올려다보질 않는다. 내가 본 거라곤 지하에 다른 가게가 있다는 것뿐이다. 그 당시엔 식품점이었다. 보잘것없는 가게였다. 나는 한 달에 이백 달러를 썼고, 월세는 매달 백 달러를 지불했다. 한번은 창틀에서 화분을 떨어뜨린 적이 있었는데 맞은 사람은 없었다.

복수의 여신들은 어디서 날 붙잡을 것인가?

요즘에 우린 거기에 대해 '발작'이라는 암호를 쓴다. 늘 거기에 대해 전율이 느껴진다. 게다가 전혀 이해할 수가 없다. 그런 경우에 여자에게 신체적인 위협이 가해지는 건 아니다. 그걸 두려워한다면 그건 그녀의 오해다. 그렇게 할 생각은 털끝만큼도 없다. 내가 어떤 행동을 한다면 내 자신에 대해 그렇게 하는 것이다. 나를 표현하기 위해서. 나는 이해하고, 생각하고, 인식하려 하지만 어떤 사정도 고려하지 않는다. 처음엔 거의 냉정하기까지 하다. 내 자신이나 아니면 다른 누군가를 고려하지 않는다. 비명을 지르지 않는다. 어쨌든 처음엔 그렇다. 하지만 그 이후엔 비록 잠시 상대의 말에 귀를 기울이긴 하지만 아무 말도 던질 수 없다. 내가 이 순간 인식하여 표현하려고 하는 진실이 내 자신을 드러내게 되는 경우는 드물다. 그건 자질구레한 일로부터 출발한다. 그러니 그런 자질구레한 걸 모두 다 입에 올린다는 건 우습기 짝이 없는 것이다. 나는 그걸 기호로 본다. 그 때문에 사소한 걸로 보지 않는다. 기호로서 그건 내게 너무나 명확하기 때문에 다른 주석, 해가 되지 않는 주석이라도 붙이기가 힘들다. 비난이 아니다. 아니, 난 그냥 인식한 것들을 말할 뿐이다. 내가 보기엔 그렇다. 내가 바라보는 후속 결과에 대한 두려움이 사라지는 순간이다. 나의 말(독백)은 뭔가를 처형하는 것이다. 증오 때문에 그렇게 하는 건 아니다. 파트너란 무엇이란 말인가? 파트너는 내가 표현할 수 없는 것을 이해해야 한다. 내 말에 공감해야 하는 것이다. 나는 참을 수가 없다. 그럴 때 난 꿈에서 참을 수 없을 때 깨어나듯이 그렇게 깨어날 수가 없다. 그것은 내가 이 순간 본 그대로다. 실제 그대로이고 또 바로 그런 것이지 다른 것이 아니다. 그러면 난 준비되었다는 느낌이 든다. 무얼 준비한 것일까? 그럴 때 난 안다. 다시 한 번 반복한다는 걸. 난 다시 이성적으로 행동하지 않는다.

이성적인 것은 내게 상처를 준다. 그건 날 비참하게 만들고, 분노하게 만든다. 그럴 때 난 그렇게 냉정해지기 시작한다. 내가 염두에 둔 것은 비난이 아니다. 더 중요한 것, 진실이라고 생각한다. 셔츠를 뜯어 헤칠 때 난 피부를 생각한다. 부탁을 한다. 그때 내 목소리는 눈에 띄게 다르게 나온다. 간청을 한다. 그럴 때 내가 지금 한 모든 말은 상처만을 입힐 뿐이다. 다르게 해 볼 생각이 전혀 떠오르지 않는다. 그 순간 난 요구하지 않고도 단 한 번이라도 나를 이해시킬 수만 있다면 죽어도 좋다는 생각이 든다. 나중에 내가 분노한 것이 안타깝다는 생각이 든다. 그렇게 해서 난제가 해결된 적은 한 번도 없으니까—다시 한 번 이번에도 사과를 해야 한다.

스위츠

여기가 시내에서 가장 오래된 생선 전문 식당이라고 한다. 재래시장 한쪽에 있는 판잣집으로 몇 년 전부터 무너질 듯 위태롭게 서 있다. 이곳 소문을 듣지 않았다면 아무도 들어가지 않을 것이다. 정오가 넘어서면 자리 잡기가 힘들다. 그 시간엔 월스트리트에서 일하는 사람들이 식사를 한다. 내가 이 식당을 알게 된 이후로 벌써 친구 여럿을 여기에 데려왔다. 여기엔 각종 생선요리에 미국

산 일급 백포도주가 있다. 게다가 고가도로 아래 사이로 이스트강의 번득이는 강물이 보인다. 그때까지 린도 이곳을 모르고 있었다. 린은 이곳이 세련된 맛이라고는 전혀 없어서 맘에 들어 한다. 그녀가 다시 인터뷰를 주선했다. 그녀의 일이다. 린의 풀어 헤친 머리와 안경. 물의 요정 같기도 하고 보모 같은 인상을 준다. 여름이 오면 그녀는 부모와 그리스로 여행을 떠날 것이다. 내 조언은 필요 없다. Guided Tour니까. 린은 내가 펴낸 책을 한 권도 읽어보지 않았기 때문에 그것과 전혀 무관한 이야기를 할 수가 있다 — 정치는 나 같은 사람은 전혀 신경 쓰지 않죠. 사회에 대한 그리고 자신이 한 모든 말에 대한 작가의 책임을 거론들 하지만 진실은 단지 내 자신을 표현하기 위해 글을 쓸 뿐이라는 사실입니다. 나는 내 자신을 위해 글을 쓰지요. 사회는 어떤 것이든 내가 받들어야 할 주인이 아닙니다. 나는 사회의 설교자도, 교장선생님만도 아니고요. 파트너로서 독자라고요? 나는 독자보다 더 신뢰할 수 있는 파트너들을 알고 있습니다. 그러니까 나는 독자를 가르치거나 회개시켜야 한다고 생각해서가 아니라 스스로를 올곧이 인식하기 위해 상상의 관객이 필요하기 때문에 책을 출판합니다. 그렇다 해도 난 기본적으로 내 자신을 위해 글을 씁니다… 린은 그 말에 전혀 반박하지 않는다. 기대했던 것보다 더 설득력이 있는 것 같다(내 자신에게도 그런 것 같다).

You are a rich man, I am sure, but this is a business lunch, you should not pay for this, it's just silly.

얼마 전(그래도 벌써 몇 년 전 일이다) 그를 취리히 도로 위에서 우연히 먼발치로 보았다. 이젠 옛날보다 더 뚱뚱했다. 옛날 취리히의 김나지움 동기였다. 그가 마찬가지로 날 알아봤는지는 모른다. 그는 몸을 돌리지 않았고, 난 그에게 곧바로 다가가지 않고 그냥 그 자리에 서 있었다는 사실에 당황스러웠다. 그러니까 난 그를 그냥 뒤쪽에서 보았을 뿐이다. 모자는 쓰고 있지 않았다. 그의 넓은 어깨가 눈에 들어왔다. 그는 키가 무척 커서 인파 속에서도 쉽게 알아볼 수 있는데, 난 바로 내 눈앞에서 그를 보고 있었다. 그는 정면을 응시하고 있었다. 분명 생각에 잠겨 있었다. 그는 이제 눈을 깔고 보도를 바라보았다. 그때 그 역시 나를 알아본 것 같았다. 그가 나를 위해 한 일은 그도 알고 나도 안다. 길 건너로 소리를 쳐 그가 몸을 돌려 나를 볼 수 있게 하지는 않았다. 내가 평생 감사해야 할 빚을 지고 있다고 해서 W와 무슨 상관이 있겠는가? 게다가 난 어느 것 하나도 이 사람에겐 상대가 되지 않는다는 걸 아는데. 그는 반에서 늘 일등이었다. 노력형이 아니었다. 그는 다른 학생들보다 더 머리가 좋았지만 그걸 가볍게 생각하지 않았다. 양심적이기도 했고, 선생이 칭찬하는 것을 외려 곤혹스러워했다. 모범생 역할을 하기 싫어 선생들에게 불손하게 굴기도 했다. 방과 후에 난 집까지 그와 같이 갔다. 나로선 멀리 돌아서 가는 길이었지만 얻는 게 없지 않았다. 그를 통해 처음으로 니체와 오스발트 슈펭글러, 쇼펜하우어에 대해 듣게 되었다. 그의 부모는 대단한 부자였다. 하지만 그에게 그 사실은 중요치 않았고, 자부심을 가질 이유도 없었다. 예를 들면 졸업시험을 마친 후에 세계여행을 갈 수도 있었지만 아예 꿈도 꾸지 않았다. 자동차도 사지 않았다. 피상적인 건 모두 배척했다. 그는 철학적 기질을 가진 사람이었다. 난 그의 두뇌가 모든 걸 생각할 수 있다는 데 감탄했다. 음악적 기질도 다분했다. 나에겐 없는 것이었다. 밤중 내내 내게 바흐와 모차르트, 안톤 부르크너와 그 밖에 아직도 이름을 잘 모르는 다른 작곡가들의 음반을 들려주었다. 그는 어떤 사람도 음악을 전적으로 싫어하는 경우는 없다고 말했다. 나는 신문에 기사를 쓰고 있었고, 짧은 글이 인쇄되면 자랑스러워했다. 내 생각에 인정받으려는 내 욕망이 그에게 실망을 안겨준 첫 번째 사항이었던 것 같다. 난 돈을 벌어야만 했고, 그는 물론 그걸 이해했다. 하지만 내가 쓰는 것에 대해서는 곤혹스러워했다. 그는 내게 그림을 그려 보라고 격려했다. 내게 그런 재능이 있다고 본 것이다. 조각에 대한 그의 평가 역시 범상치 않아 보였다. 독특한 감수성의 산물이었다. 비록 그가 격려해 주긴 했지만 난 그림을 그릴 수 있다고 생각하지 않았다. 그 반대로 난 그를 통해 그림에서 볼 수 있는 것을 배웠다. 감히 대화 파트너가 되기 힘들 정도로 그는 철학적으로 개념화하는 능력이 뛰어났다. 그는 당시 막 읽은 책에 대해 말해 주는 법이 거의 없었다. 그래서 난 그가 일부러 속이려고 한 것은 아니지만 지그문트 프로이트의 이런저런 개념을 그가 찾아낸 것이라고 생각했을 정도였다. 글의 출처를 밝히는 것은 아무 도움이 되지 않았다. 당시 난 그걸 모르고 있었으니까. 그는 내게 그림 그릴 것을 종용했고, 그 자신도 첼로를 다시 포기해 버렸다. 열정적으로 연습했지만 자신의 높은 기대를 충족시켜 주기엔 연주 실력이 따라 주지 못해서였다. 그러기엔 손이 너무 무뎠다. 그 때문에 W는 무척 괴로워했다. 부모도 물론 그가 사업을 떠맡지 않으리라는 것을 알고 있었다. 뒤늦게 비로소 그는 행정기획 일을 맡았다. 그것도 마지못해 한 일이었다. 한동안 그는 의학을 공부했는데 첫 번째 국가시험에 합격을 했었다. 나는 그가 왜 의학 공부를 포기했는지 완전히 이해하진 못했다. 결코 경솔한 판단은 아니었다. 후에 그는 그림을 그렸고, 그가 그린 것을 보고 난 감탄했다. 그건 노련한 것과는 거리가 멀었지만 근원적인 힘이 느껴졌다. 비범한 사람이었다. 우리들 중 그 누구보다 더 힘들게 그렸다는 건 의심할 바 없었다. 그는 신체적으로도 나를 능가했다. 그의 부모는 정원에 테니스장을 가지고 있었는데 라켓이 없는 내게 W는 자기가 쓰던 것을 선물해 같이 칠 수 있었다. 그에겐 승리 따윈 아무 문제가 되지 않았다. 다만 더 잘 치려고 할 뿐이었다. 난 그에게서 트레이너가 그에게 가르쳐 준 것뿐 아니라 그 이상을 배울 수가 있었다. 그는 내게 패하는 것, 점수를 따기 위해 플레이를 하지 않는 것을 가르쳐 주었다. 점수를 따기 위해 플레이를 하는 건 그로서는 이미 점수를 땄기 때문에 사소한 것이고, 나로서는 포기해야 되는 것이었다. 나는 함께 테니스 치는 그 시간을 무척 즐겼다. 그가 오늘은 아쉽게도 코트가 너무 젖었다고 말해야 할 때면 슬펐다. 난 W 꿈을 꾸었다. 그를 방문하면 하녀가 문을 열어 주고, 위에 가서 알릴 때까지 홀에서 얌전히 기다리게 했다. 그럴 때 난 당연히 비록 W가 가라고 하지는 않았지만 내가 그를 방해했다는 인상을 받았다. W가 스스로 날 찾아온 적은 거의 없었다. 하지만 내가 몇 주 동안 찾아가지 않았을 땐 상심했다. 그는 따뜻한 친구였고, 당시 내겐 유일한 친구였다. 다른 친구를 갖는다는 건 생각도 할 수 없었다. W에 필적할 만한 친구는 없었을 테니까. 또 그의 부모는 아들을 잘 보살폈고, 항상 그의 말을 잘 들어 주었다. 내가 저녁식사 때도 집에 있어도 되는지 W가 물으면 양친은 늘 허락해 주었다. 그 밖에 그의 집은 내가 이전에 알았던 가장 부유한 집이었고, 나중에 알게 된 다른 집들보다 더 좋았다. 모든 걸 다 선물 받은 기분이었다. 생일이나 크리스마스 때 W에게 선물을 하려고 할 때는 더 어려웠다. 이미 그의 취향이 진일보해 버린 터라 내 선물에 그는 당혹스러워 했다. 선물을 바꾸는 일이 비일비재했다. 당시 내게 첫 번째 애인이 생겼다. 난 애인을 바꿀 수는 없었다. 내 생각에 그녀는 W를 무서워했고, 그의 뛰어남을 인정하고 싶어 하지 않았다. 그 때문에 난 마음이 아팠다. 사십 년 전 일이었다. 난 종종 W가 내게 무엇인지 자문해 보았다. 우리는 많이 걸었고, 수영하러 다녔다. 그는 또 풍경을 알아보는 데 극히 예민한 눈을 가지고 있었다. 고압전류같이 자연 속에 들어있는 기계적인 것은 어떤 것이나 그의 몸을 직접적으로 힘들게 했다. 난 그를 통해 코로와 카스파 다빗 프리드리히를 접했고, 나중에는 피카소와 아프리카 가면假面도 접했다. 그럴 때 그는 전혀 아는 티를 내지 않았다. 그는 많은 걸 알고 있었지만 침묵을 지켰다. 난 그리스를 여행했고, 당연히 거기에 대해 이야기를 들려주었다. 하지만 그 때 난 W가 더 많이 보았을 것 같은 느낌이 들었다. 이 감정은 그 역시 갖고 있었다고 여겨진다. 그는 내 말에 귀를 기울이다가 뭔가 볼 만한 것을 가리킬 때만 어쩔 수 없이 내 말을 중단시키곤 했다. 그건 그가 없었다면 과연 나로선 볼 수 없는 것이었다. 뭔가 현재적인 것, 예를 들어 진기한 나비 같은 것이었다. 한마디로 그는 더 많은 것을 보았다. 내가 감사할 수 없었던 것은 단 한 가지 나보다 한 치수 큰 그의 옷이었다. 어머니가 바지는 물론이고 소매 길이를 줄여 주긴 했지만 내 몸엔 맞지 않았다. 그래도 W 마음을 상하게 하지 않으려고 입고 다녔다. 그는 그걸 순진하다고 여겼고, 내가 옷을 살 수 없다는 걸 알았다. 그가 내게 주는 외투나 점퍼는 천이 아직도 나무랄 데 없었다. 왜 그 자신이 그 옷을 입지 않는지 하는 것은 별 상관하지 않았다. 그는 모든 면에서 유행을 따라야만 직성이 풀리는 멋쟁이와는 다른 사람이었다. 하지만 그의 양친은 재단사를 데리고 있어서 때때로 그가 집에 왔던 것 같다. 종내는 다른 것, 그가 아직 사용해 보지도 않은 것도 선물을 했다. 음반을 예로 들자면 심포니 전곡을 선물했다. 그는 졸부들처럼 닥치는 대로 선물하지 않았고, 분에 넘치지도 않았지만 내 처지에 비하면 과분했다. 얘길 한 적은 한 번도 없었지만 그는 리포터와 평론을 쓰는 젊은 기자의 수입이 얼마나 적은지 눈치 채고 있었다. 그는 너무나 감수성이 예민했다. 나를 생각하고는 부모님 댁의 사치스런 물품들을 부담스러워 했다. 하지만 난 W와 사치품들을 동일시해 본 적이 없었기 때문에 사실 그건 부당한 것이었다. 정원과 시내, 호수를 바라볼 수 있는 그의 방에 있을 때면 내겐 그가 정신적인 것을 통해 독립한 디오게네스처럼 비쳤다. 우리 또래의 여느 사람들처럼 그는 전차를 탔다. 그는 자신에게 안락한 길이 아니라 험한 길을 선택했다. 이미 물이 차가워진 시월에 그는 호수를 헤엄쳐 건넜다. 뒤에는 내 학자금을 모두 다 대 주었다. 사 년간 16,000프랑이었으니(당시에는 지금보다 가치가 훨씬 컸다) 일 년에 4,000프랑을 대 주었던 셈이다. 내가 옷 문제를 입에 올렸던 건 사실 미안한 일이다. 이야기 도중에 그가 갑자기 자기 재킷임을 알아보고는 영국제 천이 오래간다거나 아쉽다 등등의 말을 할 때 난 별로 화가 나지 않았다. 외려 좀 기묘한 느낌이 들었을 뿐 그 이상은 아니었다. 오랫동안, 그는 날 늘 음악회에 초대했다. 단지 공연이 임박했고, 그의 어머니가 예약한 표를 쓸 수 없게 된 때에만 그런 것은 아니었다. 그는 정말로 어떤 사람도 철저하게 음악을 모를 수는 없다고 믿었고, 사실 난 종종 감탄하곤 했다. 그의 표정에서 찾아볼 수 있는 전문가연하는 태도에 그런 것이긴 했지만. 그럴 때 W는 아무 말도 하지 않았는데 그건 우쭐한 마음에서가 아니라 당혹스러워서였다. 그래도 그는 항상 나를 음악회에 초대했다. 극장엔 초대하지 않았다. 그가 극장에 대해 귀를 막은 건 아니었지만 나보다 더 비판적이긴 했다. 때때로 난 그를 두고 실제로 의혹에 젖었다. 어떤 것도 진지하게 여길 수 없고, 자기 자신마저 진지하게 생각할 수 없는 한 사람에 대해. 짜증 섞인 의혹이 아니었다. 그는 내게 자신의 문제가 해결될 수 없다는 것을 분명하게 그리고 잘 설명해 주었다. 거기에 대고 내가 무슨 말을 해주든 간에 그건 그가 고독하다는 것만 드러낼 뿐이었다. 우리들의 곤혹, 예를 들어 삼십 년대 유대인 약혼녀로 인한 나의 곤혹스러움은 그의 것과 비교될 수 없었다. 나도 그걸 알아챘다. 그의 곤혹은 교훈적인 것이었지만 나의 그것은 개인적인 것일 뿐이었고, 거기에 대해 그는 이런저런 해결책을 가지고 있었다. W가 자신의 곤혹에 책임이 없는 건 아니다. 반대로 그 누구도 관여할 수가 없었다. 냉철한 성품의 아버지도, 지식인처럼 보였던 어머니도 어쩔 수 없었다. 그는 어머니의 세속적 욕심을 핑계로 이해했다. 여러 해가 지난 뒤 우리가 서로 만날 수 없게 되었을 때(난 일 년 동안 미국에서 살았다), 그리고 내가 목전에 둔 이혼에 대해 말했을 때 W는 아무것도 묻지 않았다. 그의 침묵은 오로지 내가 얼마나 그 일을 자기합리화하면서 이야기했는지만을 보여 주었다. 우리는 무거운 걸음으로 숲을 거닐었고, W는 뭔가 다른 것을 말하려고 했지만 이제 난 나비를 보는 눈을 가지고 있지 못했다. 내 이혼 얘기를 좀더 하기 위해서 그의 결혼에 대해 물었다. 그가 지금 하는 얘기를 수년 전부터 알고 있긴 했지만 W가 전해 주는 것은 보다 본질적이었고, 더 복잡하고, 더 깊이 있는 통찰을 담고 있어서 내 경우에 적용할 수는 없었다. 다시 한 번 나의 어려움에 대해 말을 꺼낸다는 건 지루한 것 이상이었을 것이다. 그의 이론은 내 경우와는 비교가 불가능했다. 그 후 그래도 난 이혼했다. 그와 지낸 여러 해 동안 우리가 거의 단둘이만 만났고, 여럿이 같이 만나 그 친구가 또 다른 힘겨루기를 하는 걸 본 적이 없었다는 사실을 난 당시에는 별로 이상하게 생각하지 않았다. 여러 사람과 어울리는 걸 싫어하는 건 그나 나나 마찬가지였다. 우리가 단둘이 있는 한 나는 그의 우월함 때문에 마음을 상하지 않았다. 그의 우월함은 당연한 것이었다. 말한 것처럼 뭔가를 선물 받은 느낌이었고, 학교에서 집으로 가는 길에 그와 동행할 수 있었던 당시처럼 기분이 무척 좋았다. 그는 내게 엥가딘 지역을 선물했다. 요즘도 그 지역을 지날 때면 늘 W를 생각하게 된다. 그건 엥가딘 지역 여행이 내게 감당할 수 없었다는 뜻만은 아니다. 그는 엥가딘 지역을 알고 있었다. 그는 또 나보다 나은 알프스 사람이기도 했다. 그의 가족이 거기에 등반 안내인을 두고 있어서 그는 매년 그 사람에게서 산 타는 걸 배웠다. W가 없었더라면 난 결코 이 산에 오르지도 못했을 것이다. 그는 눈사태가 어디서 언제 일어나는지, 위험한 곳에서 어떤 자세를 취해야 하는지 알고 있었다. 붉은색 눈사태 대비용 로프를 배낭에 매고, 산기슭을 노련하게 관찰하고 눈을 점검했다. 그런 다음 깊은 눈 속으로 뛰쳐나갔다. 난 그저 최선을 다해 그의 용감한 흔적을 좇아가기만 하면 됐다. 한번은 내가 심하게 넘어지는 바람에 스키를 부러뜨리게 되었는데 W는 스키여행을 그만두지 못하도록 도중에 한 벌을 새로 구입했다. 최고급 제품은 아니었지만—그랬더라면 난 곤혹스러웠을 것이다—어쨌든 지금까지 내가 가졌던 것보다 더 좋은 죔쇠를 갖춘 더 좋은 제품이었다. 돈을 책상에 올려놓을 때 그는 호들갑스럽지도 아주 자연스럽지도 않았다. 만약 돈 때문에 내가 어떤 인상을 받게 된다고 한다면 그로서는 곤혹스러웠으리라. 난 당연히 고마워했다. 난 결코 능숙한 스키어가 아니었고, 지금도 그의 인내심이 놀라울 뿐이다. 의도적인 건 아니었지만 당연히 W는 늘 앞서갔다. 그는 넘어지지 않았고, 내가 한참 후에 몇 번 넘어진 뒤 사색이 되어 숨도 못 쉬고 그에게 도착하면 늘 느긋하게 타라고 말했다. 그는 기다리는 걸 개의치 않았다. 도중에 그는 경치를 감상했고, 스틱으로 그 주변 지역을 가리키면서 산봉우리들을 하나하나 거명했다. 또 나로 하여금 근처의 검은빛소나무나 환상적인 저녁노을, 그가 사랑했던 엥가딘의 독특한 색채, 나도 읽은 적은 있지만 다 이해하지는 못했던 차라투스트라의 무대를 주의 깊게 볼 수 있게 만들었다. 그보다 스키 실력이 못한 내가 출발을 결정할 수가 있었다. 내가 없었더라면 오래 전에 이미 폰트레지나에 도착했겠지만 그는 재촉하지 않았다. 빨리 도착하는 건 문제가 되지 않았다. 그는 내게 자신의 엥가딘을 선물했다. 지금도 난 그곳을 사랑한다. W가 없었더라면 내가 어떻게 되었을까 말하기 힘들다. 어쩌면 좀더 자신감에 차 있을지도 모른다. 모르긴 해도 자신감이 너무 많지 않았을까 싶다. 어떤 의미에서 W는 내게 늘 격려를 아끼지 않았다. 예를 들어 글 쓰는 걸 포기하고 건축을 배우라고 한 것도 그였다. 나는 내가 설계한 건축물 몇 개를 W가 둘러볼 거라고 기대하지 않았다. 그를 실망시킬 것이라고 생각했고, 그건 맞는 생각이었다. 그리고 실망하는 것도 그로서는 미안한 일이었을 것이다. 그래도 난 몇 년간은 건축에 관해 많은 얘기를 했지만 예를 들어 내 은사들 그리고 나중에는 코비지에, 미스 반 데어 로에, 사리넨 등에 관해 그를 설득시킬 수는 없었다. 그럴 때 그는 내가 마치 그도 알다시피 기본적으로 전혀 개념이 없었던 음악이나 철학에 대해 말하는 듯한 표정을 지었다. W는 이미 나를 잘 알고 있었던 것이다. 학창 시절부터 그랬다. 그는 뛰어난 수집가가 되었다. 이런저런 것이 내 마음에 들 수 없다는 걸 깨달은 건 나중이었던 것 같다. 난 뒤늦게야 비로소 그걸 깨달은 것이다. 그 때문에 결코 W를 증오하지는 않았다. 그건 내 잘못이었으니까. 그의 부모님 저택에는 W가 혐오하는 그림들이 있었다. 친가 쪽의 유품들로 무거운 액자에 들어 있는 잡동사니나 마찬가지 것들이었다. 그중 대부분은 지하실에 쌓여 있었다. 그의 아버지는 1870년대의 독일 경제성장기 사람으로 음악에는 문외한이었고 지적인 면만 강했다. 난 그를 무척 따랐다. 벽난로 가에 앉아 사냥에 대해 냉철하게 얘기해 주던 사람이었다. 사슴과 산돼지, 꿩이나 개가 그려진 그림이 많았다. 누군가 내게 호의적인 제안을 했다. 제안한 사람이 그의 아버지였는지, 마찬가지로 그 그림을 싫어했던 어머니였는지, 아니면 W였는지 지금은 잘 모른다. 만약 내가 이 그림들을 팔 수 있다면 이익의 일부를 가질 수 있다는 것이었다. 그러니까 나로서는 학업을 등한시하지 않고도 돈을 벌 수 있게 되는 것이었다. 다만 그림을 중개하는 일은 저택에서 하지 말라고 했다. 이름과 주소를 알게 되면 그림을 사려는 사람들이 이상하게 생각할 것이라는 이유였다. 그 제안이 내겐 아주 행복한 것만은 아니었다. 하지만 한편으로 이미 여러 해 동안 신세를 지고 있는 그 집에 즐거움을 선사하는 것이 옳다고 생각했다. 그래서 시내 다른 구역에 차고를 하나 세내게 되었다. 광고도 그의 가족이 맡았다. 매주 세 번씩 광고를 했다. 찬스, 개인 소장 그림 판매. 난 최소 가격 목록을 받았다. 그 가격 이상으로 판매하면 내게도 도움이 되었다. 그중 일부를 내가 갖기로 했다. 어쨌든 그중에는 서명은 없었지만 두세 개의 네덜란드 화가들 것도 포함되어 있었다. 학교에서 거론될 수 있는 것들이긴 했다. 그 밖에 W는 그림중개업을 하면서 사람들을 사귀는 것이 내게 재미있는 경험이 될 거라고 생각했다. 그래서 나는 매주 세 번씩 오후가 되면 그림이 가득 찬 차고에서 여러 시간 동안 기다리게 되었다. 실제로 이런저런 고미술품 중개상들이 왔다. 그들 대부분은 가난한 사람들이었지만 우스갯소리를 잘하는 사람들이었다. 그들은 그림에는 관심이 없었다. 때론 그림 가격을 부를 필요조차 없었다. 광고는 계속 나갔다. 아버지 회사 일을 하고 있는 변호사 한 사람이 가슴을 노출한 막달레나 그림을 사 갔다. 침실에 적합한 그림이었다. 사슴과 산돼지 그림은 훨씬 팔기가 힘들었다. 난 풍경화를 추천했다. 역광을 받고 있는 풍차와 갈대가 어우러진 풍경이었다. 누가 그린 그림이냐는 질문에 난 이름을 댈 수가 없었다. 개인 소장이니까. 대신 나는 네덜란드의 유파에 대해 말을 해 주었다. 마침내 남루한 노신사 한 사람이 내게 웃음을 보여 주었다. 내 스스로 그렇게 믿고 있는 걸까? 때는 봄이었던 걸로 기억한다. 그리고 한 점도 팔지 못한다 해도 자전거에 몸을 실을 수 있었던 여섯 시경에 난 행복했다. W는 어떻게 되어 가느냐고 물었다. 무관심한 태도는 아니었다. 그는 돈이 필요 없었기 때문에 그건 인간적인 관심이었다. 다른 한편으로 W가 틀린 건 아니었다. 그는 차고에서 독서도 할 수 있을 거라고 말했다. 그 일은 삼 주 동안 계속되었다. 그러니까 그리 오래 계속하지는 않았다. 늘 흥정도 얼마 하기 전에 최저 가격을 부르긴 했지만 실제로 얼마간 그 일로 돈도 벌었다. 그러니까 난 유능한 중개인은 아니었다. 난 내 자신을 상실한 듯한 마음의 상처를 입었다. 여기서 한때 건축가였던 내 아버지가 말년에 부동산중개인이 되었다는 사실을 털어놓을 수밖에 없다. W는 당연히 그걸 알고 있었다. 하지만 대수롭지 않게 생각했다. 그에겐 그런 종류의 편견은 없었다. 나중에 농담 같지 않은 농담 삼아 내가 상처 입은 것이 무엇이었는지 털어놓자 W는 고통스러워했다. 무척이나 당혹해 하는 그의 표정을 볼 수 있었다. 결국 그의 가족은 내게 그 제안을 받아들이라고 강요하진 않았던 것이다. 그렇게밖에 생각하지 않을 수 없었다. 언쟁에 이른 적은 결코 없었다. 내가 잘못 안 게 아니라면 그 즈음에 W는 다른 친구들은 거의 없었다. 동년배에서는 그랬다. 그는 자신의 첼로 교사, 취리히의 노 조각가, 집에 왕래했던 학자 한 사람을 존경했다. 여자친구가 있었지만 내가 그녀를 잘 모른다는 걸 신경 썼다. 번듯한 집안 아가씨와는 거리가 멀었다. 그는 그녀와 결혼하지도 않았고, 그녀를 잊을 수도 없었다. 비극적인 열정이었다. 수십 년 뒤에 W는 그 얘기를 내게 했다. 자신의 갈등을 세세하게 말하고 싶었던지 한번은 그가 요청해 둘이서 유라로 삼 일간 산행을 했다. 그가 말해야 했던 것, 그가 말하는 것이 너무나 힘들었던 나머지 이틀째에야 비로소 그 이야기를 시작할 수 있었다는 데서 난 그의 풍부한 감정과 비범한 집중력, 연인과 자기 자신에 대한 책임의식, 하지만 전통적인 것에서 벗어난 책임의식을 알 수 있었다. 난 그의 애인을 한 번도 본 적이 없는데도 여러 가지 곤란한 일을 나와 나누는 것을 영예로 받아들였다. 당연히 나는 아무 조언도 할 수 없었다. 아버지가 되는 것 역시 W는 다른 사람과 다르게 체험했다. 내가 다시 글을 쓰기 시작하고, 그것이 책으로 출판되거나 연극으로 공연되자 상황이 악화됐다. 물론 나는 W가 그걸 어떻게 생각할지 알고 있었다. 그 때문에 우리의 만남은 뜸해졌고, 만날 때면 거기에 대해 아무 말도 하지 않았다. 나는 또 W가

읽지 않는 책을 점점 더 많이 읽어 나갔고, 어떤 책으로도 그를 설득시킬 수 없었다. 특정한 작가들에 대한 나의 관심은 오히려 그로 하여금 그런 작가, 예를 들어 브레히트 같은 작가들에 대해 회의적으로 만들었다. 아니면 우리 두 사람이 같은 작가, 예를 들어 스트린드베리나 지드 같은 작가들에 똑같이 경탄했다는 것이 드러나면 W는 거기에 대해 말하는 걸 내켜 하지 않았다. 그는 이들을 혼자서 발견했고, 혼자 간직했다. 내가 건축을 포기하고 작가가 된 것은 그의 눈에 당연한 것으로 비쳤고, 말한 것처럼 우리는 나의 작가 활동에 대해 언급을 피했다. 문학에 대해 말하는 것 자체가 점점 줄어들었다. W가 문학에 접근하는 통로는 나와는 다른 것이었다. 나는 W가 내 책들을 읽을 수 없다는 걸 이해했다. 그는 그 책들이 필적할 수 없는 다른 잣대를 지니고 있었다. 하지만 W는 애를 썼다. 한번은 그가 내 작품의 공연(만리장성)을 보고 내게 편지를 한 장 썼다. 극에 대한 그의 인상은, 좋게 말하자면, 모순 이상을 보여 주고 있었다. 그러니까 편지를 쓴 것은 그로서는 쉬운 일이 아니었던 것이다. 그로부터 여러 해 뒤 다시 한번 그가 내 연극의 공연을 보러갔다고 누군가 내게 전해 주었다(비더만과 방화범). 그는 더 이상 아무 말이 없었다. 그 사이 우리는 서로가 한 남자가 되어 있었다. 내 추측에 그에게 더 어려웠던 것은 나의 정치적 성향이었던 것 같다. 거기에 대해 우리는 아무 말도 하지 않았다. 내가 차츰 의식해 갔던 사회적 갈등들을 W는 보다 큰 맥락에서 보았다. 물론 그는 내 말을 경청하면서도 철학적인 문제로 나아갔다. 그리고 거기에서 나의 관심 주제는 더 이상 문제가 될 수 없었다. 지금도 기억나는 일이 있다. 세계대전이 한창일 때 우리나라 역시 도시에선 등화관제를 실시했다. W는 그걸 우스꽝스럽다고 생각했고, 도시 외곽에 위치한 부모의 저택에서 이 지루한 명령에 따라야만 한다는 것이 불필요한 일이라고 생각했다. 단 하나뿐인 저택의 불빛은, 만약 도시가 등화관제를 하고 있다면, 적기를 그곳으로 이끄는 이정표가 될 수 없을 것이라고 생각했던 것이다. 물론 그는 히틀러에 반대했지만 모든 사람의 표가 동등한 가치를 갖는 민주주의에도 회의적이었다. 당연히 W는 자신의 주변 환경을 통해 잘못 길들여진 것이었다. 바로 그 때문에 그 역시 고통을 겪었다. 과거에 동창이고 중간 정도 성적이었던 내가 비록 얼마 되지는 않았지만 생활비를 직접 버는 모습이 그에게 깊은 인상을 주었던 것이다. 난 그가 이것을 자신의 문제로 의식했다는 걸 안다. 그 자신이 나와는 달리 스스로의 생활비를 벌 수 없으리라는 그의 생각은 당연히 터무니없는 것이었다. 이런 생각에 그는 항상 괴로워했다. 다른 사람들이 스스로의 생활비를 벌기 위해 만족할 수 있는 정도의 일에 만족할 수 있었다면 그가 자신의 생활비를 버는 것은 쉬운 일이었을 것이다. 그 역시 그걸 알고 있었다. 어쨌거나 난 친구에게 해 줄 말이 별로 없었다. 내가 한번은 그를 비판한 적이 있었다. 그때 그는 내 비판에 귀를 기울였다. 하지만 내 비판은 그 자신이 스스로에 대해 가한 비판에 비하면 거의 비판도 아니었음을 알게 되었다. 오만의 흔적은 찾을 수 없었다. 정반대였다. 그는 자신이 숙명적인 패배자임을 알고 있었다. 그리고 난 그가 얼마나 나를 아끼는지 알았다. 그 누구도 만족할 수 없을 힘든 요구를 W는 내게 아니라 자기 자신에게 제기했다. 당연히 W는 사람들을 판단했다. 게다가 다른 사람들이 하는 것보다 더 엄격하게 판단했다. 철저했고 그 때문에 복잡했다. 하지만 제삼자에 대해서는 우리 둘 사이에서도 그걸 발설하지 않았다. 누군가를 끝장내는 걸 원치 않았다. 개인에 대해 그가 내린 심판은 그의 비밀로 남았다. 그걸 지키기가 때론 쉬운 게 아니다. 사람들은 그걸 감지해 냈다. 나의 과대망상이 종종 그에겐 곤혹스러웠던 것이 틀림없다. 그럴 때면 그는 어쩔 수 없이 미간을 찌푸렸고, 아무 말도 하지 않았다. 기실 난 그의 판단을 그저 넘겨짚는 정도였고, 그는 사람들이란 그들이 한순간 감당하는 그만큼밖에 추측할 수 없다고 믿었다. 독자들보다 더 철저하고 더 엄중하게 평가하는 그에게 인정받기를 갈망하던 내겐, 가령 어떤 산장에서 아궁이 불을 붙이거나 자전거를 고치거나 하는 것, 후에 피아트 자동차를 운전하거나 게가 들어가는 스페인 파엘라 요리를 하는 것, 혹은 이와 비슷한 유의 일들을 내가 능숙하게 처리하는 걸 보고 W가 갑자기 칭찬을 했을 때, 그러한 칭찬이 가볍게 들리지 않았다. 그건 정말로 진정에서 우러나온 칭찬이었다. 왜냐하면 W는 빈말로 칭찬하지 못했으니까 말이다. 그는 나의 결혼식 입회인이었고 나는 그의 입회인이었다. 그 후로도 다시 한 번 함께 산행을 하게 되었을 때 우리 두 사람에게는 내 책에 관해서는 언급하지 않고도 하루 종일 얘기할 수 있는 일들이 충분히 있었다. W는 많은 것을 체험했다. 드러나는 모험 같은 건 아니었지만 그 자신의 체험이었다. 다른 사람들에게는 하찮은 실수에 지나지 않는 일도 그에겐 표본적인 의미를 얻게 되는 그런 식이었다. 그것이 수도관 청소일이든, 경매 때 한발 늦게 호가를 부른 일이든, 딸아이의 보모가 보여 준 태도든 상관없었다. 그건 힘든 일이었을 것이다. 하지만 난 왜 내가 W에게 감탄하는지 늘 알고 있었다. 그의 말은 늘 많은 해석의 여지를 담고 있어서 듣고 난 뒤엔 스스로 체험한 것은 아무것도 없는 듯한 인상을 받았다. W가 그의 노쇠한 아버지의 살아생전 마지막 몇 주를 말해 주던 걸 난 결코 잊을 수가 없을 것이다. 내가 더 이상 찾아가지 않았던 저택은, 그의 말을 듣자면, 폐허같이 되어 버렸고, W가 아직도 거기에서 산다는 건 저주였다. 우리가 걷고 또 걷는 내내, 그리고 그가 말하는 내내 난 그의 옆모습을 쳐다보았다. 산속을 걷던 렌츠*였다. 그는 자신을 스트린드베리나, 횔덜린 혹은 반 고흐나 클라이스트**와 비교하지 않았다. 하지만 W는 자신이 우리들 중 그 누구보다 더 그들과 닮아 있음을, 자신의 비극적인 실존을 스스로 의식하고 있었다. 지금도 난 그의 전화번호를 외우고 있다. 내가 그 번호를 마지막으로 누른 지 최소한 십오 년은 지난 것이었다. 오늘은 W의 생일이다. 난 그걸 한 번도 잊은 적이 없었

---

* 야코프 미하엘 라인홀트 렌츠Jakob Michael Reinhold Lenz(1751-1792). 독일 '질풍노도 문학 시기'의 천재적인 극작가로 정신병에 시달리다 요절한 작가. 작품으로는 〈가정교사 또는 사교육의 장점Die Hofmeister oder Vortheile der Privaterziehung〉(1774) 등이 있다. 후에 뷔히너가 젊은 괴테의 불행한 슈트라스부르크 시절 친구이자 정신병의 위기에 처한 불행한 렌츠의 병력을 미완성 단편 〈렌츠 Lenz〉(1839)에서 그려낸 바 있다. 여기서는 뷔히너의 단편에서 환영과 내적인 분열에 시달리며 산속을 헤매던 렌츠의 모습을 염두에 두고 있는 것으로 보인다.

** 프리드리히 횔덜린Friedrich Hölderlin(1770-1843)은 고독하고 고뇌에 찬 시인 상을 대변하는 대표적인 시인으로 알려져 있고, 하인리히 폰 클라이스트Heinrich von Kleist(1777-1811)는 숙명적인 인간의 운명을 다양한 형식으로 문제 삼았고 그 자신의 운명 역시 비극적으로 마감했던 작가이다.

다. 적어도 거의 없었다. 여전히 난 그의 오십 번째 생일을 맞아 로마에서 전보를 부쳤다. 언제 내가 그를 의식하지 않게 되었는지 정확히 알 수 없다. 내가 그사이 부자가 됐다는 사실을 그가 모를 리 없었다. 그는 그걸 어떻게 생각할까? 가끔 우리 두 사람 모두 알고 지내던 화가 친구를 통해, 이를테면, 엄청난 미술품 수집으로 그가 빈털터리가 됐다는 소식 같은 것을 들었다. 그 화가 역시 이 수집품들을 본 적이 없었다. 다시 보기 힘든 걸작들일 것이라고 했다. 난 W가 결혼했다 이혼한 후에도 종종 입에 올리던 보통 가정 출신의 딸을 제외하고는 그와 함께 한 여자들을 본 적이 없다는 데 뒤늦게 생각이 미쳤다. 내가 알기로 첫 번째는 간호사 아가씨였다. W가 자신의 여자들에 대해 말할 때는 이름은 말하지 않았지만 늘 너무나 진지했다. 그녀는 바르셀로나에 사는 스페인 여자였다. 그는 극심한 갈등을 견뎌낼 용기를 가지고 있었다. 한번은 그의 어머니가 내게 그가 여자의 고통 때문에 힘들어하고 있으며, 그 일로 일손도 놓고 있다고 말해 주었을 때 난 반발했다. 난 고통 받는 그녀 편이라고 말했다. 난 W가 철저한 이기주의자였다고 생각하는 건 아니다. 그는 우리들 누구보다 더 자주 자신을 희생했다. 뿐만 아니라 그는 스스로를 희생함으로써 더 많은 것을 희생했다. 한번은 우스운 일이 있었다. 우린 여러 해 동안 서로 만나지 못하다가 알프스 북쪽의 그로서 아우브리히 산에서 예전처럼 산행을 하게 되었다. 반년 전부터 난 의사의 명령으로 술은 입에 대지 않았고, 매일 한 시간씩 산책을 했던 터라 W보다 훨씬 수월하게 산행할 수 있었다. 솔직히 그가 먼저 가서 나를 기다릴 수 없다는 사실이 기뻤다. 그는 뒤처졌다. 정상이 멀지 않았지만 W는 더 이상 올라가려 하지 않았다. 우리 관계를 그렇게 보는 건 너무 유치하다는 걸 알고 있다. 그는 우리가 마지막으로 산행을 하던 이날 몸 상태가 좋지 않았던 것이다. 그즈음(내가 병원에 있던 시기에) 그는 힘들게 지내고 있었다. 결국 우리는 스포츠맨이 아니다. 오십 줄의 남자들일 뿐이었다. 말한 대로 내 일에 대해 얘기하는 것은 꿈도 꾸지 않았다. 내가 대중적인 성공에 심취했을 거라는 그의 말 없는 의혹은 나의 의혹이 되었다. 나는 그 점에 대해 그에게 감사했다. 기실 내가 내 작품에 기뻐하는 건 W를 잊을 때만 가능했다. 그러니까 내 기쁨은 그의 등 뒤에서나 가능했던 것이다. 그의 파란 눈빛 아래서 난 내 작품에 행복할 수가 없었다. 나는 최소한 침묵을 통해 내 작품들의 존재를 드러냈다. 우리 두 사람에게 공통된 침묵이었다. 우리가 마지막으로 만난 것은 1959년이었다. 당시 내가 사랑했던 여자는 철학을 전공했는데, 비트겐슈타인에 대해 논문을 썼고 하이데거 전공으로 박사학위를 받았다. 이날 처음으로 그녀를 본 W는 그 사실을 알 리 없었다. 이름은 이미 듣고 있었지만 그녀의 문학적 배경은 알지 못했다. 그녀 역시 W를 상대로 자신의 논리를 펼쳐나가는 데 힘겨워했다. W가 읽은 적이 없는 논리학 소논문 역시 힘들었다. 피상적인 지식밖에 없는 나로서는 방해하지 않으려고 아무 말도 하지 않았다. 나와 같이 사는 한 여자의 철학 지식을 이해하지 못한 게 분명해 보였다. W는 우리 집에 있는 것이 불편한 것 같았다. 샴페인을 마셨지만 소용없었다. 난 그가 그걸 즐긴다는 걸 알고 있었다. 그리고 그녀는 내가 이 사람에게 얼마나 감사하고 있는지 알고 있었다. 그 점에 대해서 난 자주 그리고 충분히 말해 주었다. 하지만 내 친구를 이런저런 사람이라고 설명해 줄 수는 없었다. 이제 그가 거기에 앉아 있는 것이다. 거구였고 체중도 많이 불어 있었다. 철학자에 대한 논쟁은 벌어지지 않았다. 오히려 W는 소파에 몸을 기댔다. W가 그런 적은 한 번도 본 적이 없었다. 보통 남자가 아닌가! 그는 다른 사람들과 달리 약간 흥분한 그녀의 비위를 맞추려고 하지 않았다. 단지 그녀를 응시하며 말을 꺼내기를 기다렸다. 첫 잔을 비웠지만 그건 문제가 될 수 없었다. 아무도 말을 꺼내지 않았다. 그녀가 그 시간에는 아니지만 자신의 책을 통해 시인이 되겠다는 각오를 피력한 바 있기 때문에

W는 문학에 대해 말하고 싶어 했다. 비록 우리가 듣기로 수집품 목록을 정리하느라 최근에 책 읽을 시간이 거의 없었을 텐데도 그의 말은 미심쩍은 데가 없이 확고했다. 분명히 그에게 횔덜린은 한스 카로사*보다 더 위대한 시인이었다. 어쨌거나 한스 카로사는 그에게 시인으로 남아 있었다. 그녀는 그에 대해 아무 의견도 말하지 않다가 그의 수집품에 대해 물었고, 왜 우리에게 그걸 보여 주려고 하지 않는지, 아니 왜 그녀에게 단 한 번도 보여 주려 하지 않는지 물었다. 고대 중국의 보물과 중세 대가들 혹은 살아 있는 화가들의 작품은 단지 돈으로 구입한 것이 아니라 자신이 직접 선택해 여러 해 동안 보살펴 그 그림들과 하나가 되었기 때문에 심지어 그것을 없앨 권리마저 자신에게 있다는 그의 견해는 농담처럼 들리지 않았다. 그는 오해받고 있다는 걸 알았다. 나중에 알게 된 것이지만, 그래도 어떤 의미에서 이 여자가 그의 맘에 들었다고 했다. 제삼자를 통해 난 W가 프리쉬 같은 사람이 어떻게 그런 여자를 아내로 맞았는지 놀라워하더라는 말을 들었다.

---

* 한스 카로사Hans Carossa(1878-1956). 범신론적 모럴리스트인 카로사는 전쟁이라는 구제할 수 없는 시대 속에서 자신의 작품을 영혼과 우주에 숨겨진 비밀을 드러내는 초월적인 힘으로 만들려고 했다. 〈뷔르거 박사의 최후Doktor Bürgers Ende〉(1913), 12년간에 걸친 독일의 악몽을 회고한 〈이질적인 세계Ungleiche Welten〉(1951) 등의 작품을 썼다.

그 당시 학업을 마칠 수 있게 했던 돈을 나는 결코 갚지 않았다. 그 때문에 그가 상처를 입었을 것이라고 생각한다. 그것이 그의 관대함을 소위 '무효화'했을 것이다. 최근에 취리히에서 W를 보았을 때 나는 당혹스러웠다. 고마움을 의식하고 있었지만 아무런 감정이 없었다. 그를 거리에서 보았다는 편지도 쓰지 않았다. 이제는 더 이상 W가 우리의 긴 이야기에 대해 어떤 생각을 하는지에 관심이 없다. 무엇보다 그 점이 나를 당혹스럽게 만든다. 내 생각에, W와의 우정은 내게는 근원적인 재앙이었고, W로서도 어쩔 수 없었다. 내가 그의 지배를 조금만 덜 받았더라면 더 좋았을 텐데. 그에게도 마찬가지로.

오버룩 :

지명이 약속한 것은 여기에 있지 않았다. 자그마한 언덕에서 멀리 파란색 차가 보인다. 그녀의 것도 그의 것도 아니다. 내셔널 카 렌털에서 빌린 파란 자동차는 아직도 햇빛이 내리쬐는 주차장 위에 홀로 서 있다. 그는 자신이 이날 어디에 있는지 아무도 모른다는 데 생각이 미친다. 그것이 그를 기쁘게 한다. 두 사람은 더 이상 이 길이 해안가로 난 길이라고 믿지 않지만 걷는다. 아무도 볼 수 없는 이 관목과 덤불 속에 서 있지 않으려고. 이제 모습을 드러낸 안테나 탑이 해안은 아직 멀리 있다는 걸 알려 준다. 미군 지역. 그가 지도에서 찾아낸 바로는 여기선 바다로 가는 길은 없다. 두 사람은 길을 잃었다. 하지만 전혀 문제가 되지 않는다. 두 사람은 지금 서 있는 거기에 있는 것이다. 둘 다 아무런 목적지도 없이. 바닥 아무 데나 앉지 않으려고 두 사람은 걷는다. 벌써 더 멋진 풍경이 펼쳐지고 있지만 그는 굳이 마이크로플렉스 200 카메라로 그걸 담으려고 한다. 뷰 파인더를 들여다본다. 덤불이 붙거나 하나도 없는 바위, 하늘, 멀리 희미한 등대가 잡힌다. Zoom. 아직 또렷하지 않다. 등대가 아직 약간 흐릿하다. 기계음을 내며 배율을 높여 봐도 얻는 게 없다. 정오다. 이제 바닷가에 있지 못한 건 유감이다. 토요일인데. 한번은 그가 왼쪽 신발 끈을 매야 한다. 그녀는 서성거리며 기다린다. 두 사람을 본 사람이라면 그들이 어떤 관계인지 판단하기가 쉽지 않을 것이다. 부녀간인가? 아니면 연인? 두 사람은 키스를 하지 않는다. 두 사람은 좀 넓은 길에 다다르자 잠시 동안 손을 잡고 걷는다. 하지만 그 길은 방향이 틀렸고, 둘은 곧바로 그 길을 벗어난다. 이 길은 분명 어떤 농장으로 이어지는 길이다. 풀을 뜯고 있는 말이 보였다. 멀리 고속도로 위를 달리는 자동차가 한 대 보인다. 소리는 들리지 않는다. 새소리가 들린다. 노랫소리가 아니라 짹짹거리는 경계의 소리다. 다시 한 번 그는(베를린에서도 뉴욕에서도) 두 사람이 이 시간에 어디에 있는지 아무도 짐작하지 못할 것이라는 생각을 한다. 아무도 그들과 연락을 취할 수 없다. 둘이 함께 그렇게 한 것이다. 두 사람은 다른 어느 곳이 아니라 바로 여기에 있다는 걸 확인하기 위해 간간이 말을 한다. Look at this. 어쩌면 이날은 아무도 두 사람을 찾지 않을 것이다. 날씨도 행운이었다. 어제까지만 해도 비가 내렸다. 작은 웅덩이를 뛰어넘을 때 그녀의 머리카락을 묶은 매듭이 풀어졌다. 붉은 머리(찔레꽃 열매 색이지만 밝다)가 이제 등 뒤로 풀어헤쳐져 있다. 그녀는 멈춰 서서 다시 머리카락을 묶는다. I am getting hungry. 그녀가 말한다. 그녀가 멈춰 서자 그 역시 말을 꺼낸다. Do you know Donald Barthelme? His work? 그녀는 책을 그다지 많이 읽지 않는다. He is a good friend of ours. 그는 미국 문학에 관해 식자연하지 않으려고 그렇게 말을 한다. 그사이 그녀는 머리를 묶었고, 주차장을 다시 찾을 수 있다고 한 시간 전에 약속했기 때문에 이제는 그가 앞장을 선다. 길이 없다. 풀밭에 코카콜라 캔 하나가 눈에 띈다. 그러니까 두 사람이 이곳에 처음 발을 디딘 사람이 아닌 것이다. 그때 그녀의 머리가 다시 풀어져 버린다. 그녀는 포기하고 이젠 그대로 둔다. 그보다는 린에게 더 연락이 되지 않는다. 물론 어제 그녀는 좀 일찍 퇴근하면서 친구들에게 떠날 행선지를 말했지만, 누군가 이 긴 섬에 있는 호텔마다 전화를 한다 해도 그녀의 이름을 발견할 순 없다. 그의 성만 기재되어 있을 뿐이다. 그리고 아무도 두 사람이 같이 있으리라고 생각지 않는다.

Max, you are a liar.

이날 모든 일이 다 이루어진 건 아니다. 물론 그는 주차장을 발견하고(자동차를 발견할 수 없었던 건 꿈속에서였을 뿐이다) 파란색 포드 자동차는 있던 자리에 놓여 있다. 그때나 지금이나 단 한 대뿐이다. 그녀가 열쇠를 갖고 있다. 린이 차를 몬다. 햄버거나 피자 한 조각이면 그녀는 만족할 것이다. 도로가 끝나는 등대 바깥의 식당은 아직 장사를 시작하지 않고 있다. 화장실만 사용할 수 있다. 그는 테라스에서 기다린다. 성조기다. 펄럭이고 있다. 동전을 넣게 되어 있는 망원경이 있다. 그는 사용하지 않는다. 여기엔 바람이 분다. 린이 잠시 자리를 뜨고, 기다리는 동안 원래 그녀가 어떤 모습으로 나타날지 긴장한다. 초조해 하지는 않는다. 여기선 바다가 보이지만 린의 목소리를 기억하려고 한다. 전화할 때 그녀는 단지 Hi! 하고 말할 뿐이다. 그가 목소리를 알고 있기 때문에. 그녀의 피부, 빨간 머리의 창백한 피부엔 여드름이 없다(그는 그걸 알고 있다). 등을 바다 쪽으로 향하고 벽에 기댄다. 그녀는 이 황량한 테라스로 건너올 것이다. 그녀가 평소 모습으로 그에게 다가와 그냥 여기에 있다는 데 놀랄 준비를 한다. 이제 정오다. 밖에는 모든 것이 다 있다. 펄럭이는 성조기, 볼품없는 등대, 갈매기, 어딘가에서 들려오는 라디오의 음악 소리, 드넓은 주차장 위에 번쩍거리는 양철, 태양, 바람—

린은 31세가 된다.

몇 주 전에 딸을 방문했다. 큰딸인데 할아버지가 되어 찾아갔다. 손녀가 벌써 말을 할 때가 되어 있었다. 독일인 사위 역시 처음으로 보았다. 두 사람은 스코틀랜드에서 만났고 당시 관광엽서를 보내(푸른 언덕이 실려 있었다) 결혼한다고 알려 왔다. 만남. 그리 어렵지도 쉽지도 않았다. 린과 같은 나이인 딸은 이야기 도중 표백되지 않은 양모를 손질했다. 그 전에 아버지와 딸인 우리는 산책을 했다. 사투리로 나누는 대화. 수년 전 딸은 어려움에 처해 나를 전적으로 신뢰하면서 편지를 썼고, 나는 그녀에게 편지를 보냈다. 그녀도 전에 사귀던 남자친구와 함께 나를 찾아왔었다. 무척 마음에 들었던 사람인데… 남자친구는 결혼하지 않은 내 첫 번째 약혼녀의 첫 아들이고, 그녀는 내 첫째 딸이다. 그녀가 나와 결혼하지 않은 건 그 때문이었던 것 같다… 둘이 잘 지낸다는 얘기를 듣는다. 왜 이제는 서로가 별로 할 말이 없는 것인지 명확해지지 않는다. 딸은 독일산 적포도주 한 병을 준비했다. 두 사람은 포도주를 마시지 않아 난 반병쯤 마시다 말았다. 오후와 그날 밤 그리고 다음 날 오전을 머물렀다. 함부르크 행 기차 안에서 책을 읽으려고 할 때에야 비로소 할 말이 없었던 이유가 명확해졌다. 나는 내 책임을 부인하지 않는다. 성장한 딸아이에게 편지를 보내 당시 내가 헤어진 이유를 설명하는 것으로 책임이 면제될 수는 없는 것이다. 우리의 책임은 다른 사람들의 삶에 이용되고, 많은 걸 정당화시킨다.

몬타우크

우리 둘은 이제 바위 위에 앉는다 — 거기엔 사람들이 있다. 나들이 나온 사람들이다. 파도가 몰려오는 바닷가에서 조개를 줍고 있다. 라디오를 가지고 온 젊은 흑인 청년들 셋이 지나갔다. 우리 두 사람을 쳐다보진 않았다. 라디오 소리는 점점 커지다가 다시 잦아들었다.

Dirty Old Man

원래 그런 걸로 보이진 않는다.

How do you call those birds?

그가 이렇게 물은 것은 먼 산을 바라보고(평범한 갈매기들이 날고 있다) 자신을 잊을 요량일 뿐이다. 과체중이지만 몸놀림은 활발한 그는 웨스턴 스타일 셔츠를 입고 있다. 더 젊어 보일 거라는 생각에서가 아니라 편해서. 머리카락을 보면 바람 한 점 없어도 늘 헝클어진 것처럼 보인다. 신사는 아니다. 반백이다… 마지막으로 해수욕을 했던 때를 떠올린다.

1973년 7월 사블 도르 :

우리는 헤어지기로 결정한다.

이곳 해안은 돌이 많다. 모래해변은 없다. 파도는 그리 세지 않다. 미친 듯이 날뛰지 않는다. 둥근 돌 사이로 철퍽거리며 잔물결을 만들고 물거품을 남긴 채 물러난다. 진흙 웅덩이가 생긴다. 그들이 찾았던 것은 탁 트인 대서양이 아니라 포구다. 육지를 볼 수 없긴 하지만.

What are you going to do?

일에 대한 욕망.

돌고래들은 무슨 말을 하는가?

제목이 마음에 든다. 하지만 변한 게 없다. 이 제목을 얼마 전에 주소 때문에 싸 가지고 온 낡은 공책에서 발견했다. 거기엔 이런 메모가 적혀 있었다. 별로 신뢰하기 힘든 소설 — 줄거리는 문제가 아니다. 주요 인물, 새로운 인간이 등장하지 않는다. 돌고래들은 대부분 인간의 지능을 갖고 있다. 하지만 손과 팔이 없다. 그 때문에 돌고래는 세상을 정복하지 못했다고 린이 말했다. 두 팔이 아니라 지느러미를 가지고 있고, 그 때문에 돌고래들은 세계를 파괴하지 않는다. 예를 들어 돌고래들은 결코 국가 같은 걸 건설하지 않으며 오히려 즐거움을 준다(이건 인정해야 한다). 린이 돌고래들과 말을 하고 있다. 그녀는 육지에 사는 아이를 원하지 않는다.

1972년에 난 린을 알지 못했다.

그는 아직도 여전히 자신이 그녀의 몸을 안다는 것이 놀랍다. 그걸 기대하지 않았다. 린이 가끔 그녀 역시 그 밤을 기억하고 있다는 표시를 하지 않는다면 감히 그의 손이 그녀의 머리를 만지거나 하지는 않을 것이다.

1972년 세계는 나를 바쁘게 했다.

All Power To The People

당시 그 담벼락에 쓰여 있던 글씨는 지워졌다. 변화는 더 이상 없을 것이라는 인상을 주었다. 지하철에서 햇살 속으로 나와 보면 사람들은 이 년 전이나 마찬가지로 길을 걷는다. 세상은 그냥 그렇게 흘러간다. 빨간불이 켜지면 기다리고, 파란 신호가 들어오면 걷는다. 아무도 무슨 일이 벌어지는지 모른다. 신문들은 마치 매일 그걸 알고 있는 것처럼 군다. 워터게이트, 그 사건이 일어나지 않았다면. 내 친구들은 나보다 젊지만 벌써 자신이 무기력하다는 걸 알고 있다. 오직 여성들만 변화를 바라고 있다. 나머지는 스트레스 해소다. 모스크바의 붉은 광장은 아무 일 없이 그대로 있다. 베를린 역의 프리드리히 슈트라세 거리엔 모든 게 예전과 같다. 입장료만 십 마르크로 올랐을 뿐이다. 지금까지 전쟁을 목적으로 한 어떤 군비확장도 우리의 강대국들이 결코 벌일 수 없는 전쟁을 피하기 위해 늘려 가는 군비확장만큼 비용이 들진 않았다. 그들이 파산을 할 때까지 평화를 지키겠다는 의지는 의심할 바 없다. 한

데 여행은? 더 이상 보장되지 않는다. 도처에 똑같이 믿을 수 없는 절반의 신뢰뿐이다. 혼돈은 아니다. 아직 모든 것이 존재한다. 그렇지 않으면 텔레비전이 그걸 보여 줄 수 없을 것이다. 비행기에서 내려 손을 흔드는 정치가들, 사막의 원유 탱크, 스위스의 교황 경호, 정치가 한 사람이 죽는다. 다른 정치가는 퇴진한다. 지배는 계속된다. 이슬람 군주와 거대 합병기업의 원유가 위로가 되는 것은 일정 기간뿐이다. 그 밖에 이미 일어나지 않은 건 아무것도 일어나지 않는다. 환경보호가 인류 최후의 과제다 —

4월 8일 뉴욕

4월 17일 토론토

4월 18일 몬트리올

4월 19일 보스턴

4월 22일 신시내티

4월 23일 시카고

4월 24일 워싱턴

나는 나의 역할을 수행한다. 오로지 비행기 안에서 그리고 초청한 쪽에서 마련해 준 호텔 안에서만 잠시 혼자이고, 아무것도 생각할 필요가 없다. 샤워나 목욕을 하고, 창가에서 또 다른 도시를 바라본다. 강연 때마다 드는 약간의 압박감은 여전하다. 원고를 읽을 때 내가 읽어 나간 낱말을 하나씩 잊어간다. 그 후 식은 뷔페를 든다. 난 똑같은 질문에 천편일률적인 대답을 하지 않으니 어쩔 수 없다. 내 대답에 내 자신이 확신을 하지 못하는 것이다. 말하고 있는 한 여성의 잘생긴 치아를 바라보면서 잔 하나를 손에 들고서 땀을 흘린다. 이건 나의 직업이 아니라고 생각하지만 거기에 서 있다—

How do you feel about renown?

한번은 린이 이렇게 물어보는데—그녀의 주방 안이고, 그녀는 낯선 사람에게 처음으로 요리를 해 주는 중이다—그는 단어 뜻을 모른다. 랑겐샤이트 소사전을 갖고 있지 않아 린이 단어 뜻을 다른 말로 알려 준다. 그가 이 질문을 이해했을 때 린은 벌써 통조림을 따려고 준비 중이다. 깡통따개가 있어야 한다. 린이 찾아본다. 서랍은 뒤죽박죽이지만 따개를 찾아낸다. 잃어버린 건 오직 그녀가 던진 질문 뿐. 그리고 그녀는 칼로리에 대해 말을 한다… 난 유명해지고 싶었다. 국가대항전의 골키퍼로. 그러자 관심이 바뀌었을 뿐 아니라 행동에 대한 관심도 커졌다. 우베 욘존*이 어느

* 우베 욘존Uwe Johnson(1934-1984). 독일의 분단문제를 정면으로 다룬

날 밤 스폴레토(1962년)에서 맥주를 들면서 단도직입적으로 묻는다. 프리쉬 씨, 명성을 얻어서 뭐합니까? 무슨 답을 하든 책임이 따른다. 과대망상증이 있나 시험해 보려는 것일까? 물론 내 극작품이 공연되고, 내 책이 더 많이 읽히면 기쁘다. 그 결과, 그러니까 유명한 작가가 된다는 사실에서 난 벗어날 수 없다. 취리히 근교 어느 숲에서 한 쌍의 연인이 우리 곁을 지나간다. 난 그들이 갑자기 대화를 중단하는 것을 느낀다. 스무 발자국을 걷다가 여자가 돌아본다. 그 다음 남자가 돌아본다. 대중사우나에서는 더 부담스럽다. 프리취(Fritsch) 씨 아니세요? 샤워 중에 끝내 그렇게 묻는 벌거벗은 남자는 분명 내 독자가 아니다. 하지만 내가 유명한 사람이란 걸 알고 있다. 텔레비전이 내가 어디서 어떻게 사는지 보여 주었으니까. 그 순간엔 우리 두 사람 모두 볼펜이 없어 제대로 된 내 이름을 써 줄 수가 없다. 벌거벗은 우리 두 사람 모두. 가끔은 좋은 점도 있다. 어떤 독일인 세관원은 내 여권을 보더니 가방을 뒤질 생각을 하기는커녕 오히려 도와주려고 한다. 그 사람은 이름만 아는 게 아니라 극작품도 기억하고 있는 눈치다. 〈노부인의 방문〉*이 맘에 든다고 한다. 나를 다른 작가와 혼동하는 일 없이

작가로 1959년 동독에서 서독으로 건너갔다. 대표작으로는 〈야콥에 대한 추측Mutmaßungen über Jakob〉(1959)이 있다.

도 똑같은 친절을 받기도 한다. 예를 들어 최근에 런던에서도 그런 일이 있었다. 선생님, 영광입니다. 한 젊은 여권 검사인이 이렇게 말하면서 사람들이 밀려오는데도 아랑곳하지 않고 느긋하게 세 개의 영어 제목을 거론하고는 자신이 그중 가장 맘에 들어 하는 것이 어떤 것이라고 알려 준다. 이럴 땐 기쁘다. 순간순간 그게 필요할 수도 있는 것이다. 식당에서 한 여자에게 인사를 건네고 그녀의 외투를 걸기 위해 옷걸이를 찾을 때 당연히 난 누군가 나를 관찰하리라고 생각하진 않는다. 하지만 그녀는 이렇게 말한다. 어디 다른 데로 가요, 여기선 당신 말을 엿듣잖아요! 내 곁에서 내 이름을 속삭일 때 난 태연한 척 할 필요가 없다. 정말로 난 못 들으니까. 당연히 난 여러 해 전부터 독자를 가지고 있다는 사실을 알고 있다. 그리고 그들을 이미 강당에서 본 적도 있다. 그렇다고 그들이 나와 같은 버스에 타고 있으리라 생각하지 않는다. 버스승강장에서 기다릴 때 난 나를 공적인 인물로 생각하지 않는다. 그리고 특별히 겸손하게 보이려고 노력할 필요가 없다. 내가 고민하는 건 전혀 다른 것이다. 내가 얼마나 유명한지 어느 날 딸을

---

* 프리쉬와 동시대를 살았고, 그와 마찬가지로 스위스 작가인 프리드리히 뒤렌마트Friedrich Dürrenmatt(1921-1990)의 대표적인 드라마 작품 이름. 원제는 *Der Besuch der alten Dame*(1956).

통해서 경험한다. 딸아이는 화가 나 있다. 딸아이는 춤출 때 성을 말하지 않는다고 한다. 그건 내 성이고 가볍게 수다 떠는 걸 방해한다는 것이다. 나로선 어쩔 수 없다. 또 난 졸지에 유명해진 것이 아니다. 난 어떤 쪽이 더 좋은 것인지 모른다. 어느 날 아침 눈을 뜨자 자신이 유명해진 것을 알게 된 사람은 그 후로는 그걸 당연하게만 생각할 뿐 천천히 명성을 얻은 다른 사람처럼 가끔 그걸로 놀라거나 하지 않는다. 그러니 오랜 기간에 걸쳐 명성을 얻은 이 다른 사람은 가끔 내숭을 떠는 인상을 주는 것이다. 내가 모르는 누군가가 갑자기 인사를 하면서 자신이 독자라고 밝힐 때 난 쉽게 깜짝 놀란다. 무슨 짓인가? 종종 그들은 요즈음 내가 더 이상 글을 쓰고 싶어 하지 않는 걸 좋게 말한다. 자신을 무슨 배신자나 되는 양 여기는 것이다. 그럴 때 대개 난 바쁜 일이 있는 것처럼 행동한다. 어떤 바에서 술 취한 누군가가 성가시게 굴거나 최소한 그럴 기미가 보이는 경우도 당연히 있다. 그는 내가 스스로에게 도취해 있는 걸로 여긴다. 이런 경우엔 당장 술값을 내고 자리에서 일어날 수가 없다. 무슨 수를 써도 소용이 없다. 대화도, 다른 어떤 것도 도움이 되질 않는다. 그 남자를 그처럼 격분시킨 건 나의 사고방식이 아니라 그 결과다. 이들은 대개 우리 스위스 사람들이다. 그럴 때 난 범인 수배용 인상착의가 존재한다는 사실을 또다시 잊어버리게 된다. 나를 알고 있는 사람들 대부분은 자신을 드러내지 않는다. 배신하지 않는 동화 속의 요정처럼 내가 맥주를 마시게 내버려 둔다. 그리고 나중에 제삼자를 통해 내가 엊그저께 어디서 맥주를 마셨다는 말을 듣게 된다. 과장하고 싶지는 않다. 지역마다 다 다르다. 노동자들이 사는 곳은 어디나 안전하다는 걸 알고 있다. 그렇게 기쁜 것만은 아니다. 누가 내 독자인가? 베를린에서 어떤 인테리어 인부가 이렇게 묻는다. 그럼 작가신가요? 그리고는 그렇다는 내 대답에 기뻐하는 걸 본다. 왜 그럴까? 존경하고 싶은 욕구 때문이다. 그 인부는 그 이름을 본 적이 있고, 누군가 이름이 난 것은 정당한 것이라는 사실을 의심하지 않는다. 그리고 베를린에서 내가 커튼을 달라고 의뢰하면 감사하고, 그 일을 특별히 신경 써서 한다. 좋지 않은 습관에 물드는 것이다. 계산대 앞에 장사진을 치고 차례를 기다리는 사람들 속에 서 있는 것은 다들 그렇듯이 나를 지루하게 만든다. 다들 그렇듯이 나도 잘 참고 기다린다. 하지만 그건 누가 지켜보고 있을 때이다. 여기에도 사람들은 익숙해진다. 다른 결과가 있다. 처음으로 대화를 하게 될 때 사람들은 자신과 자신의 계획에 대해서가 아니라 내 출판에 대해서 말을 한다. 또는 만약 바로 그것이 내가 바라지 않는 것이라는 걸 눈치 채면 그들은 내 말을 듣기만 한다. 난 일정한 고립

속에 빠지게 된다. 거기에서 항상 벗어날 수도 없고, 나로 하여금 독백을 하게끔 유혹하는 위험스러운 고립. 사람들과 만나는 것이 지루해지는 것이다. 한눈에 지식인임을 알 수 있게 하는 그런 사람이 종종 나타난다. 두 시간 동안 그는 마치 우리가 서로를 이미 소개받은 양 행동하고, 식은 뷔페 앞에서 한마디도 하지 않는다. 나중에 그는 내가 다른 사람과 대화에 열중하고 있어서 스스로의 입장을 신경 쓰지 않아도 될 정도의 거리를 유지한 채 대화를 엿듣게 된다. 그사이 난 실제로 그 사람 이름을 잊어버렸고, 그래서 우리의 접촉은 내가 사과하는 것으로 시작된다. 그 때문에 그는 다른 사람들이 아직 대화에 참여하고 있는 동안은 가까이 끼어들지 못한다. 시간이 지나 저녁이 되면 난 그를 더 이상 벗어나지 못한다. 그때 우린 어느 한구석에 서 있게 되고, 거기서 그는 유명세가(그는 이렇게 표현한다) 자기 같은 사람에겐 별다른 인상을 주지 않는다는 걸 고집스럽게 보여 준다. 영리한 사람이다. 그 자신이 하는 일은 말하려고 하지 않는다. 마지막으로 그는 내게 사과한다. 무엇 때문일까? 분명 우리 두 사람은 견해가 다른 것이 틀림없다. 그의 에세이를 부탁하자 근간 출판될 그 에세이는 낡은 것이고 나에 대해 쓴 자신의 글을 읽지 않았으면 좋겠다고 한다. 분명 그것이 내게 상처를 줄 뿐이라고 생각하는 것이다. 왜 그

글이 내게 설득력이 있으면 안 되는 것일까? 오랜 시간을 거쳐 성공한 사람은 경우에 따라서는 허영을 부리지 않아도 된다. 그건 이런 성공의 좋은 면이다. 그와는 다른 것이 있다. 난 전설 따위를 지키는 부류가 아니다. 때로 악수할 때 그걸 느낀다. 이들의 박수갈채는 소개된 사람들을 당황하게 만든다. 보통은 난 무슨 말들이 있었는지 알려고 하지 않는다. 그리고 그것이 내 귀에 들려오면 내 자신보다는 다른 사람에 대해 더 많은 얘기를 듣게 된다. 시기하는 걸까? 첫 번째 성공이나 두 번째 성공 때는 그렇지 않지만 성공이 지속되면 바로 그 성공을 열렬히 바라는 사람들에게는 화나는 일이다. 이들은 마치 (늘 그들이 바라는) 성공의 유일한 목적이나 욕구가 오로지 자신들을 괴롭히는 것이나 되는 것처럼 생각한다. 시간이 지나면서 이들의 흥분은 나의 실패를 통해서도 안정을 찾기 힘들 정도가 된다. 숭배하는 사람도 있다. 베를린의 노인이 그런 부류에 속한다. 난 그걸 그의 아내를 통해서 듣게 된다. 노인에게 나를 숭배한다는 말을 해야 한다고 부추긴 장본인이다. 거리에서 마주친 한 여학생의 얼굴을 보면 내가 학습 자료라는 걸 알게 된다. 그 여학생은 마치 내가 정말로 놀라 자신을 보지 않기라도 한 것처럼 쳐다본다. 아첨하는 사람마저 있다. 이들 중 많은 이는 목적이 있어서 그런 건 아니다. 또 내가 호화만찬에 행복해 하는 걸 어느 정도 중요하게 생각하는 저명인사 부부도 있다. 그와는 좀 다른 경우도 있다. 1968년에 붉은 광장 시위에 참여했고 내가 최근에 모임에서 우연히 알게 된 한 젊은 소련 시민은 시베리아 노동수용소에서 보내온 인사를 내게 전한다. 거기에 수용된, 내가 결코 볼 수 없을 사람의 이름으로 감사의 말을 전한다. 예기치 않은 인사는 하나의 경고, 타락하지 말라는 명령처럼 나를 당혹스럽게 만든다. 명성은 어떤가? 성공과 반대로 명성은 누구의 시기심도 불러일으키지 않는다. 아부하게 만들지도 않는다. 당황해서 그런 행동을 보일 때조차도 명성은 아첨을 허용하지 않는다. 베케트와의 만남이 생각난다. 그와 장기를 두면서 침묵을 하거나 말을 하는 건 간단하다. 작품은 그의 먼 곳에 있는 것 같고, 동시에 그의 분신이다. 다른 사람이 아부를 받는다는 느낌이 들지 않는다. 거기엔 스타가 없다. 겸손함을 가장해 스스로를 숨기려 하거나 그것을 통해 자신이 스타로 자부한다는 걸 흘리는 사람도 없다. 이것은 작은 명성에도 해당된다. 칭찬을 바라는 건 말할 것도 없고, 이해를 바라는 따위는 생각지도 않는다. 혹은 만일 그런 기대가 있다 해도 오류라는 것이 밝혀진다. 그 밖에도 그는 개인으로서 실망할 수 있다. 예를 들어 불행하게 되어 실망할 수 있는 것이다. 그가 자기 작품 일부 혹은 전부를 부인한다는 사실이 드러나도 그건 그의 일이다. 그의 자체 평가는 다른 사람에게 아무런 구속력을 갖지 않는다. 그가 태어날 때 얻어 평생 서명으로 이용한 이름은 공적인 효력을 가지며 개인으로부터 분리되었다. 그는 그걸 배워야 한다. 만일 그것을 배우지 않으면 끊임없이 상처를 입는다. 명성은 비판을 정지시키지 못한다. 다만 비판이 더 이상 개인 차원에 해당되지 않는다고 예상할 수 있을 뿐이다. 그리고 그건 정당한 것이다. 왜냐하면 한 개인과 그의 일에 대해서가 아니라 명성에 대해 비판이 이루어지기 때문에. 사회는 명사를 필요로 한다. 그 때문에 사회가 선택하는 자는 누구인가? 결국 비판은 사회에 대한 비판이 되는 것이다.

린 :

그녀의 말소리를 듣고 있지 않을 때 그녀의 목소리, 그것은 보고 있지 않을 때 그녀의 얼굴보다 그에겐 더 현실적이다. 그녀는 모음을 미국식으로 길게 끌 뿐 아니라 높게 발음한다. 그녀의 목소리를 통해서 나온 그의 이름은 맑게 울린다. 끝의 짧은 X 발음은 실로폰(Xylophon)의 X 발음 같다. 그녀의 목소리는 시끄럽지 않다. 감정이 묻어나는 목소리가 아니다. 힘껏 팽팽하게 당겨진 현의 소리처럼 울리다가 그 울림에 깊이를 더해 주는 메아리가 뒤따른다. 그 순간 그녀의 목소리는 그를 만족시킨다.

비행기에서의 메모 :

일등석을 타고 비행하는 건 얻는 게 많다. 샴페인을 마시다가 옆자리 승객이 폭탄을 취급한다는 사실이 밝혀진다. / 성실한 사람은 누군가 자신이 성실한 사람이라고 말할 때 약간 당혹해하는 사람이다. / 하버드 대학에서 독문학을 하는 미국 여자가 있다. 잉게보르크 바흐만에 대해 논문을 쓰고 있다. 작가의 작품과 개인에 대해 관심이 있다. 그녀는 내 도움을 무척 고마워한다. 로마의 집 주소를 말해 준다. / 신시내티에서는 한 작가가 자신의 과거 작업과 맞닥뜨리게 될 때 어떠냐고 묻는다. 난 그 물음에 어떤 답을 했는지 모른다 — 부인이 옆에 있는데 아, 이 낡은 것들, 빌어먹을 것들!이라고 말했던 화가에 대해 말해 줄 걸 그랬다. 나중에 전시회와 회고전이 문제가 되자 그의 부인은 남편이 골치 아픈 것을 줄여 주려고 이 낡은 것들은 치워 버려!라고 말한다. 이 표현, 즉 남편이 말한 이 말은 아내인 자기가 할 수 없는 것, 그러니까 자기가 그림을 그리지 않았다는 사실은 생각지도 않고서. / 미국인들에게 I am a socialist라고 말하면 존경심을 잃지 않는다. 그러기는커녕 미국인들은 그가 그렇게 할 수 있는 일종의 스타라고 확신한다. / 비행기에서 보면 그처럼 많은 마을과 도시가 들어서 있는 이 넓은 지구상 어딘가에서 누군가가 자신을 그리워한다는 건 믿기 어려운 일이다. 그 생각을 하면 약간의 병적인 쾌감이 느껴진다. 이런 생각을 하면서 이런저런 도시에 서 있으면 서글프기 짝이 없다. / 그 사람 낙심했더군! 이 말은 그 사람 비겁하기 짝이 없다고 말할 때보다 더 안 좋다. 뒷말을 할 때 우리는 생색을 내지는 않는 것이다. / 죄가 무슨 말인지 알지 못한 채 죄책감을 느낀다. / 한 번은 몬트리올에서, 한 번은 시카고에서 두 번 공적인 질문을 받는다. 프리쉬 씨, 당신이 여성을 증오한다는 게 사실입니까? / 나이와 무지의 관계는 어떤 수학적 곡선을 갖는 것일까? 지식이 늘어나도 나이와 함께 곡선은 급해진다. 무지는 끝없이 늘어난다. / 둘이 만나면 그것 말고는 함께 시작할 게 아무것도 없어서 제삼의 다른 개 이야기를 나누는 두 마리 개를 본 적이 있을까? / 한 어부의 동화가 있다. 그는 물속에 쳐 둔 그물을 끌어당긴다. 뭍에 이를 때까지 온 힘을 다해 끌어당긴다. 그런데 그물 속에는 그가 들어 있다. 그 혼자밖에 없다. 어부는 굶어 죽는다. / 가톨릭 측면에서 귀하의 진리에 대한 관계. / 기억에 대한 두려움. 우리가 백묵으로 유리 위에 글을 쓰려고 하는데 유리가 다만 그것의 흔적만을 받아들일 때처럼 기억은 읽을 수가 없다.

어디서 그리고 누구에게 그 말을 했는지 나는 정확히 기억한다. 우리는 길게 난 오솔길을 따라 올라갔다. 그가 말하는 동안 나는 모든 걸 이해한다. 오솔길이 끝나는 곳에서 우리는 서서 머무른다. 만일 그가 계속 걸어 오솔길을 지나고 황회색 강물을 건너갔다면 나는 그를 따르다가 지금은 익사했을 것이다. 그가 그걸 어떻게 설명했는지 더 이상 모른다. / 35세에 (최초의) 성불능.

아레나 스테이지

워싱턴, 오전, 텅 빈 무대를 보고 병적인 쾌감을 느낀다. 그들은 〈도끼 든 백작의 살인사건〉*을 일 년 전에 공연했다. 배우들이 자기가 맡은 역의 이름으로 자기소개를 한다. 코코, 엘자, 마리오 혹은 전 미망인입니다. 전 살인자구요. 그들이 할 수 있는 것을 저녁에 본다. 레온체와 레나.** 나는 감동했다. 나중에 분장실에서 말한 것은 진심이다. 내가 받은 입맞춤 역시 당연한 것이다. 작품을 하나 써서 워싱턴으로 와 그들과 함께 무대에 올리겠다고 약속할

---

* 막스 프리쉬의 1951년 취리히 샤우슈필하우스에서 초연된 드라마 〈외덜란트 백작Graf Öderland〉을 말한다.

** 〈당통의 죽음Dantons Tod〉(1835), 〈보이체크Woyzeck〉(1836)와 같은 드라마로 잘 알려진 19세기 전반기의 작가 게오르크 뷔히너Georg Büchner(1813-1837)의 희극 작품. 원제는 *Leonce und Lena*(1836).

수밖에 없다. 약속을 한다. 어떤 작품이 될까? 새로운 작품이 될 것 같다. 다른 종류의, 유쾌하고, 짓궂고, 무턱대고 웃기는 것은 아니지만 그렇다고 교훈을 담은 것은 아닌 연극이 될 것이다. 단순한 유희 이상은 바라지 않는다. 그것을 내 자신이 아니라 막로제타를 연기하고 온 여배우에게 약속한다. 내가 그 약속을 믿기 위해서는 누군가 거기 있어야 한다. 육체를 가진 사람이. 그렇게 희곡을 쓰고 싶은 욕구가 시작되었다. 나는 연기할 수 있는 육체들을 본다. 그리고 나는 그들이 내 작품을 연기하길, 내 말이 육체를 얻기를 원한다. 남자의 육체, 여자의 육체, 많은 육체를 얻기를.

린

그는 그녀의 얼굴에서 안경을 벗겨낸다. 두 눈을 보기 위해서. 그녀는 그의 영어에 웃음을 터뜨렸다. 그는 그녀의 관자놀이를 건드리지 않고 안경을 벗긴다. 마치 안경사가 손님에게 하듯 조심스럽다. 그녀는 주방에 서 있다. 양손엔 접시를 들고 있어 순간 무방비 상태다. 그녀의 눈 색깔은 물속의 맑은 편암 같다. 그는 그녀에겐 안경이 전혀 어울리지 않는다고 말한다. 그리고 그녀는 그가 불공평하다고 말한다. Because I need glasses. 그녀에게 안경을 돌려주고 만다. Why don't you have a seat. 멋진 아파트다.

But very small. 그래도 그는 간간이 걷는다. 양손은 바지주머니에 넣고 있다. Like a prisoner. 그녀가 말한다. Or like a animal. 그녀가 그를 초대했다. 최근에 그가 비즈니스 점심을 샀고, 또 삼 주 동안 내내 식당에서 식사를 했기 때문이었다. 린은 그렇게 추측하고 있다. 친절한 생각이다. 그는 그녀를 평가할 줄 아는 사람이다. 마치 손님처럼 앉아 있다. 린은 느리고 꼼꼼한 요리사다. 그러니 요리할 때는 말을 할 수가 없다. 그에 비해 그는 약간 도울 수가 있다. 토마토를 썬다. 작은 책상을 더럽히지 않고도 그 일을 할 수 있다. 토마토를 썰면서 말을 할 수도 있다. 다만 말할 것이 많이 떠오르지 않았을 뿐. 캐나다에는 아직도 호수가 얼어 있다는 말을 한다. 마치 하얀 종이쪽지처럼, 타자기에서 종이 한 장을 뜯어내 갈기갈기 찢어 버렸을 때 찢겨진 종잇조각처럼 여기저기 흩어져 있는 그 수많은 호수들이 얼어 있다고. 이제 토마토 둘을 잘라내는 일도 끝났다. 지금은 일요일, 이른 저녁이다. 밖은 아직도 환하다. 프라이팬이 지글지글 끓는 소리를 내자 그는 다시 일어선다. 그녀의 장서를 둘러본다. 그는 자신이 재미없는 사람이라는 걸 알고 있다. 최근에 문학에 대해서는 지겹게 떠들었다. 같이 요리를 하는 게 어떨까? 린은 책이 많지 않다. 그 점에 맘이 놓인다. 문학에 관한 대화는 대개 많이 안다는 걸 드러내고 성급하게 판단해 버리기 일쑤다. 이런 건 원치 않는다. 그렇지 않더라도 하고 싶지 않다. 린이 와인 한 병을 사 놨다. 소테른이었다. 남자 손님이니까 그가 코르크 마개를 딸 수 있다. 뭔가 한다는 것. 그것이 기쁨을 준다. 배가 고픈 것일까? 여전히 풀어헤친 채인 그녀의 긴 머리가 냉장고에서 크림을 꺼내기 위해 허리를 숙이는 데 방해가 된다. 요리를 계속하자니 하는 수 없이 머리를 다시 위로 묶는다. 그리고 우선 손을 씻고 난 다음 수건으로 닦아내야 한다. 그가 쳐다보고 있는 것도 아닌데 린은 약간 긴장하고 있다. 아직 파이프 한 대를 피울 시간이 있다. 그래서 다시 소파에 앉는다. 그는 자신의 나이를 알고 있다. 그리고 결국 그것을 받아들이자고 결심한다. 이제 무슨 말이든 해야 할 것 같다. 린은 왜 말을 하지 않는 걸까? 그는 파이프를 채우는 동안 정적 속에서 식사가 끝나면 오래 머물지 말자고, 절대 키스하지 말자고 결심한다. 가능한 한 느긋하게, 가능한 한 신중하게 파이프를 채운다. 이 두 손엔 그녀의 허리를 안을 권한이 없다. 린은 두 번째 프라이팬에 몰두하고 있다. 그녀의 아파트는 처음 생각했던 것보다 작다. 화장실로 난 문 하나. 다른 문들은 수납장 문이다. 그러니까 원룸이다. 창문 둘에는 격자가 쳐져 있다. 그래도 텔레비전을 도둑맞았다. 그러니까 격자는 분명 튼튼하지 않은 것이다. 격자가 휘어져 있는 것이 보인다. What can you do? 그녀가 묻는다. 당연히 사람들은 두려움 속에 살고 있다. 그녀는 와인을 부어달라고 손님에게 청한다. 두 개의 창문 전방에 쇠로 된 소방사다리가 보인다. 마치 도둑을 위해 만들어 놓은 것 같다. 5미터도 떨어져 있지 않은 담장 너머로 바깥 풍경이 보인다. 담장엔 창이 없다. 담장 너머로 하늘이 약간 드러나 있다. 월세가 얼만지 물어도 될까. 린이 끓이고 구운 것은 맛이 있다. 그리고 이제 그녀는 긴장을 풀었다. 두 사람은 건배를 하지 않는다. 린은 그냥 Hi! 하고 만다. 그녀는 맛있게 먹다가 음반을 틀기 위해 다시 한 번 일어선다. 비발디이다. 그녀의 월수입은 1,080달러다. 세금을 제하고 나면 750달러가 남는다. 휴가는 일 년에 두 번 떠난다. 여기선 그게 보통이다. 으리으리한 빌딩을 소유한 회사가 린에게 만족하지 않는다면 매주마다 해고될 수도 있다. 여기선 그렇다.

Money

우리끼리 있을 때 아버지로서 딸의 경제적인 상황에 대해 물었다. (딸의 장애아 학교는 행정관서의 무지함에 교육신념이 훼손되게 할 수 없어서 국가 지원을 받지 않고 있어서다) 탈색되지 않은 양모를 다듬으면서 말을 주고받던 딸은 오해했던 것 같다. 가족을 떠난 아버지가 정신적으로 자기 아이들에게 지고 있는 빚은 돈으로 갚을 수 없는 것이다. 현재는 괜찮다고 대답한다. 얼굴 표정은 오히려 비웃는 듯했다.

It is pointless

그가 결심과 달리 키스했을 때 린은 이렇게 말한다. 그녀는 소파에 앉으려고 구두를 벗었다. 코르크로 댄 이 구두창이 없으면 키가 물론 더 작다. 많이 작지는 않지만 조금 작아진다. 그는 이걸 알고 놀랐다. 그녀 역시 키스를 했다. 하지만 그런 다음 다른 남자의 두 손을 엉덩이에서 떼어 놓았다. 급하지는 않았다. 은근한 단호함이 느껴질 뿐이었다. 그러면서 그의 이름을 덧붙였기 때문에 그녀의 답이 무안하지는 않다. 마음을 상하게 하는 것이 아니라 명쾌할 뿐이다. 나중에 앨범 하나를 가져온다. 그는 사진을 좋아하지 않는다. 하지만 그는 손님 아닌가. 플로리다에서 벌어진 한 여대생의 결혼식 사진이다. 하얀 드레스를 입은 린은 지금보다 더 통통하다. 두 팔엔 긴 꽃다발을 안고 있다. 야자나무 아래 하객들이 서 있다. I got married as a virgin. That should not be allowed. 그걸 보여 주려고 그녀는 앨범에서 사진을 하나하나 뜯어냈다.

내가 맨 처음 결혼했을 때… 그는 영어로 이야기해 주려고 한다. She too was a virgin. 하지만 이건 이야기하려던 게 아니다. She was an architect too. 그는 이것이 진기한 이야기라고 생각하고 린이 너무 많이 이것저것 묻지만 않는다면 노란 랑겐샤이트 소사전 없이 아는 어휘로 충분히 이야기를 할 수 있기를 바란다. I got married twice. 그리고 Legally라는 말을 덧붙인다. 그녀의 질문을 줄이고 본 이야기로 들어갈 수 있도록 하기 위해서다. 내가 겪은 결코 오래되지 않은 그 이야기들 중의 하나에. 간간이 그는 You know what I mean 하고 말한다. 우린 집을 구해 이사를 한다. 방이 세 개고, 일층엔 방 앞쪽에 작은 정원이 나 있다. 우린 행복하다. To have got this place. 전에는 이 임대주택에 누가 살고 있었는지 난 신경을 쓰지 않는다. 그랬지만 이층에 좀더 젊은 부인이 살고 있다는 걸 알게 된다. 사지가 마비되었다고 했다. 그 때문에 난 할러라는 이름의 그 부인을 계단에서 보는 일은 없다. I was thirty one, exactly your age. 고상하게 준비한 결혼피로연을 마친 후 맞은 첫 날 아침 대문 앞에 꽃이 놓여 있다. 이층의 할러 부인이 보낸 것이다. 난 올라가서 고맙다는 인사를 전하지 않는다. 대신 계단에서 간혹 좀더 나이가 든 아가씨를 만난다. 마비된 여자를 간호하는 여자다. 이름은 아이헬베르크 아니면 아이헬베르거다. 우린 우편함 앞에서 서로 인사를 하는데, 이 아가씨는 매번 알 듯 말 듯한 미소를 보여 준다. 전신마비 환자인 여자는 라디오를 많이 듣는다. 음악만 듣는 것이 아니다. 이건 오히려 별 방해가 되지 않는다. 방송극이며 강연도 듣는다. 그녀의 목소리는 들어본 적이 없다. 함께 고용된 세탁 아주머니 말로는 수년 전부터 침대를 떠나 본 적이 없다고 한다. 앞으로도 결코 침대를 떠날 수 없을 것이다. Incurable. 그렇소. Incurable. 아이헬베르크 양에게 소금이나 통조림따개 아니면 우리 신혼살림에 미처 장만하지 못한 것을 빌리러 위층으로 올라갈 때면 계단에서 기다린다. 자주 있는 일이다. 조그마한 복도와 열린 문틈으로 마비된 여자가 누워 있는 방이 보인다. 그녀는 보이지 않는다. 옷장과 양탄자 한쪽밖에 볼 수가 없다. 이제는 그녀의 침대가 놓여 있는 곳을 알고 있다. 그녀는 내 목소리를 듣는다. 그 후로는 다시 그녀를 잊는다. 한번은 곤란한 일이 생긴다. 전기퓨즈를 빌려야 한다. 아이헬베르거 양의 전기퓨즈 여분이 없었다면 우리는 신혼생활을 자주 어둠 속에서 보내야 했을지도 모른다. 그녀가 그걸 갖고 있으리라는 건 그녀의 특이한 미소만큼이나 확실했다. 내게 들어

오라고 한다. 나는 일 년 넘게 내 목소리를 알고 있는 할러 부인이 같은 집에 사는 이웃을 한번 보고 싶어 하는 것이리라 여긴다. 당장에 거짓말을 한다. 막 손님이 왔노라고 말한다. 대여섯 걸음만 옮기면 될 텐데. 다음번에 그렇게 하지요! 이렇게 말하며 퓨즈를 빌려 준 것에 고맙다는 인사를 한다. 다음 날 난 전기퓨즈를 여분으로 준비해 둔다. 더 이상 위층으로 올라가고 싶지 않다. 왜 내가 할러 부인을 보기를 꺼리는지 사실 잘 모른다. 아내가 장 보는 걸 잊었을 때면 아내 보고 좀 올라가 보라고 한다. 일 년 내내 다시는 위층에 올라가지 않는다. 그 당시 첫째 아이가 태어나 다른 더 큰 집을 얻자고 결정했지만 돈이 부족하다. 그래서 그냥 그 집에 머문다. 또 한 해가 지난다. 그러고 나서야 난 테레제 할러가 누군지 알게 된다. 가끔 우리 우어줄라를 돌봐 주는 아이 헬베르크 양이 내 아내와 서로 친해지는 걸 방해할 명분도 없고 또한 그것은 당연한 일이다. 아내가 위층 집에 초대받은 것도 마찬가지다. 아내는 거절하지 않았고 마비된 여자를 알게 되었다. 그녀는 손가락 하나 움직일 수 없었다. 움직일 수 있는 건 머리뿐이었다. 아이를 낳다가 마비가 온 것이다. 우리, 나와 아내는 식탁에, 그리고 아이는 아동용 의자에 앉아 있을 때 난 그 말을 듣게 된다. 그 외에도, 아이가 재잘대는 동안, 불치병에 걸린 그 여자가 나를 알고 있다는 말을 전해 듣게 된다. 그녀와 난 초등학교 동창이라고 했다. 테레제 할러 목. 몇 해 동안 난 매일 이 이름을 우체통에서 보았지만 한 번도 어렸을 적 이름인 테지를 떠올리지 못했다. 우리는 초등학교 동창만은 아니었다. My first love. 그가 말했다. But she could not know this. 금발을 땋아 내린 활발한 소녀였다. 우린 그걸 잡아당길 수도 있겠다고 놀려대곤 했었다. 그녀와 단둘이 있어 본 적은 없었다. 사동使童이던 내 가장 친한 친구도 테지를 좋아했다. 하루 종일 물레질 일을 하던 그 친구 어머니의 프라이팬에서 우리 둘은 납을 녹여 결혼반지를 만들었다. 우리는 오후를 다 소모한 끝에 이걸 만들었다. 프라이팬에서는 은빛을 띠던 납은 식은 후에는 항상 광채를 잃었고, 손가락에 낄 때까지 반지는 항상 투박한 회색이었다. 우리가 할 수 있는 일이란 고작 학교 운동장에서 테지를 붙들고 그녀의 말총머리를 잡아당기는 것이 다였다. 언젠가 수학여행 때 그녀는 내 입술에 키스를 했다. 열네 살의 여자아이가. 그리고 내 친구에게도 똑같이 그렇게 키스를 했다… 다음 날 난 마비된 부인을 방문하겠다고 약속한다. 그리고 실제로 그렇게 하겠다고 마음먹는다. 우리가 정원에 앉아 있으면 그녀는 우리가 나누는 말을 들을 수 있다. 그녀 방의 창문은 대개 열려 있다. 그녀의 슬픔은 육체적인 통증에 있는 것이 아닌 것이다. 내가 성공했다는 소식을 신문에서 읽었을 때 그녀는 축하의 말을 전한다. 난 아직도 할러 부인이 사는 위층에 올라가지 않고 있다. Why not? 그는 말한다. I just don't know. 그사이 난 저녁에도 작업을 할 수 있도록 맨 꼭대기 방을 하나 세냈다. 그러니까 난 거의 매일 밤 그녀가 살고 있는 방문 앞을 지나간 것이다. It's a shame 하고 그가 말한다. 어느 날 밤 건축 현장에서 돌아왔을 때 우리 집 방문이 활짝 열려 있다. 집에는 아무도 없었고, 폭풍이 불어 비가 내리고 있다. 아내가 정원에 있으리라고는 상상도 할 수 없다. 아내를 불렀지만 소용없다. 위층에 간 것일까? 부엌 전깃불판 위엔 빈 프라이팬이 놓여 있다. 벌겋게 달구어져 있다. 위로 올라가자 아이헬베르거 양이 문을 열면서 나를 위로한다. 아내가 다시 의식을 회복했단다. 무슨 일이 일어난 건지 이해가 가지 않는다. 수년간 들어가길 회피해 왔던 그 집에 들어섰을 때 난 모든 걸 각오한다. 그 순간에만은 할러 부인을 의식하지 않는다. 아내가 렌지 앞에서 벼락에 맞았다고 한다. 아내는 소파에 누워 있다. 완전히 넋이 나갔고, 창백하다. 하지만 의식은 돌아와 있다. 지금 아내는 둘째 아이를 임신 중이다. 아이헬베르크 양이 앉으라고 한다. 앉지 않는다. 난 아내와 마비환자 사이에 서 있다. 그녀는 침대에 누워 있다. 우리 아이도 거기 있다. 가족으로서 우리 식구 모두가 거기에 있는 것이다. 밖에는 아직도 천둥 번개가 치고 있다. 다시 한 번 앉으라고 청한다. 무슨 일이 벌어졌는지 상세하게 듣고 난 후 난 할러 부인에게 인사를 해야 할 시간이 왔다고 생각한다. 테지! 난 마치 이제 막 방에 들어온 듯이 말한다. 더욱이 그녀의 침대가 놓여 있는 곳은 몇 해 동안 내가 생각했던 것과는 다르다. 내가 기대했던 것과 달리 오른쪽 구석이다. 그 때문에 난 혼란스러워졌고, 바로 그 순간 수년간 내가 알고 있었던 걸 잊는다. 난 그녀에게 인사치레로 손을 내민다. 그녀가 잡을 수 없는데도. 하지만 그녀는 미소를 보이지 않는다. 그녀의 두 팔은 침대 위에 누인 몸에 나란히 놓여 있다. 인형의 팔처럼. 그 밖에도 우린 말을 놓지 않는다. 난 그녀가 말을 할 때 머리를 돌리지 않아도 되게끔 그녀 옆에 앉는다. 할러 부인은 내가 변하지 않았다고 한다. 그녀의 얼굴은 천진하고 말은 느리지만, 번개가 칠 때마다 아직도 무서워하고 있는 아내에 비해서는 쾌활하다. 아이헬베르거 양이 차를 끓였다. 우리 집 전기레인지 스위치는 내가 꺼 놓았다. 마비된 부인은 마치 우리의 방문을 예상하고 있었다는 듯 목걸이와 팔찌를 하고 있었고, 단정하게 빗질을 하고 누워 있다. 그녀는 내가 왜 올라오지 않았는지 묻지 않는다. 우리 아이 우어줄라는 그녀의 침대 위에 앉아 있다. 차 한 잔을 마셨을 때 나는 아내를 데리고 내려가야 할 시간이라고 생각한다. 비록 아내가 인제야 두려움을 어느 정도 잊을 만하게 대화를 즐기고 있긴 했지만. 그래서 난 예전처럼 다음에 오죠! 하고 말한다. 물론 도와준 것 그리고 다른 모든 것에 감사의 말을 전한다. 할러 부인이 손을 내밀 수 없는 터라 어떻게 작별을 고해야 할지 알 수가 없다. 그렇더라도 그녀의 손을 잡아야 할까? 그사이 과거 내 친구 이름도 다시 떠올랐다. 그의 이름은 본디였다. 에밀리오 본디. 그는 지금 어떻게 됐을까. 마침내 그리고 다소 갑작스럽게 작별 인사를 할 때 난 할러 부인이라고 말한다. 그 말은 테지라는 이름보다 더 정확하고 더 다정하게 들린다. 이름을 부르며 난 침대보 위에 누워 있는 몸 옆에 놓여 있는 그녀의 움직임 없는 두 손을 잡는다. 그녀는 아무 느낌도 없는 것 같다. 우리는 집으로 간다. 의사가 임신한 아내를 검진하고서 모든 게 정상이란 걸 알았다. 아이를 낳기 직전에야 비로소 그 기억이 난다. 천둥 번개는 없었지만 비가 내리는 밤이다. 갑자기 바보 같은 두려움이 인다. 불치병을 가진 아이가 태어날 것 같다. 날 때부터 불치인 그런 아이가. 아내도 그 생각을 하고 있다. 난 그걸 알고 있다. 다만 우리 둘 모두 그걸 인정하지 않을 뿐. 난 의사가 가라고 할 때까지 아내의 땀에 전 두 손을 잡고 있다. 의사는 내게 거실에 앉아서 소주나

한잔 하라고 한다. 나중에 부르겠다고 한다. 하지만 아내는 아이를 낳을 때 곁에 있어 주기를 원하고, 난 아이가 나올 때까지 거기에 머문다. 건강한 아이가 태어난다. 아들이다. 우리는 몇 년 더 그 집에 살지만 할러 부인을 다시는 찾지 않았다. 찾아봐야지 하고 늘 생각만 하고 있었다. 나중에(1955년) 나는 그 집을 떠났다 —

Max, you are a monster.

— 그리고 혼자 살고 있다. 방 두 개짜리 농가農家에. 부엌과 욕실이 있고 밤 10시까지 전축을 틀 수 있다. 손을 뻗지 않고도 천장에 손이 닿는다. 아래층에 사는 농사짓는 노처녀는 신발을 벗고 걸어도 그 소리를 모두 듣는다. 기름오븐 속에서 들려오는 나지막한 소음들까지. 왕성하게 작업을 한 세 번의 겨울과 네 번의 여름이 지난다 —

몬타우크

구름 한 점 없는 오늘 만사가 뜻대로 되진 않는다. 그는 지도상의 컬러든 포인트로 가자고 제안한다. 그곳은 작은 어촌 마을로, 포구와 돛대, 집들과(일 년 전 브르타뉴에서와 같은) 마을 사람들이 살고 있으리라고 장담했다. 하지만 거긴 정차할 데가 못된다. 해안평지를 따라 바라크들이 늘어서 있다. 일부는 녹슬어 있다. 모터보트들은 부표에 맞닿아 있고 그 일부는 수리를 하느라 평지 위에 놓여 있다. 주차장과 깃발이 걸린 주유소, 낡은 타이어 더미, For Sale이라고 쓰여 있는 온갖 쓰레기와 웅덩이가 산재한 땅, Texaco, Pizza, Shell, Blue Ribbon, Hamburger, Real Estate라고 쓰여 있는 익숙한 간판들뿐이다. 때는 정확히 정오다—어쩌면 린이라는 이름의 이 젊은 여자는 이젠 차라리 다른 어딘가에서 혼자였으면 좋겠다고 생각할지도 모른다… 아마간세트, 이 명칭 역시 인디언식 이름이다. 비록 이곳 역시 마을은 아니었지만 두 사람은 여기에 멈춘다. 아담한 흰색의 목조 주택 주위로 잔디가 둘러 있다. 잔디와 나무들 모두 잘 가꾸어져 있다. For Rent라고 쓰인 팻말이 하나 있을 뿐 울타리는 없다. 이 지역에는 모두가 잘산다. 모두가 꽃을 가꾸고 있다. 자연 속의 복지다. 푸른 하늘조차 가꾼 듯 보인다. 여기저기에 번쩍이는 리무진이 서 있다. 스프링쿨러 한 대가 초록의 권태에 저항하고 있다. 두 사람은 여기서 어떤 존재일까? 이쪽으로 가든 아니면 다른 쪽으로 가든 다른 게 아무것도 없다. 잔디와 나무, 하얀 저택뿐이다. 어딘가에 성조기 하나가 보인다. 이 지역의 중심부임이 분명하다. 너무나 평화롭다. 모든 게 너무나 밝고 평화로워 마치 광고지를 보는 듯하다.

새소리가 들린다. 갑자기 어떤 담화도 나눌 수 없을 만큼 황량하다. Church, Liquor Store, Antique Shop, Boutique라고 쓰인 간판이 보인다. 사람들이 뭔가 필요할 경우엔 여기에서 구원을 받을 수 있을 것이다. 어쨌든 린은 바지들을 유심히 둘러본다. 혁대 등 특별한 것은 아니다. 그냥 거기 있는 것일 뿐. 그녀는 아무것도 사지 않을 것이다. 그가 선물하는 것도 원하지 않을 것이다. 여자들이 아무래도 사지 않을 물건들을 관찰할 때면 언제나 그런 것처럼 그는 당장에 지루함을 느낀다. 그는 린이 배고프다는 걸 떠올리지 않는다. 오히려 그가 목이 마른 것 같았다. 양품점을 운영하거나 아니면 최소한 그곳 종업원인 아가씨는 소파에서 일어날 생각을 않는다. 맨발인 채로 책을 읽고 있다. 린이 무례하지 않으려고 뭔가를 물었고, 거기에 대한 답을 들었는데도 그녀는 책 읽기를 중단하지 않는다. 그 아가씨에게는 문고판 책에서 읽고 있는 것이 양품점보다 더 중요한 것 같아 보인다. 그는 왜 자신이 그녀의 두 발, 책 읽고 있는 여자의 두 발을 쳐다보고 있는지 모른다. 수족관에 금붕어들이 있다. 시간이 없어 유감이다. 린은 이제 모자 옆에 서 있다. 그는 자신이 화를 내지 않는 것에 신기해한다. 머릿속으로는 뭔가를 계속 생각하고 있는데 종종 똑같은 것이다. 그래서 무슨 생각을 하고 있는지 관심을 두지 않는다. 크고 육중한 고리가 달린 혁대 꾸러미에서 자세히 보려고 하나를 집어 들자 린은 Too much expensive라고 말한다. 이것 역시 책 읽는 아가씨를 방해하지 않는다. 이렇게 두 사람은 그냥 나간다. Bye라고 그가 말한다. 책 읽는 아가씨는 눈을 떼지 않고 Have a nice day라고 말한다. 차 안에서(린이 운전을 한다) 그는 자신이 양품점에서 무슨 생각을 했는지 알게 된다—난 이날을 기록해 두고 싶다. 오직 이날, 우리 두 사람의 주말을. 그리고 어떻게 이렇게 되었는지, 앞으로 어떻게 될 것인지를. 나는 아무런 꾸밈도 없이 이야기할 수 있기를 바란다. 단순한 서술자의 입장에서.

왜 하필이면 이번 주말인가?

— 베를린의 작은 주말시장에서의 첫 번째 장보기. 내가 하루 종일 수리공을 기다렸던 텅 빈 집을 서술하는 대신 이번 주말을 이야기하고 싶은 것이다. 내일이면 더운물도 나오게 된다는 얘기. 이 절반의 베를린의 거리 그리고 그 거리의 선술집, 절반의 하펠 천川, 북녘 하늘 아래 서 있는 소나무들. 부엌 기구를 사려고 보내는 시내에서의 오후를 얘기하는 대신에. 우리가 부엌을 설치하는 건 일곱 번째다. 우리 집은 템펠호프 비행장에 위치해 있다. 비행기는 뒤뜰을 울리면서 서편에서부터 활주로를 달려 반대쪽

으로 이룩할 만큼 낮게 난다. 그 사이 정적이 흐른다. 평화로운 정적이다. 물론 생각지 않게 필요한 것이 있다. 책상 위로 아침 햇살이 비치기 때문에 블라인드를 단다. 옷걸이는 다섯 개를 단다. 어제까지만 해도 우리는, 이제 아파트에 갑니다라고 말했다. 오늘은, 집에 갑니다하고 말한다. 온갖 종류의 종이 상자들이 가구인 양 놓여 있다. 책들은 바닥에 놓여 있다. 오래된 장롱 하나가 있다. 집에 찾아온 사람들 모두 그걸 보자마자 맘에 들어 한다. 누가 이걸 발견했을까? 당신이 발견했다. 긴 탁자는 누가 찾아냈을까? 나무못이 걱정된다. 텅 빈 하얀 방에 소리가 울린다. 작은 라디오에서 음악이 흐르고 있다. 우리가 취리히에서 찾았지만 헛수고였던, 정확히 그런 종류의 집이다. 단순하지만 천장이 높은 방을 가지고 있다. 이렇게 우리는 베를린에 살게 된 것이다. 그럴 만한 이유가 생긴다. 장벽과 함께하는 생활. 그 너머엔 친구들 몇이 산다. 그중 몇은 용감한 행동, 오랜 기간 동안의 용감한 행동으로 나를 부끄럽게 만든다. 일요일에 클라이스트 묘지에 간다. 내가 알고 있는 새 건축 중 최고의 내부 공간을 보았다. 샤로운의 필하모니 건물. 추운 이월에 바람이 약간 분다. 우선 부엌이 거주할 만하게 되었다. 가스레인지가 설치되어 있다. 실내가 꽉 차서는 안 된다고 한다. 나도 같은 생각이다. 하지만 의자는 필요하다. 전화는 마루에 놓여 있다. 작은 원형식탁이 가든 레스토랑이나 술집을 떠올리게 한다. 유렉이 독일민주주의공화국에서 가져온 화려한 유겐트슈틸풍의 전등과 같은 풍의 또 다른 전등이 있다. 당신 마음에도 드는 것이다. 오스발트 비너가 주점을 차리고 있다. 망명 중에. 우리 둘 모두에게 편안한 곳이다. 당신이 의자를 발견했다. 개당 50마르크였지. 그리고 당신은 수염 기른 두 대학생이 경영하는 가게에 감격한다. 난 의자를 검사해 보려고 거기에서 있고, 당신은 마치 내가 의자와 무관한 사람처럼, 마치 다른 손님인 양 몸을 내게서 돌린다. 와인 한 잔을 내오는 수염을 기른 두 학생은 우리 두 사람을 손님으로 맞는다. 똑같은 손님으로. 슐라흐텐 호숫가에서 오후를 보낸다. 당신이 활기에 차 있으면 나는 잠시나마 당신이 겪은 나와의 불행을 다시금 잊게 된다…

Journal intime내면 일기

예를 들어 우리의 대화를 위해 날짜를 확인하려고 다시 한 번 그 안을 읽어 보면 내가 이 년 혹은 오 년 전에 정확히 똑같은 깨달음에 도달했다는 걸 알고는 깜짝 놀란다—다만 깨달음에 따라 살지 못했기 때문에 그걸 다시 잊을 수 있었을 뿐이다. 끈질기게 그 정반대로 살아온 것이다.

그는 현관에서 그녀가 전화하길 기대했다. 밖은 여름밤이었다. 그 대신 문의 초인종이 울렸고 거기에 린이 서 있다. 그가 문을 닫고 난 후 방에 들어서서야 비로소 그녀는 Hi!라고 말한다. 그녀는 술 달린 재킷을 벗지 않는다. 방에 머무를 뜻이 없는 것이다. 악수는 하지 않는다. 린은 오늘 매일 하던 명상을 하지 않았다. 아침을 들기 매 이십 분 전, 일이 끝난 후 사무실 소파에서 이십 분씩 하던 일이다. 오늘은 부장이 그녀를 불렀다. 회의가 있었다. 이제 그녀에겐 소파 하나와 자신만의 이십 분만 있으면 된다. 그가 방을 떠날 필요는 없다. 말만 하지 않으면 그가 있다고 해서 방해될 건 없다. 핸드백을 양탄자 위에 두고는 그녀는 눈을 감은 채 말없이 앉는다. 자루같이 생긴 커다란 백이다. 두 팔은 편 채 자연스럽게 바지 위에 올려놓는다. 그사이 그는 북리뷰지紙를 읽을 수도 있었다. 하지만 그녀에게서 좀더 떨어져 있으려고 작은 부엌에 들어가 여기저기를 손본다. 재킷을 벗지도 않은 채. 그녀가 앉아서 두 손은 자연스럽게 두고 미동도 하지 않은 채 호흡을 하는 동안 그런 그녀를 거의 주시하지 않는다. 그녀는 호흡을 한다. 그것밖에 없다. 그녀는 가볍게 숨을 쉬고 그런 다음 점점 더 느리고 더 규칙적으로 숨을 쉬는 것처럼 보인다. 그는 시계를 쳐다보았다. 정해진 이십 분 때문에. 한번은 그녀의 오른쪽 발의 위치가 바뀐다. 그녀는 모르고 있는 것 같다. 앉아서 잘 때처럼 미끄러져 떨어진 건 아니다. 린은 자고 있는 것이 아니다. 긴 첫 몇 분 동안 그는 쇼라고 생각한다. 그런 다음 창가에 선다. 그녀에게 등을 돌린 채 두 팔은 바지 주머니에 넣고서. 십일 층 아래 그 사거리를 다시 한 번 바라본다. 이 년 전에는 십육 층에서였다. 이 높이에서 바라본 사람들의 모습은 모자와 어깨뿐이다. 화려하고 단추처럼 납작하다. 하지만 태양이 비추거나 아니면 가로등 불빛이 있는 동안은 긴 그림자를 동반하고 있다. 그림자는 그들 주위를 돌면서 짧아졌다가 다시 길어진다. (이 년 전과 똑같이) 누군가를 기다릴 때면 누군지 알아보는 건 힘들다. 갈색 모자가 보이면 이미 그녀가 오는구나하고 생각한다. 그녀는 아주 늦게 오는 편이 아니다. 그녀임을 의심할 하등의 이유가 없다. 속아 넘어가게 되는 것이다. 모자는 다른 어딘가로 가 버린다. 이제 그는 창문을 벗어난다. 옛 민요를 떠올리지 않기 위해서. 십이 분이 지났다. 이 특이한 여자는 머리는 곧추세우고 입술은 가늘게 다문 채 아직도 소파에 앉아 있다. 두 눈은 감고 있다. Inconnue de la Seine센 강의 이름 모를 소녀로군. 그녀를 조롱기 섞인 눈으로 보려고 해 본다. 이것 역시 그녀를 방해하지 못한다. 마침내 그는 다른 소파에 앉아 파이프에 담배를 채운다. 사실 그는 기다리는 것이 아니다. 그냥 거기 앉아 두 팔을 무릎 위에 괴고 피울 생각도 잊고서 파이프를 손에 들고 있다. 뭔가 활동을 하려는 마음이 없다. 아주 조용하지는 않다. 약하게 에어컨 돌아가는 소리며 때로 버스 지나가는 소리, 경찰 사이렌 소리도 들려온다. 그는 양탄자를 바라본다. 분명 방마다 똑같은 압축 양탄자가 깔려 있다. 이것도 벌써 여러 번 생각한 적이 있다. 한번은 술에 취한 채 이 더러운 압축 양탄자 위에 두 팔을 뻗고 누워 나는 지구가 둥글다는 걸 느낀다, 나는 지구가 둥글다는 걸 느낀다고 소리친 적도 있다. 그녀가 집에 돌아온 시간은 자정이 지나 있었다. 어디서, 왜 그렇게 늦었는지 말할 필요는 없었다. 그는 누군가에게 나는 지구를 안고 있어!라고 말할 수 있다는 것이 기뻤다. 그의 희열은 무시당하지 않았다. 침대가 아니라 압축 양탄자 위에 누워 있었기 때문에 야단은 맞지 않았다. 그녀는 침대 옆 압축 양탄자 위에서 얼지 않도록 아직도 침대 위에 놓여 있던 이불로 그를 조심스럽게 덮어 주었다. 나는 지구를 안고 있어! 그는 황홀했다… 이제 흰색 전화기가 울린다. 그는 주저하다가 수화기를 집어 들었다. 전화벨 소리를 멈추기 위해서. 보통 때보다 낮은 목소리로 말을 하지는 않았다. 다만 독일어로 더 짧게 말했을 뿐이다. 다음 날 약속이었다. 수화기를 내려놓고 그녀를 바라보았다. 창백한 목과 부드럽고 단호한 턱선, 귀. 머리카락은 뒤로 넘겨져 있다. 그새 입술은 약간 벌어져 있다. 도착했을 때 그녀는 약간 피곤해 보였다. 힘든 도시라는 걸 알 수 있다. 풀어헤친 머리카락을 매만지기도 한다. 그때도 머리는 움직이지 않는다. 그건 특이해 보인다. 머리와 손, 어떤 것이 그녀의 것인가? 그런 다음 그 손은 다시 바지 위에 놓인다. 그녀의 허벅지는 가늘다. 그는 시계를 본다. 시간은 멈추지 않는다. 다만 다른 시간일 뿐. 그는 파이프를 채우지도 않고 앉아 있다. 사물들을 바라본다. 내 작은 타자기 올리베티 레테라 타자기, 노란 전등, 플라스틱 접시 하나, 그녀의 녹색 라이터, 바닥 소파 옆에 놓인 그녀의 핸드백. 열린 창문 밖으로 눈길을 주기도 한다. 맞은편 집의 전면, 적갈색 사암, 황색으로 물든 하늘을 배경으로 검게 솟아 있는 지붕들 위에 놓인 물탱크를 본다. 밝은 저녁이다. 살아있는 그녀의 두 발을 바라본다. 앞서 그녀는 신발을 벗었고 맨발이다. 이건 분명 그녀의 것이다. 그녀의 두 발, 그녀의 두 손, 그녀의 이마, 그녀의 귀. 모든 것이 미동도 하지 않는다. 하지만 그녀는 살아있다. 숨을 쉬고 있다. 살아있는 몸이다. 그로서는 그렇게 오래 있을 수 없을 것이다. 그녀가 두 눈을 뜨고 누군가 방에 있다는 것을 알고도 조금도 당황하지 않고 신발을 신을 때 그는 (린이 알아채지 못하게) 시계를 본다. 정확히 이십 분이 지났다. 극히 정확하다. 식사하러 어디로 갈까? 그녀는 담배를 하나 피우고 싶어 한다. I am hungry. 그녀는 이렇게 말하면서도 바닥의 핸드백을 집어 들지 않는다. 린은 아직 욕실에 다녀와야 한다. 그는 방 열쇠를 들고 기다린다. 즐겁다. 초대, 흥미 있는 초대가 있었지만 거절했다. 다시 한 번 단 둘이 있고 싶어서. 린이 함께 식사하러 갈 수 있어 즐거운 것이다. 그녀가 욕실에서 나오자 그는 핸드백을 챙기라고 한다. I'll take it later. 그녀의 핸드백은 호텔 방에 그대로 있다.

I like your sense of humor

모임(Pen club)에서 그녀는 자연스럽게 웃는 편이다. 사람들을 싫어하는데도 재미있어 한다. 둘이 있을 때 그녀는 그가 기대하지 않았을 때 웃는다. 그녀의 웃음소리는 무척 앙칼진 소리가 난다. 다른 사람이라면 그녀가 웃는다고 생각하기 힘들 것이다. 일부러 웃지 않을 때도 있다. 그러니 그녀가 웃는다면 그건 깜짝 놀라서 웃는 것이다. 그럴 때면 그녀의 얼굴이 순간적으로 변한다. 대개는 그가 특별히 웃겼다는 느낌은 들지 않는다. 그녀가 웃는 건 재미있는 말 때문이 아니다. 길게 웃는 법은 없지만 웃을 때 그녀의 얼굴, 그녀의 눈길이 잠시나마 밝아진다.

You have an open face

아직 한 번도 해 보지 못한 말이 있다 :

I love you

(남녀 간의 관계로서의 사랑에 대해 새로 보고할 건 없다. 문학 작품 속에서 온갖 형태로 묘사되어 있으니까. 그 이름에 걸맞은 한 사랑은 더 이상 문학의 테마가 아니다 ─ 이렇게 단언하는 사람들이 있다. 그렇게 말하는 사람은 남녀 간의 관계는 변한다는 사실, 또 다른 사랑 이야기가 펼쳐진다는 사실을 오인하고 있는 것이다.)

Woman's Liberation

그는 우리 사회에 그보다 더 시급한 일은 아무것도 없다는 데 찬성한다고 단호하게 말한다. 린은 그가 지금까지 해방된 여성과 함께 살아 본 적이 있는지 묻지 않는다. 그 자신 스스로 이런 질문을 해 보지 않았던 것이 안타깝다. 이제 린은 그걸 알고 싶어 하고 그는 차를 따른다. 해방된 여성? 두 사람은 중국식 젓가락으로 식사를 한다. 젓가락 한 짝으로 희고 가벼운 건조한 쌀을 집는 건 간혹 잘될 때도 있지만 이내 다시 실패하고 만다. 그에 반해 죽순은 미끈미끈하다. 그리고 잃는 것은 죽순만이 아니다. 대화의 주제도 잃고 만다…

맨해튼의 착한 신*

함부르크의 방송국에서 일이 있었다. 방송극을 만들게 되었다. 그때 내가 개인적으로 모르고 있었던 젊은 여류 시인에게 편지 한 장을 썼다. 다른 쪽, 즉 여성이 자신을 표현하는 것이 좋은 것인지, 그것이 얼마나 중요한 것인지 묻는 편지였다. 그녀는 충분한 찬사를 받고 있었다. 대단한 찬사였다는 걸 알고 있었다. 그럼에도 나는 굳이 편지를 쓰고 싶었다. 난, 우리는 여성, 여성의 자기 묘사를 통해 남성을 묘사할 필요가 있습니다라고 말하고 싶었다. 그녀가 편지로 보내온 답은 나를 당혹스럽게 했다. 파리로 갔다가 취리히로 오겠지만 머무는 시간은 4-5일에 지나지 않는다는 것이다. 그게 무슨 뜻이었을까? 그 뒤 그녀는 오지 않았다. 나는 뮌헨의 그녀 주소도, 파리 주소도 갖고 있지 않았다. 출판사를 통해 편지를 보냈으니까. 나중에 파리에 머물 때 그녀는 그 사실을 신

* 잉게보르크 바흐만Ingeborg Bachmann(1926-1973)의 1958년의 방송극.

문에서 보고 내가 루브르 호텔에 있는 것을 알아냈다. 그리고 내 작품 공연에 참석하려고 국립극장에 왔다. 특석에 어울리는 옷차림이었다. 나는 극장 앞 카페에서 페노트를 마시는 것이 행복해서 말했다. 극장에 가실 필요 없습니다. 그녀는 핸드백을 뒤지다 찾고 있는 게 없자 당황해 그 말을 흘려들었다. 난 특별석 표는 아니지만 발코니석에 표 두 장을 가지고 있었다. 내가 왜 그런 말을 했을까? 배우들이 나를 기다리고 있었고, 파리에서의 공연, 내 첫 번째 공연이었는데. 난 이 공연이 무척 훌륭하다고 생각했다. 내 작품은 그리 나쁘지 않았다. 하지만 시간이 되자 또 다시 말했다. 잉게보르크 바흐만, 극장에 가실 필요 없습니다. 극장에 들어가는 대신 우리 두 사람은 우리의 첫 번째 저녁식사를 하러 갔다. 난 그녀의 생활에 대해 아무것도 몰랐다. 그녀를 둘러싼 소문도 전혀 몰랐다. 아이와 함께 사나요? 그렇게 묻는 사람은 내가 처음이었다. 그녀는 누군가 자신에 대해 그처럼 아무것도 모르고 있다는 사실에 기뻐했고, 놀라워했고, 행복해했다.

몬타우크

어제 이곳으로 오는 도중에 그녀는 별 말이 없었다. 린이 운전을 했고 나는 지도를 봐 주었다. You have to navigate. 그녀의 이런 표현이 그를 즐겁게 한다. 그 전 주말엔 날씨가 맑았을 것 같다. 지금은 비가 내리기 시작한다. 린은 사무실을 정각 세 시에 떠나는 데 성공했다. 대서양 저편엔 날씨가 여기와는 완전히 다를 것이라는 말을 나눈다. 날씨는 중요하다. 비가 오지 않으면 산책을 할 수가 있고, 밤을 새우는 것이 목표라는 생각이 들지 않는다. 선라이즈 하이웨이에 접어든다. 앞으로는 길을 잃을 염려가 없다. 그러니까 이제는 대화를 나눌 수 있다. 어떤 이야기든 할 수가 있는 것이다. 대개 그는 한 발 늦는 편이다. 린은 라이터를 이미 손에 쥐고 있다. 한번은 Do you snore? 하고 그녀가 묻는다. 이제 도로는 물기가 없다. 여기는 비가 전혀 오지 않았던 것이다. 두 사람은 한결 마음이 편해진다. 그래도 그녀는 이야기를 하지 않는다. 브란트 수상의 사임은 여기서는 길게 나눌 만한 주제는 아닌 것이다… 며칠 전 자정이 넘었지만 오하이오 주 오벌린에 사는 크리스타 볼프*에게 전화를 했다. 당신네 정부는 무슨 생각을 하는 겁니까. 아니요, 알아요, 크리스타. 당신으로서는 어쩔 수 없죠, 크리스타, 알아요, 크리스타, 미안합니다… 왼편과 오른편

---

* 크리스타 볼프Christa Wolf(1929-). 동독 출신의 여류 소설가. 분단된 독일을 소재로 젊은 연인의 이야기를 다룬 〈나누어진 하늘Der geteilte Himmel〉(1963)의 작가로 잘 알려져 있다.

은 목초지다. 황량하다. 여기저기에 건물이 들어서 있다. 흉물스런 건축, 비전문가의 작품 모음 같다. 이제 몇 마일만 가면 된다는 게 기쁘다. 여기서 무슨 일을 할 수 있을까. 그는 린이 운전을 잘한다고 생각한다. 그녀는 조수석에 앉으면 늘 그렇게 얌전하냐고 한다. 한번은 머리를 돌려(텅 빈 직선 도로라 그게 가능하다) 그를 바라본다. I do not know you at all. 이렇게 말하고 그녀 옆에 앉은 외국인인 그가 어떤 종류의 부담을 갖고 있는지 묻는다. Are you a sadist? 그 말을 한 직후 처음으로 Montauk라는 표지판이 나온다. 순간 그는 이 나들이가 좋은 결과를 보기 힘들 것이라는 걸, 그리고 차라리 뉴욕에 있는 것이 나았으리라는 걸 확신한다. 그가 지도를 준비했고 그 밖의 다른 모든 일은 린이 준비했다. 내셔널 카 렌탈, 거니 여관을 전신환으로 지불하고 예약해 두었다. 호텔에서 그의 이름으로 숙박부를 기입하는 동안 옆에 서 있지 않도록 해 달라는 그녀의 부탁대로 한다. 그는 이 호텔을 보고 예전 생각을 떠올린다. 린은 그사이 차에서 머리를 빗는다. 린은 분명 이 호텔을 알고 있고 또 좋아하지 않는다. 사환이 두 사람의 작은 가방을 차에서 꺼내는 동안 두 사람은 말없이 서 있다. 그의 영어와 그녀의 영어는 같은 이름을 부르는 것으로 들리지 않는다. Okay. 방에서 그는 돌아보지 않고 말하고는 욕실을 보여 주려고 하는 사환에게 곧바로 팁을 건네준다. 린은 사환이 나갈 때까지 말없이 서 있다. Well. 이렇게 말하고 술 달린 재킷을 내려놓지는 않는다. 두 사람은 그녀의 집에서보다 더 어색하다. 그는 블라인드를 매만진다. 방에는 발코니가 있고 가까이에 파도치는 광경을 볼 수 있다. 램프가 놓인 작은 탁자를 사이에 두고 침대가 두 개 놓여 있다. 두 사람은 곧장 발코니로 나간다. 대서양 저 멀리 태양이 이글거리는 모습까지 보인다. 린이 산책을 제안하고 그는 기꺼이 동의한다. 그 전에 그녀는 손을 씻고 싶어 한다.

여기엔 탁구대도 있다.

이 목조 호텔을 린은 사원 위로 여행에서 알게 된 것이다. 모래언덕에 자리 잡은 호텔. 때는 여름이었다. 해수욕을 할 수 있을 때는 사람들이 득실댄다. 지금은 아직 수영하기엔 춥지만 아침에 비가 내리지 않으면 산책은 할 수 있다—

이 순간 두 사람이 무슨 말을 하는지 그가 아는 걸까?

린은 그의 부담을 알지 못할 것이다. 그러기엔 시간이 부족하다. 그게 드러나려면 결혼이 필요하다. 긴 결혼생활이… 난 그녀를 식모가 되게 하지는 않았고(때로 난 설거지도 했고, 쓰레기통도 아래로 내려놓거나 식료품을 사오거나 하는 등등의 일도 했다), 내가 사랑하는 여자를 때린 적도 없다. 그녀의 불만은 다른 것이고, 그건 실제로는 내게 해당되는 것이 아니다. 그걸 알기까지 일 년이란 시간이 필요했다. 내가 십 년 동안 자기 계발에 아무런 기여도 하지 않았다고 그녀가 결론을 내렸을 때 맨 처음 나는 그로테스크하다는 생각이 들었다. 아내는 무척 침착하게 말한다. 나는 아내를 두 손으로 안았다. 한 여자를 다룰 때 가장 기분 좋은 방법이자 또 가장 나쁜 방법이기도 한 것이다. 나는 그걸 알고 있다. 그녀의 비난은 그녀가 그를 염두에 두고 한 것과는 다르게 내게 해당된다. 난 분명 처음부터 마치 내가 신이나 혹은 최소한 자신의 갈비뼈로 여자를 만든 아담이나 되는 것 같은 태도를 취했다. 이리 와, 나를 따라요. 내가 당신을 이끌겠소! 여자가 고마워할 줄 모르는 건 아니다. 절망할 뿐이다. 내가 우리 두 사람이 가진 멋진 나날들이라고 생각했던 것이 그녀에게는 갑자기 잃어버린 세월이 되어버린 것이다. 나의 부담은 남성 쇼비니즘이다. 처음부터 그리고 하루하루 보인 내 태도는 현명한 한 여자로 하여금 자신의 자기실현이 남자, 남자들의 일이라는 생각을 하도록 오도한 것일 뿐이다.

여기서 내가 실수한 것들이 드러날 것이다.

수 마일에 달하는 모래사장, 그 끝은 보이지도 않는다. 옅은 보라색 포말 속에서 그는 방향을 잃고 이리저리 걷는다. 바람이 있긴 했지만 날은 뜨겁다고 해야 할 지경이다. 모래 위엔 빛바랜 베개와 함께 누울 수 있는 의자가 있다. 눈 닿는 곳에 다른 의자는 없다. 누구 것일까? 아무도 보이지 않는다. 두 사람은 거기 있는 의자 두 개를 이용한다. 의자 두 개는 대충 평행이 되게 놓여 있고, 팔 길이보다 약간 더 떨어져 있다. 그 전에 두 사람은 바지를 걷고 물속에 들어가 첨벙거렸다. 잠시는 참을 만했다. 산산이 부서지는 파도가 두 사람의 몸을 때릴지도 모른다. 하지만 수영 기구도 없고, 그래서 두 사람은 이제 의자에 눕는다. 팔 길이보다 약간 더 떨어진 채, 어두운 대서양과 두 쌍의 벗은 발을 바라본다. 피부에는 더 이상 모래가 묻어 있지 않다. 바람이 쓸어가 버린다… 어제 이곳으로 오는 도중에 끝없이 이어지는 퀸스의 공동묘지를 보면서 그녀는 물었다. Do you want to get buried or cremated? 사람들은 똑같은 걸 생각한다. 의심할 바 없이 똑같은 걸… 해변은 일 년 전 브르타뉴에 있을 때와는 다르다. 하지만 파도치는 건 어디서나 똑같다. 지금은 흰 구름이 몇 조각 떠 있어 파도의 파란 웃음 속에 반사된다. 그리고 다시 물기가 스미면 모래는 회색이 된다. 다음 물거품이 몰려올 때까지. 그러면 다시 한동안 밝은 색을 띤다.

길고 홀가분한 오후.

헤르메스가 사라지다

내가 한 때 쓰려고 했던 오페라의 제목이다. 박물관으로 도피한 한 쌍의 남녀 그리고 조각상을 전문적으로 설명해 주는 안내원을 따르는 한 무리의 사람들이 있다. 하지만 아무도 이 조각상이 사라진 것을 눈치 채지 못하고 있다. 헤르메스는 기둥에서 내려와 이 한 쌍의 남녀를 데리고 간다—오해와 반전이 풍부한 희극이었다… 내일이면 벌써 일요일이다. 저녁때까지 린은 시내에 들어가야 한다. 월요일에 그녀는 사무실에 가야 하고, 화요일이면 그는 유럽으로 날아간다.

Hi. 린이 말한다. What are you think about?

그가 말하지 않은 일이 있다. 잠옷 바람으로 프리데나우 거리를 걸은 일이다. 거리엔 아무도 보는 사람이 없다. 비를 맞고 서 있는 아치형 가로등뿐. 가로등 아래로 떨어지는 빗물이 눈에 보인다. 자동차가 한 대 지나가지만 멈추지 않는다. 나는 잠옷 바람에 맨발로 인도 위를 걷는다. 하지만 춥다. 이월의 베를린, 젖은 포도鋪道, 흠뻑 젖은 잠옷을 입었으니. 멀리가지는 않는다. 창피해서가 아니라 오한이 느껴져서…

그는 몸을 일으켜 파도치는 곳으로 가 보기도 했다. 바지는 가능한 한 전보다 더 위로 걷어 올린 채. 그리고 물속에 서 있는 걸 즐긴다. 옷을 전부 벗어 두고 파도 속으로 달려 들어가는 건 차마 하지 못한다. 그러기에는 그의 몸이 충분한 상태가 아니다. 나무 하나를 발견하고 집어던진다. 멀리. 무슨 생각을 하는지 알 수 없을 때, 거품이 이는 바닷물, 모래가 그 누구도 생각나게 하지 않을 때 그는 행복하다. 그는 다만 현재만을 원한다. 그사이 다시 백사장으로 떠내려 온 나무를 다시 한 번 집어 들고 다시 한 번 멀리 내던진다. 그는 다만 보고 싶을 뿐이다. 바다 저편에 해안경비용 소형 보트 한 척이 있다. 세 시다. 시간은 많다. 장딴지 주변으로 몰려오는 바닷물은 차갑고, 넘어지기 직전까지 간 적도 있다. 그 사이 다시 모래사장으로 떠밀려온 나무를 그냥 내버려 둔다. 모래 속엔 작은 개울이 생기고, 여기저기 조개가 보인다. 행복하다. 쌍으로 놓인 의자로 돌아와 수천 개 다른 것들과 똑같이 생긴 조개 하나를 가리킨다. 린은 자기 의자에 누워 있다. 그가 알고 있는 그녀의 몸. 옷을 입은 채다. 그는 서 있고 싶다.

린은 그의 히스테리를 이해할 수 없을 것이다.

베를린에서 어느 날 밤, 나는 그들을 설득할 수 없다(사실 지난 수년간 늘 그랬다). 또 사람들이 매번 곧장 내 말에 끼어드는 걸 참기 힘들다. 그리고 내 스스로 납득할 수 없음을 깨닫고 부엌으로 가서 쓰레기통을 가져온다. 그리고 다시 책상 앞에 앉아 그걸 머리에 올려놓고 이렇게 말한다. 계속 말들 해 봐!—제발.

그녀는 의자에 누워 있다. 얼굴에 그리고 목에도 선크림을 바른 다음 검은 선글라스를 다시 썼다. I am sleepy. 그가 무슨 생각을 하는지 말이 없자 그녀는 이렇게 말한다. 물론 그녀는 잠을 자는 것이 아니다. 여긴 너무 눈이 부시다. 그는 파이프 재를 털어냈다. 그는 마음속으로 생각한다. 파이프 속의 재를 긁어내고, 다시 한 번 두들기고 다시 한 번 불어라(어쩌면 그 안에 모래가 들어 있을지도 모르니까). 그런 다음 파이프를 손에 들고 말하는 대신 담배를 발견할 때까지 파이프를 빈 채로 이빨 사이에 끼워 넣어. 그 다음 오른쪽 엄지로 파이프를 채워. 조금의 빈틈도 없이 신중하게, 한 순간도 기억하지 않고. 그리고 그것이 다 되면 담배를 채운 파이프를 입속에 집어넣어라. 물론 그렇다고 말하는 것이 불가능하지야 않겠지만 공손한 투로 말하지 않도록. 그리고 성냥 하나를 켜는 동안 바다를 바라봐. 두 번째 성냥, 세 번째 성냥을 계속 켜는 거야. 바닷가에 바람이 부니까. 그런 다음 신중하게 첫 모금을 빨아. 처음엔 짧게, 다음엔 두 번째로 길게. 네 자신이 온전히 거기에 존재할 수 있도록. 이 순간 두 개의 의자에 그들 두 사람만 있다. 두 사람 소유가 아니기 때문에 의자 위치를 바꾸지 않았다. 개 한 마리가 뛰어다니기도 한다. 린은 무얼 읽고 있다. 일에 관련된 것이다. 어제 세 시 전에 퇴근했기 때문이다. 읽지 않을 때도 있다. 한순간 그녀는 바람을 맞으며 긴 머리를 빗어 내린다. 아름다워 보이려는 희망 없는 시도. 한번은 붉은 경비행기 한 대가 곧장 착륙이라도 할 듯이 저공으로 아무도 없는 해안을 따라 비행을 한다. 그리고는 사라진다… 그는 이제 새하얀 집들과 새하얀 풍차가 있는 그리스의 섬 미코노스에 대해 이야기한다. 우리를 델로스로 데려다 준 작은 모터보트를 타고 물결을 헤치고 간 일이며, 물살이 갈라지던 것들에 대해 말해 준다. 하지만 그 보트가 델로스에 실어다 준 사람은? 최근에는 철저하게 혼자 살고 있는 그 여자에 대해서 그는 한마디도 하지 않는다. 싸움도 질투도 괴롭힘도 없었던 육 년간에 대해서는 단 한마디도. — 미코노스, 아니,

린은 이번 여름에는 거기에 가지 않을 것이다… 한번은 로마에 대해서 말을 해 준다. 로마 시에 대해서. 지난 오 년 동안 그가 로마에서 보고 들었던 것을 전해 준다. 로마가 분명 아름답다는 걸 린은 알고 있다. 그는 죽음의 형태 중에 가장 끔직한 것에 대해서는 들려주지 않는다.

이제 린은 달리고 싶어 한다.

그는 여기 머물러 있다.

화요일까지의 현재.

그녀의 벗은 몸은 그녀의 얼굴보다 더 소녀 같다. 처음으로 누군가 그녀의 가슴을 보고 있다는 사실을 알자 두 눈을 감고 말한다. They are very small. 이날 밤엔 아직 호텔에 있는 핸드백을 가지고 와야 한다. We can't make love. 그녀가 말한다. Not tonight. 합리적인 이유다. 그녀는 침대 겸용 소파를 잡아 뺀 뒤 처음으로 이부자리를 깐다. 남자들과의 경험. 미루어 보건대 많은 건 아니다. 그녀는 옷가지, 속옷을 벗는다. 서두르지 않는다. 자신이 유혹당한 것이 아니라는 걸 보여 주고 있다. 그녀는 머리핀을 빼고 앉는다. 마치 혼자 있는 것처럼, 보통 때 잠자리에 들듯이 그렇게. 그녀는 자신이 알몸이란 걸 알고 있다. 하지만 머리카락을 쓸어내리는 동안 침묵한다. 그러고 나서 풀어헤친 머리카락을 좌우로 흔든다. 늘 하던 행동인 것 같다. 커튼 하나가 쳐 지지 않는다. 담장 가까이 붙어 격자 창살이 나 있는 이 창문 두 개짜리 방에는 칠 필요가 없다. 불을 어떻게 하나? 그녀는 주방의 불을 어디서 꺼야 하는지 모르는 외국인 남자를 돌아보지 않는다. 그리고 그에게 그 말을 한다. 그는 대화가 이미 솔직하게 이루어진 다음엔 거짓 연기를 하는 일이 없기를 바란다. 그녀의 몸은 또렷하게 알아볼 수 있다. 무척 밝다. 시내 하늘 위로 밝게 빛나고 있다. 그녀의 얼굴은 또렷하게 알아볼 수 있지만 다른 얼굴이다. 또다시 영어 단어가 생각이 나지 않는다. Your English is excellent. 그녀가 이렇게 말한 것은 육체가 서로를 기다리고 있는 동안은 그의 모국어로도 더 이상 말할 게 없을 거라는 의미다. Just relax 하고 그녀는 말한다. 한 여자와의 첫 경험은 그때마다 다시금 첫 경험, 상기되지 않는 경험이다. 시간이 지난 뒤 여자는 옷을 벗은 채로 있다. 옷을 다 차려입은 손님인 그가 탁자 앞에 앉아 말을 하는 동안 린은 주방에 있다. 그는 모든 것을 처음으로 말하는 듯한 느낌을 갖게 하는 외국어 사용이 행복하다. 두 사람은 딸기도 먹는다.

그는 최근 며칠 낮과 밤을 보낸 후에 린을 안다고 생각하지 않았다. 요정이자 보모 같기도 한 린을. 이제는 헤르메스가 그녀를 바꿔치기 한 것이라는 생각이 떠오른다. 똑같은 머리카락을 가진 다른 여자로. 이제는 자신의 청교도적인 교육에 대해 말해 주고 있긴 하지만 그래도 아직 요정 같은 그런 여자와 바꿔치기한 것이다. 아쉽지만 월요일이다. 그녀는 몇 시간 자 두어야 한다. 설거지는 저녁에 할 수밖에 없다. 그가 도와준다. 탁자 앞에 앉아 벌거벗은 린이 일하고 있는 걸 바라볼 수만은 없어서. 그녀는 그가 설거지를 마친 그릇을 수건으로 닦아내는 것이 당연하다고 생각하지 않는다. 주방은 두 사람이 서로 닿지 않고 일하기엔 좁다. 그래도 문제없다. 다만 그가 더 이상 말을 하지 않을 뿐. 잔은 어디에 두는가? 부엌칼은? 그녀는 말해 주려고 하지 않는다. 대신 키스로 고마움을 표한다. 모든 것이 어디에 자리 잡아야 할지 그가 모두 알고 있다면 아마 그녀로선 너무 친밀하다고 생각할 것이다.

길고 홀가분한 오후 :

그녀의 신발이 모래 속에 있다. 린은 아직도 달리고 있다. 저 멀리로. 순간적으로 린의 모습을 알아보기 힘들다. 그녀가 지금 달리고 있는 거기에 바다가 햇빛을 받아 번쩍거리며 눈을 부시게 만들었기 때문에. 그녀는 이쪽으로 뛰어오고 있다. 그렇게 보인다. 조금 후에 모습이 뚜렷해진다. 스키 활강을 하듯 지그재그로 달린다. 어쩌면 파도에 이은 물거품이 일 때마다 그걸 피하면서 달리는 지도 모른다. 거기다 두 팔을 휘두르기도 한다. 즐거워서.

데자뷔 :

1962년 9월 22일 지중해. 당신 머리가 어땠는지. 온통 빗어 올려 두 귀는 드러나 있었고, 목은 소녀처럼 드러나 있었어. 당신이 머리핀을 빼자 숱 많은 머리카락이 풀어헤쳐졌지. 검은 머리카락이.

그는 여전히 앉아 있다.

하루 종일 붐비는 도로 위를 걷는 중이나 사람들을 바로 가까이에서 보게 되는 엘리베이터 안에서 그는 그렇게 할 수는 없다는 생각이 든다. 린을 다른 여성성을 가진 사람과 비교하거나, 그녀의 머리카락을 다른 머리카락과 비교하는 것, 갑자기 너무나 모호해지는 그녀의 얼굴에 대한 기억을 다른 얼굴들과 비교할 수는 없다는 생각이 든다. 그가 파리를 선택한 것 같다! 그는 집요하게 쳐다보지 않는다. 다만 정확히 바라볼 뿐. 귀 뒤의 머리카락 선단 부분, 턱, 목, 갈비뼈와 코, 형태 전체 그리고 걷는 모습을. 그의 다정다

감한 태도가 정말로 린 때문인지 시험해 보기 위해 바라본다… 아니면 내가 우리를 속이는 것일까?… 그는 여전히 앉아서 어딘가를 바라본다. 손에 든 소사전을 열지 않는다. 파도칠 때 들리는 우르릉거리는 소리, 철썩이는 소리가 책을 읽을 때 방해가 되지는 않을 것이다. 이제는 텅 빈 긴 백사장을 따라 되돌아오는 소형 스포츠 경비행기 역시 마찬가지다. 개도 방해가 되지 않을 것이다. 책을 보다 눈을 들어 이렇게 중얼거리기도 한다. 대서양 해안에서의 오후, 지금은 정확히 오후 4시 35분이라고. 문학은 순간을 정지시키고 게다가 그녀가 있다. 문학은 다른 시간을 가지고 있다. 더 나아가 문학은 모두에게 혹은 많은 이들에게 관련된 주제를 가지고 있다 — 모래 속에 놓여 있는 그녀의 신발 한 짝에 대해 말할 수는 없는 것이다…

세상에 존재한다는 것은 빛 속에 존재한다는 것이다. (최근에 고린트에서 본 노인처럼) 어디에선가 나귀를 모는 것, 그것이 우리의 직업이다! — 하지만 무엇보다 빛을 지켜내는 것, 내가 사향나무와 아스팔트 그리고 바다 위로 비치는 빛 속에서 사라진다는 사실을 아는 기쁨을 지켜내는 것, 시간을, 내지는 순간 속의 영원을 지켜내는 것이 우리의 직업이다. 영원한 것은 지나간 것이다.

인용 속의 삶.

피부는 모래가 어떻게 마르는지 느낀다. 햇빛, 바람, 이런 것들이 살갗에 그리고 뇌에 어떤 느낌을 주는지를… 그는 자신의 역할을 잊지 않는다. 그리고 이 역할에서 생기는 시급한 의무, 약속 시간을 잊지 않는다. 그는 결코 세계정세를 잊지 않는다. 그가 이 짧은 현재 속에서 잊지 않는 것은 셀 수 없이 많다.

몬테 알반 :

넓고 황량한, 저녁 무렵엔 보라색을 띠는 멕시코의 높은 협곡, 이 협곡 한가운데 산이 하나 있다. 자연이 만든 옥좌처럼. 그 위로 자포테케 족의 아크로폴리스, 엄격한 기하학에 따라 지어진 넓은 사원 건물이 있다. 경건한 구기 시합을 위한 높은 담이 쳐진 광장이다. 승리자는 신들이 구기 시합에서 누구에게 명예를 주었는지가 계시되기 때문에 죽어야 한다. 그리고 그, 승리자는 신들에게 제물로 바쳐진다. 내가 가지고 있는 소책자는 최소한 그렇게 가르치고 있다. 놀랍고 설득력 있는 얘기다. 다른 것은 놀라게 하는 것이 아니라 감격케 한다. (책 속에 쓰여 있는 것이 맞다면) 마야족은 종종 일상생활에서 쓰는 접시를 모조리 깨뜨리고 새로 만들었다. 그들은 사제의 명령에 따라 사원을 떠나 정글에서(과테말라 유카탄 반도) 스스로 거듭났으며, 다른 곳에서 새로 시작하기 위해 옛 사원을 무너뜨릴 수는 없었다. 옛 사원들을 정글에(팔렝케) 그리고 자연의 폭풍우 속에 내버려 두었다… 필시 나를 감격시키는 것은 이건 아니다… 몬테 알반. 이곳 어느 담장 위에 마리안네가 앉아 있다. 1939년에 태어난, 철학을 전공한 여자. 내 부탁에 깜짝 놀란다. 난 내가 그녀에 비해 너무 나이가 많다는 것을 직시할 자신이 있다. 이 년간인가 삼 년간, 그녀는 현명하게도 결정을 미룬다. 로마로 와서도 한 여름 동안 주저한다. 그 후 시골집, 취리히의 작은 아파트 그리고 또 다른 큰집에서 같이 살았고 여행을 같이 했다. 구 년이 지났다. 두 사람이 생각한 것보다 더 오래갔다.

문학의 소재로 당신과 같이 산 것이 아니니 나에 대해 쓰지 마세요.

그녀가 모래 사이로 터벅터벅 걷고 있는 것이 보인다. 마르고 부드러운 모래가 있는 곳이다. 그러니까 전보다 더 느리고 힘겨워한다. 긴 거리를 뛰고 나서 약간 지친 모습이다. 두 다리가 더 이상 나가지 않으니 두 팔을 흔든다. 터벅터벅 걸을 때 가끔 앞으로 무릎이 꺾인다. 다리 하나가 앞으로 숙여지면 그쪽 어깨 혹은 다른 쪽 어깨 너머로 붉은색 머리가 뒤로 젖혀진다. 그는 그런 그녀를 흡족하게 바라본다. 그녀도 필시 그것을 알 것이다. 이제 그녀는 어딘가를 바라본다. 그녀가 의자에 나란히 눕자 그는 다른 어딘가를 생각한다. 그녀가 나무 계단을 올라 목조 호텔로 가도 바라보지 않는다. 그녀가 두 팔을 움직이는 모습을 상상할 수 있다. 애교스럽지만 코믹한 면이 있다. 그녀를 잊기도 한다. 예를 들어 사람들과 함께 있을 때 그렇다. 그녀가 식사를 하는 모습을 흡족하게 바라본다. 마른 그녀가 깨작깨작 먹는 모습을. 그녀가 없으면 웃음을 정확하게 기억하지 못한다. 그는 뒤이어 터지는 그녀의 웃음소리를 흡족하게 듣는다. 도시에서 그녀가 그를 아직 알지 못했을 때 그리고 도로를 횡단할 때, 다른 수많은 사람들 속에 섞여 있는 지나가는 여인인 린. 가는 두 팔을 움직이는 모습, 주춤거리는 모습, 인파 속을 뚫고 걷는 모습, 머리를 움직이는 모습. 그는 사랑에 빠진 것이 아니다. 즐겁다. 그녀가 목조 호텔의 나무 계단을 내려올 때 그는 밤을 생각하지 않는다. 계단 위에 서 있는 그녀의 엉덩이를 본다. 그러고 나서(가까스로 서 있을 수 있게 만든 목조 테라스가 없었더라면) 거의 넘어질 뻔한 그녀를 만족스럽게 바라본다.

길고 홀가분한 오후.

린이 캘리포니아가 아니라 플로리다에서 태어났다는 걸 차츰 뜻하지 않게 알게 된다. 캘리포니아에서 대학을 다녔다. 짧은 결혼생활은 시드니에서 보냈다—그가 다시는 던질 수 없을 질문을 했을 때 그녀는 모래를 던진다. 린은 헤어진 남편이 지금 살고 있는 곳은 모른다. 그녀는 계속해서 모래를 던진다. 그를 향해서가 아니라 그냥 던질 뿐이다. 그녀의 미래는? 다시 한 번 결혼할 것이다. 하지만 신중하게 생각할 것이다. 린은 그렇게 생각하고 있다—그리고 어쩌면 아이를 하나 가질지도… 그녀는 많은 얘기를 해 주지 않는다. 물론 그 역시 마찬가지다. 두 사람은 말한다.

Do you believe

What do you think

예를 들어 닉슨에 대해서. 그가 법정에 서게 될 거라고 린은 생각한다. 바람이 분다. 그리고 중요한 건 어쩌면 그녀가 한 가지 주제에 결코 오랫동안 머물지 않는다는 점일 것이다. 바람이 그녀의 신발에 모래를 채운다. 그는 자신이 어떻게 보들레르의 《악의 꽃*Les Fleurs du Mal*》 이야기를 꺼내게 됐는지 알 수가 없다. 린은 그 시를 모른다. 그녀의 질문에 대답한다. 난 시를 출판해 본 적이 없소. 두 사람은 공적인 주제만 말한다. 마약은요? 린 역시 그걸 많이 경험해 본 적이 없다. 그의 영어는 보잘것없다. 물론 나는 그가 매번 말하고자 하는 것을 안다. 그가 번역을 하지 않고 문어체 독일어나 사투리로는 할 수 없는 것을 영어로 말하게 되면 그가 생각하는 것 그리고 그가 생각하는 방식이 나를 놀라게 한다. 난 그것을 즐긴다. 그럴 때 외국어는 그가 정말로 생각하고 있는 견해를 깨닫게 한다. 갑자기 그는 보통 때는 웃지 않던 것에 대해 웃음을 터뜨린다. 린은 그가 지루하다고 생각하지는 않는다. 그런 것 같다. 예를 들어 그는 내가 평생 한 번도 윤락가에 가 본 적이 없다고 말을 한다. 그는 그 말에 이렇게 덧붙인다. 난 모든 것을 내면화하기 때문에 정치적인 사람이 될 수도 없소. 하지만 여기에서 그는 딱 들어맞는 어휘를 찾지 못했다. 내면화? 그는 그 말을 다르게 표현해야 한다. 린은 그 말의 맥락을 알지 못하지만 내게는 설득력이 있다. 린이 말한 대로 성性은 여기서 공적인 주제다. 그 문제에 대해 당신 생각은. 나는 그의 생각에 놀란다. 아들이 쉰다섯 살이 되었을 때 어머니는 적잖이 엄하게 타이른다. 여자들에 대해서만 쓰는 일은 그만두렴. 여자들을 모르잖니. 그는 그 말은 하지 않는다. 린은 스위스를 알지 못한다. 그 덕에 그는 나를 지루하게 할 말을 하지 않아도 된다. 그는 정신병 의사들을 어떻게 보는가? 그가 C. G.융을 개인적으로 안다고 말할 수는 없다. 다만 그의 강의를 들었을 뿐이다. 린이 추정한 대로 극히 오래전 일이다. 사실 그는 그 얘기를 하지 말았어야 했는데. 대학에서 린은 창던지기 선수로 대회에 나가 입상한 적도 있다. 시드니에서는 승마를 했다. 그는 칠레의 아옌데가 미국의 원조로 붕괴했다는 확신을 주장은 할 수 있지만 증명은 하지 못한다. 공산주의와 자본주의, 소련과 사회주의 간에 어떤 차이가 있는지 설명하려는 그의 지리멸렬한 노력—

등등

그가 보통 때 같으면 얘기했을 것도 게을러서 말하지 않는 것은 어쩌면 린과의 사이에 영어밖에 할 수 없기 때문인지도 모른다. 그녀와 같이 있을 때는 만약 보통 때처럼 쉽게 말할 수 있을 때라면 전혀 떠오르지 않을 그런 것들이 자주 떠오르곤 한다. 우리가 외국어로 침묵하느냐 아니면 모국어로 침묵하느냐 하는 것은 차이가 있다. 외국어로 침묵하면서 나의 압박감은 덜어지고, 기억은 더 투명해진다… 아이를 낳을 때 두 번 분만 장소에 있었다. 아내가 그것을 원했다. 거기에 대해서는 한 번도 써 본 적이 없다. 아내가 원한 일이었다. 그걸 입에 올린 일도 없었다고 생각한다.

다만 두 눈으로 볼 뿐. 아주 오래전 일이다.

그가 쓰지 않은 것들 :

내가 사랑했던 세 명의 여자에게서 있었던 네 번의 낙태. 세 번은 옳은 선택이었다. 그건 의심하지 않는다. 두려움이 없었던 건 아니다. 그때 남자의 역할이란 일이 끝난 후 의사에게 돈을 지불하는 것이다. 한 번은 결혼했을 때였는데, 아내가 내 친구와 결혼하고 싶어 했다. 한 번은 다른 이유 때문이다. 우리가 사랑하기엔 너무 늦어 버린 것이다. 우리는 친구로 남아 있다. 한 번은 실수였다. 잘못을 저질렀다는 생각이 뒤늦게 든다. 내 책임이다. 아이를 요구할 만한 용기를 가져본 적이 없다. 난 그녀를 망설임 없이 바라보고(물론 두려움에 차 있긴 했지만 말이다) 당혹해 한다. 다시 한 번 이렇게 물어볼 뿐이다. 정말로 원하지 않아? 그녀는 내가 함께하고 싶어 한다는 걸 알고 있다. 좀더 젊었을 때 난 사실 아이를 원하지 않았다. 아이가 섰다고 솔직하게 전해 주었을 때 기뻤다. 아내를 생각해서였다. 나중에 상황이 변했다. 하지만 난 내 소망을 충분히, 분명히 밝히질 못했다. 사랑하는 여자를 그처럼 망설임 없이 쳐다보고는 감히 그걸 말하지 못한 것이다. 그러고 난 후 난 밤거리에 서서 연민에 차 기다린다. 다시 한 번 물어본

뒤였다. 다른 경우는 전부 다 강요였으리라고 생각했다. 이 역시 오래전 일이다. (이 경우엔) 강요가 더 올바른 길이었을지도 모른다. 한번은 의사가 그렇게 하라고 권고했다. 우리 둘은 그걸 원하지 않았다.

How do you know

그가 이런 종류의 구름은 별게 아니니 내일(일요일)이면 다시 맑아질 것이라고 주장하자 린이 그렇게 말한다. 두 사람은 각자 의자에 누워 있다. 의자 위치를 바꾸지 않았다. 두 의자 사이의 간격은 팔 길이보다 좀더 된다. 누가 의자를 여기에 가져다 두었을까? 수 마일에 걸쳐 아무도 없는 해변 어딘가에 두 개의 의자를 가져다 둔 사람이 누굴까? 이 일을 했을 사람은 헤르메스 한 사람밖에 없다. 그는 린이 거기 있다는 게 기쁘다. 이 젊은 외국 여자가 없었더라면 무척 휑했을 것이다. 바다와 바람 부는 좁은 평지가. 그는 오랫동안 거기에 앉아 있을 수가 없는 듯싶다. 걸어야만 하는가 보다. 목표도 없이. 질트 섬의 모래(1949), 스페롱가에서와(1962) 똑같은 푸른 바다, 그리고 기억을 떠올리는지도 모른다. 그가 린을 바라보지 않을 때도 그녀는 거기 있다. 다른 의자 위의 그녀 몸이. 그녀는 그가 무슨 생각을 하는지 모른다. 그는 그녀가 무슨 생각을 하는지 모른다. 그녀의 몸을 만지고 싶은 마음은 없다. 차라리 그걸 그릴 수 있으면 하고 생각한다. (난 그림에 소질은 약간 있지만 오랫동안 그림을 그릴 수 없었다. 내가 그림을 그리면 항상 표절이 되어 버리는 게 두려워서다. 잘 그리지도 못한 표절 그림이. 그걸 그림으로써 내가 본 것을 잃어버린다.) 그녀는 머리를 뒤로 젖히고 얼굴을 다른 쪽으로 향하고 있다. 블라우스는 약간 열려 있고, 두 손은 바지춤에, 무릎은 높이 들고 있다. 두 발과 장딴지의 피부는 창백하다. 그녀는 햇빛에 몸을 내맡기고 있다. 그는 두 발을 모래에 담근 채 곧추앉아 대개 오후의 바다를 바라본다. 바닥이 둔중하게 울리는 소리가 나고 그사이 철썩이는 소리가 난다. 그녀는 자고 있지 않다. 바람이 너무 많다. 머리를 들고 어딘가를 바라본다. 그녀는 그가 보고 있다는 걸 눈치 채고 웃는다.

My Life as a Man :

우연히, 예를 들어 콘서트장 휴게실에서 내 아이들의 엄마, 옛날에 늘 그랬듯이 슬픈 표정에 수줍음을 띠는 그녀의 얼굴, 나중에 시간이 지나면서 좀더 밝아졌지만 항상 당황하는 순진함으로 가득 찬 착한 얼굴을 보게 되면 난 당황한다. 난 그녀가 존경스럽고,

내 자신이 그녀가 낳은 세 아이들의 아버지라는 사실이 경이롭다.

왜냐하면 넌 여자를 이해하지 못하기 때문이지

88세의 어머니가 로마에 계신다—어머니는 아직도 모든 걸 보고 싶어 한다. 그러니까 어머니는 생애 처음으로 로마에 간 것이고, 피곤한 줄 모른다. 어머니는 하루하루 본 것을 모두 기록해 둔다. 비망록은 로마, 굉장한 시간이었다!라는 문장으로 끝이 난다. 삼 년 후 한 시립양로원에서 어머니는 죽기를 원한다. 그걸 원하고 의사들이 주사기를 가지고 오면 언짢아한다. 방에는 어머니 말고도 여자가 세 명 더 있다. 들어가 보면 입을 벌리고 있어 마치 죽은 사람 같아 보인다. 색색거리지도 않고, 도무지 움직임이란 없다. 가끔 어머니는 날 알아보지 못하다가(1901년 어머니가 소녀 적에 카퍼 꽃봉오리를 꺾던 오데사에서 내가 막 오는 길이기 때문이다) 다시 또렷해진다. 난 이제 죽을 거야. 너희들에게 고맙다. 어머니가 이렇게 말한다. 하지만 반년이나 더 지속되었다. 어머니의 의지를 전했던 의사는 왜 주사를 놓지 않으면 고통스러운지 설명해준다. 질식사할 염려가 있다는 것이다. 어느 날 어머니를 다시 찾아갔을 때 사람들이 나를 임종실로 안내한다. 남동생과 여동생 그리고 내가 번갈아 가면서 임종을 지킨다. 가끔 어머니와 말을 나눌 수 있다. 어머니는 내 상의가 제대로 돼 있는지 신경 써 줄 사람이 있는지가 걱정이다. 게다가 우리가 당신을 찾아보느라 시간을 많이 뺏긴 것은 아닌가 염려한다. 난 사람이 죽을 때 임종을 지켜본 적이 한 번도 없었다. 때론 어머니가 죽을 것처럼 보일 때도 있다. 누군가 말을 걸면 어머니는 우리가 아직 있는 것을 보고 놀란다. 목사를 데리고 온다. 나는 어머니가 크리스마스에 대한 목사의 언급에 화를 냈던 걸 알고 있다. 그가 우리 모두 이번 크리스마스 때도 함께 보내길 바란다고 했다는 것이다. 그건 사람들이 임종 시간에 왕왕 다른 생각을 하고 있다는 걸 뜻하는 것이라 난 목사를 데리고 올지를 어머니에게 묻는다. 어머니는 깨어 있다. 어머니는 내 질문을 이해했다. 어머니는 생각 끝에 말한다. 뭐하려고? 한번은 다시 작별 인사를 하면서 어머니는 아름다운 여자예요라고 말한다. 어머니는 그 말이 뜬금없는 말이라고 생각하지 않는다. 어머니는 우리가 왜 사진을 찍지 않느냐고 묻는다. 어머니의 상태가 의사가 보기에도 변함없이 그대로이기에 한번은 저녁시간에 다녀가지 않는다. 박새협회회관(취리히)에서 동료 작가 한 사람이 신간 소설을 낭독한다. 내가 우호적인 소개말을 하기로 되어 있다. 어려운 자리는 아니었지만 흥분 때문에 떨린다. 그리고 그 밤이 끝났을 때 나는 동료들과 술을 마시느라 취하고 만다. 그리고 다음날 아침 전보를 읽었을 때 난 장례식에 참석할 몸 상태가 아니다…

Happy

이 말을 정확히 하면 :

Fun

현재 여기 있는 걸 보는 것이 :

몬타우크 해변

나는 진지하게 내 삶을 끝내려는 시도를 한 번도 해 본 적이 없다. 장난으로라도 그런 시도를 해본 적이 없다. 다만 매 시기마다 왕왕 그런 생각을 해 봤을 뿐이다. 마치 전문가들처럼 곳곳에서 그런 가능성을 보게 된다. 거기에 아주 적합해 보이는 들보가 눈에 뜨인다. 빌딩에서는 거의 누구나 여기라면 간단히 그리고 완벽하게 끝을 낼 수 있겠다는 생각에 이른다. 난 집에 권총이 없다. 내가 늘 신중한 사람이지만은 않기 때문에. 자유의사에 따른 죽음은 신중한 행위라고 할 수도 있을 것이다. 어느 산길을 따라가며 조사해 보았다. 그리고 어쩌면 기대와 달리 튼튼한 곳일 수도 있겠지만 길이 아닌 곳을 최소한 세 군데는 알고 있다. 특히 안개가 낄 때는 사고처럼 보일 수도 있는 곳이다. 왕왕 그럴 마음의 준비를 하게 된다. 오해할 이유가 없는 맑은 정신으로 준비를 한다.

린 :

그녀는 자신의 일, 임금노동에 대해 얘기해 주었다. 그는 귀를 기울였다. 아니, 다른 생각을 하지 않았다. 그는 이해되지 않는 게 있으면 대개는 물어본다. 그녀의 입을 쳐다보면 말하는 걸 더 쉽게 이해하게 된다. 그녀는 돌고래에 대한 책을 읽었다. 린은 돌고래에 대해서 그보다 더 많이 안다. 그때 또다시 그는 갑자기 무슨 말을 하고 있는지 모르겠다는 생각이 든다—이렇게 하루 종일 같이 있다는 것. 지루하지는 않다. 다만 두 사람을 밖에서 들여다볼 뿐. 두 사람은 서로를 잘 알지 못할 것이다… 여전히 바닷가다. 파도치는 소리는 두 시간 전보다 더 가까이 들린다. 더 세지도 더 약하지도 않다. 태양은 언제나처럼 수평선 높이 떠 있다. 이제 날은 쾌적하다. 더위도 약해졌다. 해안에 도달하기 직전에야 비로소 부서지는 파도 위 하얀 물보라 너머로 펼쳐진 바다는 이제 잉크처럼 흑청색을 띠고 있다. 끊임없이 이어지는 파도 소리. 두 손을 목 뒤로 포개 머리를 약간 들고 또렷한 수평선을 바라보지만 그는 침묵하는 것이 아니다. 다만 자신에게 해당되는 것만을 말하지 않을 뿐. 비극이 아니다. 모두 다 이해할 수 있다. 당연하다는 생각까지 든다. 그리고 맞기도 하고. 그는 그걸 예견했다. 누구나 그걸 예견했다. 남은 건 그걸 지금 받아들이는 것뿐이다. 불평하지 않고. 그러면 두 손을 목 뒤로 포개 머리를 들 수 있다—

린은 누구를 생각하는 것일까?

최근에 그녀는 목걸이를 잃어버렸다. 다행히 호텔에서 일하는 흑인 청소부들은 침대 밑을 치우지 않는다. 금으로 된 그 목걸이는 왜 그것 아니면 안 되는지 그 이유를 찾아볼 수가 없다. 그 목걸이를 다시 발견했을 때—옷장 안도 아니고 탁자 위도 아니고 노란색 소파 위도 아니다—그는 곧바로 그녀의 사무실에 전화를 걸었다. 수화기에서 들리는 그녀의 안도하는 숨소리. 그 목걸이를 잃어버릴 만한 데가 아니었나 보다… 저녁 식사 시간에 린은 다른 옷을 입고 나타난다. 잘 어울린다는 생각은 별로 들지 않는다. 거기에 또다시 가는 안경을 쓰고 있다. 머리는 묶었다. 서빙하는 여종업원이 그의 인사를 받지 않고 잔 두 개에 얼음 조각과 함께 물을 부어 준다. 주변에 사람들이 있다. 셔츠 바람의 고소득자들이다. 젊은 사람들은 거의 보이지 않는다. (Too expensive, 린이 말한다.) 서 있는 쌍쌍의 남녀들은 거의 말을 주고받지 않는데 가족들은 집에서처럼 시끄럽다. 이 모든 사람들을 위해 해가 진다. 결혼식 피로연이다. 린과 그 역시 때때로 말을 하지 않아도 된다. 두 사람이 공통으로 알고 있는 사람들의 수는 얼마 되지 않는다. 박수를 친다는 건 생각하기 힘들다. 가재 요리가 나온다. 린은 집게를 사용하는 법을 그가 보여 주리라 생각하고 있다. 그를 과대평가한 것이다. 그의 인간적인 면 중의 어떤 부분들은 그녀에겐 낯설게 느껴진다는 걸 눈치 챈다. 그가 (와인이 오기 전에) 말을 시작하면 그녀는 재미있을 거라 여긴다. 처음부터 중단시키는 법이 없다. 이제 그는 와인을 음미하고는 고개를 끄덕인다. 그는 어느 정도는 와인을 평가할 줄 안다. 그녀가 그의 말을 중단시킨다는 걸, 그리고 자주 그렇게 하고 있다는 걸 눈치 채지 못한다. 그녀는 첫 번째 가재의 집게발을 꺾는다. 린은 그 일을 그보다 더 잘한다. 그녀가 그가 한 말이 무슨 의미냐고 묻는 걸 보면 그가 (자신의 영어로) 좀더 자세하게 설명해 주면 이해할 수 있다고 생각하는 것 같다. 그는 자신을 놀라게 한 것들을 말한다. 그 때문에 기분이 좋아진다. 자신이 교훈이 될 수도 있다는 사실이 또 그의 마음을 기쁘게 한다. 한데 그녀는 별로 마시지 않는다. 린은 가재를 파고 있지만 흘려듣지는 않는다. 그가 의미 있게 생각하는 모든 게(예를 들어 건축에 대해) 그녀에게도 흥미 있는 것이 아니라는 건 당연한 일이다. 처음 생각과는 달리 가재에 대해서는 별 말이 없다. 접시 위의 붉은 가재 껍질은 멋지게 보이지만 린은 후식을 들 채비를 한다. 합의만 된다면 됐다. 이성적 타협이라는 느낌은 들지 않는다. 후식을 들기로 합의를 보고도 계속해서 말을 나눌 수는 있는 것이다. 여대생으로 보이는 젊은 종업원은 후식을 준비할 때 두 사람을 특별하게 취급한다. 마치 자신이 일종의 축제에 참여한 것처럼 행동한다. 식탁에서 두 사람은 다정한 행동을 하지 않는다. 숨겨진 혐오감도 없고, 짧은 시선을 던지지도 않는 연인일 뿐이다. 여자가 옆에서 바라볼 때 던지는, 남자가 알아챌 수 없는 그런 짧은 시선이 없는 연인일 뿐이다. 두 사람에게 더 이상 비밀이 없을 때, 여자가 행복감과는 무관하게 파트너에게 매어 있다는 걸 의미하는 그런 시선이 없는.

센트럴파크

한 주 전 오늘—두 사람은 다른 연인들과 달리 잔디 위에 껴안고 누워 있지 않는다. 앉아 있다. 린이 일을 하지 않아도 된다면 바닷가로 떠날 수 있을 것이다. 린은 멋진 곳이 어딘지 알고 있다. 몬타우크. 바닷가에 있다면 멋질 거라는 그녀의 가벼운 믿음에 용기를 얻어 돌아오는 주말에 가자고 말한다. 그에겐 이곳에서의 마지막 주말이다. 약속은 하지 않는다. 말만 할 뿐. 린이 옆에서 잔디를 깔고 누워 있는 동안 그는 앉아 있다. 그녀는 회사를 저주한다. 일요일이긴 했지만 일을 해야 하기 때문에. 쾌청한 일요일. 공원은 온갖 사람들로 가득 차 있다. 더 이상 히피들은 없다. 린이 갈 시간이 되어 두 사람이 일어나 걸을 때 그녀가 팔짱을 낀다. 두 사람은 팔짱을 낀 채 검은색 물개를 함께 바라본다. 태양이 내리쬐는 인조바위 위에서 춤추고 돌면서 번쩍거리는 팔 없는 그 동물을 바라본다. 여기서 팔고 있는 브레첼 굽는 냄새가 풍긴다. 두 사람은 계속 걸어가면서 본다. 청소년들이 야구를 하고 있다. 그 중에는 흑인이 많다. 여기저기에 아이들을 위해 화려한 색의 연을 띄우는 아버지들이 보인다. 맨해튼의 검은 바위들 사이로 작은 호수 위에 금속제 보트들이 떠 있다… 이 년 전(정확히 지금과 같은 계절이었고 가지가 더 푸르렀을 뿐이다) 나는 여기서 독일 TV를 위해 포즈를 취했다. 나의 편안한 면모를 찾던 카메라맨들은 나를 웃게 만든 야콥 린트 때문에 좋아했다. 마리안네는 사진을 찍으려고 하지 않았다. 나는 카메라맨이 속임수를 써서 카메라에 담으려는 걸 막았다. 마리안네가 사진을 찍지 않으려는 걸 이해했다.

중요한 건 (언제나 그렇듯이) 작가가 사회에 대해 갖는 관계였던 것이다.

My Life as a Man :

때로 난 그들을 이해한다고 생각한다. 그리고 처음에 내가 찾아낸 것, 그들의 본질에 대한 내 생각을 좋아한다. 최소한 그들은 내가 내 전 사람들은 보지 못한 것을 자신들에게서 볼 때 경탄한다. 그렇게 난 그네들 마음을 얻는다. 이전 누구하고도 당신에게 하듯이 그렇게 말한 적이 없어요. 헤어질 때 이런 말을 여러 번 듣는다. 누구나 아첨을 할 수 있지만 난 그럴 필요가 없다. 자신들을 알겠거니 억측하며 나를 바라보면서 그네들은 흐뭇해 한다. 한동안 내가 떠올린 생각은 그들을 납득시킨다. 난 그네들을 단순하게 보지는 않는다. 전적으로 모순에 차 있다. 그 누구도 내게 그런 말을 한 적이 없지만 어쩌면 당신 말이 맞는지도 모르죠. 그들은 이렇게 말한다. 나의 생각은 신탁이 모두 그렇듯이 뭔가를 강요하는 것 같다. 그럴 때 난 그들의 태도에서 내가 예감했던 것을 확인하고서 놀라게 된다. 당연히 난 그들 모두를 똑같은 생각으로 재단하지 않는다. 그 때문에 난 편안하게 있을 수가 없다. 난 내가 누구를 사랑하는지 알아야 하는 것이다. 난 스스로 한 여자와의 경험을 다음 파트너에게 이전시키는 것을 막는다. 하지만 실수로 그렇게 할 때면 부당하다는 걸 알고 있다. 분명 내게 중요한 것은 비슷한 행동방식이 반복되는 것이다. 그것도 아주 미세한 부분까지. 그 경우에 상상력이 부족한 것이라고 생각하지 않는다. 난 각각의 파트너에 대해 나와의 어려움을 매번 다르게 지어낸다. 예를 들어 파트너가 더 강하거나 아니면 내가 더 강하다. 그들 스스로 거기에 맞추어 행동한다. 어쨌든 내가 있을 때는. 그들이 괴로워한다는 걸 알게 되면 난 무엇 때문에 고통스러워하는지 말한다. 아니면 말을 하지 않는 경우도 있다. 하지만 난 그걸 알고 있으리라고 믿는다. 내 망상의 힘을 빌려. 이 망상은 나를 떠나지 않는다. 관찰해 보면 내 생각에 꼭 들어맞는 모든 것이 드러난다. 나는 그것을 보고, 그것을 들으며, 만일 거기 없을 경우엔 대충은 상상할 수 있다. 난 그것을 상상해야 한다. 대충이 아니라 꼼꼼하게. 당연히 난 나의 꼼꼼한 상상이 제대로 된 것인지 의심한다. 그건 당신의 해석이죠. 여자들은 그렇게 말한다. 그네들 스스로는 해석이 필요 없는 것이다. 내가 사랑하는 여자를 둘러싸고 지어낸 것이 나를 고통스럽게 하든 기쁘게 하든 상관없다. 내가 납득하기만 하면 된다. 나를 기만하는 것은 여자들이 아니다. 내 스스로가 나를 속인다.

Max, did you love your mother?

물론이지.

You didn't like your father?

어깨를 으쓱한다.

Why not?

거기에 대해 그는 아직 별로 깊이 생각해 보지 않았다.

You are very fond of your children?

더 이상 아이들이 아니다. 모두 성장했다. 물론 다른 성인들과는 다른 성인으로. 그가 자신들의 아버지라는 사실을 잊는다는 건 아이들로선 무척 힘들다. 그리고 그는 사람들이 어떻게 성장한 사람의 아버지로 남게 되는 것인지 정확히 모른다… 이 결혼식 피로연 때문에 린이 오해하게 된 것이 분명하다.

Did you get a wedding like that?

두 번째 결혼은 그렇지 못했다… 카사 코뮤날레. 거기엔 마을 어린이들을 위한 공부방도 있다. 실내 인테리어 일을 하는 Il Sindaco

가 공들인 글씨로 손수 작성한 간단한 서약문을 낭독한다. 그림을 그리거나 글을 쓰는 친구들이 증인으로 입회하고 있다. 모두 합해서 일곱. 아무것도 씌우지 않은 책상 위에서 두 사람은 담담하게 서명을 한다. 아우그리, 아우그리, 아우그리, 아우그리. 그런 다음 마을 사람들과 술을 마시러 모두들 우리들의 집으로 간다(삼 년 전부터 우리들의 집이었다).

Max, are you jealous?

디저트를 먹으면서 그녀가 묻는다. 토요일이다. 그리고 화요일이면 그는 비행기를 탄다. 린은 여전히 그의 부담을 알아내려 하지 않는다. 더구나 서로 편지를 쓰지 않을 것이라는 데 이미 합의를 보았다. 다만 두 사람이 잊지 않는다면 1975년 5월 11일에 그림엽서 한 장만 보내기로 했다. 그러니까 마치 설문지의 질문 같은 그녀의 질문은 이렇다.

Are you jealous? And in case you are : Could you kill a person? And if so : Her or him? And if not—

그는 질투에 대해 많은 글을 썼다. 바로 그 때문에 최근에는 모든 질투를 포기했다. 다시 질투에 빠지게 된다 해도 그로서는 새로운 경험은 없을 것이다. 작가로서의 그에겐 거기에 대한 생각이 전혀 떠오르지 않는다. 새로운 건 아무것도. 이미 썼던 것들 때문에 부담스러워졌다. 베니스에서 있었던 살색 옷감 이야기 등등. 그는 위대한 상상력을 소유한 작가가 아니다. 그건 분명하다. 그 때문에 특정한 감정을 묘사하거나 하질 못한다. 그렇게 될 경우 또다시 그걸 한 인물의 감정으로 묘사할 위험이 있기 때문에. 이건 개인으로서의 작가에게는 (이런 종류의) 글쓰기의 유용함이다. 그는 자신의 삶에서 반복되는 특정한 정황들을 다르게 다루어야 한다—작가로 남기 위해서… 탁구대가 오늘 밤에는 비어 있다. 린은 술 달린 재킷을 벗는다. 나중에는 블라우스 소매까지 접는다. 대서양 저편에 놓인 집에 탁구대가 있어서 도움이 된다. 린은 빠르지만 공을 깎아 치지 못한다. 깎인 볼을 받아 내지 못하자 화를 낸다. 그녀가 화를 낸 것이 그에겐 득이 된다. 동시에 그녀는 진짜 시합을 하고 있다는 걸 기뻐한다. 텅 빈 공간에서 똑딱거리는 소리는 재미있게 들린다. 집에서는 받아넘기는 경우가 드물었는데 이제는 거의 다 받아넘긴다. 길게 오는 볼이 탁구대 높이 정도까지 떨어진 후에야 대개 받아넘긴다. 이때는 시간을 더 가질 수 있다. 뚱뚱한 그가 몸이 더 빠르지 않음에도 점수를 잃지는 않는다. 그녀가 볼을 네트 너머로 짧게 주면 거의 언제나 그를 이길 수 있다. 하지만 그의 볼이 무척이나 날카롭게 오기 때문에 당연히 자주 성공하지는 못한다. 그가 짧은 주말을 위해 가져온 두 벌 중 하나인 흰색 셔츠는 완전히 땀에 젖어 있다. 장 밑으로 공이 들어가면 허리를 숙이느라 그렇게 된 것이다. 린은 첫 게임을 지리라고는 생각도 못했다. 두 번째 게임도 졌다. 아직 승부가 결정 나지는 않았다. 그 전에 그녀는 머리를 다시 묶는다. 머리를 묶기 위해 두 손을 쓰려고 파란색 탁구채를 탁구대 위에 올려놓는다. 머리를 묶는 동안 아무 말도 하지 않는다… 종종 그는 마치 알고 있는 것처럼 말을 해야 했다. 그는 어디 있었소? 라고 묻지 않는다. 그가 집을 나오기 전에 그녀는 오렌지 즙을 만들어 준다. 그는 그녀의 애정을 받고 있고 캐묻는 것을 삼간다. 그녀를 사랑하고 있다. 때로 자신의 의심이 심각하게 여겨지지 않도록 농담을 한다. 편하게 사는 것이다. 이것은 매일 매일의 망상을 줄여 준다. 속는 일은 많지 않다. 침묵을 지키는 걸로 충분하다. 그는 다른 남편을 알고 있고 그를 무척 높이 평가한다. 그는 다른 사람을 사랑하게 되면 언젠가는 그 다른 남편에게 말하게 될 거라고 생각한다. 이 시기에 그녀는 무척 행복하다. 누구나 그걸 알고 있고 그 역시 알고 있다. 그는 반복해서 함께 여행 갈 계획을 세워 가지고 온다. 상황도 모르고 재촉한다. 이 때문에 아내는 힘들어 한다.

왜 그는 물어보지 않는가. 그녀는 그가 그걸 알려고 하지 않는다고 말한다. 그는 친구의 눈을 보고 친구가 자신을 높이 평가하고 있음을 알고, 또 그건 사실이다. 그는 천천히 마음 깊은 곳의 모든 의심을 버리게 된다. 그건 그의 실수다. 아내가 다른 침대에서 나오는 것을 눈치 채지 못하는 남편은 애정 있는 남편이 아니다. 그가 눈치 챈 것은 다만 그녀가 그의 일에 별 관심이 없다는 사실뿐이다. 그는 아내에게 다른 미국, 텍사스와 뉴올리언스를 보여 주기 위해, 오스틴의 강연회에 와 달라는 초대를 수락한다. 하지만 그녀의 비행공포증은 극복할 수 없다. 그래서 혼자서 비행기를 타고 떠난다. 친구가 그에게 텍사스의 좋은 사람들 주소를 준다. 다시 이 두 사람은 그가 두 사람의 일을 알고 있다고 확신하고 그의 월등한 태도를 높이 평가한다. 물론 그가 예정보다 일찍 여행에서 돌아오긴 했지만 미리 연락을 하지 않은 건 아니다. 두 사람은 그를 진심으로 맞아 준다. 여름에 유럽에 있는 집에서 그는 아내와 함께 뉴욕에 감탄한다. 그가 두 번째 겨울을 뉴욕에서 보내려고 마음을 굳히자 아내는 행복해 한다. 뉴욕은 그녀의 일에 있어 중요한 곳이다. 그래서 그녀는 비행공포증을 극복하고 그가 아직 유럽에서 할 일이 있기 때문에 한 달 먼저 비행기에 오른다. 그녀가 보낸 편지는 생기에 차 있고, 유쾌하고 애정이 가득하다.

그는 도착한 직후 페넬로페 이야기를 듣게 된다. 그가 아직 모르고 있는 잭이라는 사람이 아내를 유혹하려고 했다는 것이다. 거의 강간할 뻔했고 그래서 그녀는 친구들에게 전화해서 술 취한 그 잭이라는 사람을 방에서 내쫓아야 했다는 것이다. 그는 아내의 일을 돕지만 아내는 다른 조수를 필요로 한다. 그리고 그는 그걸 이해한다. 영어가 빈약하기 때문이다. 우리는 더 이상 넷이서 만나지 않는다. 그녀와 그, 그리고 친구와 까다로워진 친구의 젊은 아내, 이렇게 넷이서 말이다. 그 밖에 그가 알아차린 건 무얼까? 그는 자신이 얼마나 아내에게 확신을 주지 못하는지 눈치 챈다. 항상 그게 문제이다. 그녀는 그가 자신의 상황에 무지한 채 살고 있다는 사실을 내내 알고 있다. 그리고 그녀가 어떻게 그가 모든 일에서 똑같이 잘못 생각하는 것은 아니라고 계속해서 믿을 수 있을까? 그가 항상 자기 말이 옳다고 생각하면 할수록 실제로는 그만큼 잘못 생각하는 것이다. 그는 그걸 알아챈다. 날씨가 좋지 않은 겨울이다. 그가 자기 자신의 일에 그렇게 불안해 하는데 거기에 대해 아내가 할 수 있는 것이 무엇이겠는가? 그럴 때 그는 다시금 손님들과 함께 앉아(그녀가 요리를 한다) 말을 한다. 그녀의 과묵한 친구가 옆에 있다는 것도 개의치 않고. 그리고 상황을 알고 있었다면 그렇게 말하지는 않을 거라는 사실을 눈치 채지 못한다. 옆에서 던지는 그녀의 시선은 그의 추측과는 달리 질책이 아니다. 애정이 없는 것도 아니다. 다만 당혹스러워 하는 것일 뿐. 그는 다른 사람도 납득시키지 못한다. 문제는 그의 영어가 아니다. 스스로 납득하지 못한다. 그녀는 파리 오데옹 국립극장 공연을 성공적으로 마치길 바란다. 그로서는 빼길 만한 이유가 될 수도 있을 것이다. 그러기는커녕 그녀의 비행공포증에 마음이 불편하다. 그건 일종의 폐쇄공포증 같은 것인데, 그 때문에 그녀는 파리에 동행할 수가 없다. 그는 자신에게 무슨 일이 일어난 것인지 모른다. 친구가 추천한 의사는 아무것도 발견하지 못한다. 그가 스스로를 과신한 걸까? 그는 존경받기를 기대한다. 갑자기 그는 사람들이 그를 진지하게 대하지 않을 거라고 생각하면서 스스로를 비웃는다. 그건 그를 높이 평가하는 친구에게도 고통스러운 일이다. 한번은 친구가 일어서서 문으로 걸어가더니 사라진다. 그는 밤거리에서 그가 자동차에 치이는 일이 없기를 바란다. 그를 걱정하는 건 당연한 일이 아닌가. 그사이 친구가 딴 집을 갖고 있다는 사실이 드러난다. 아내와 함께 사는 집에서는 조용히 일을 할 수 없어서 작은 아파트를 구한 것이다. 그때 그는 침대에 걸터앉아 Sorry, I am drunk 하고 말한다. 그럴 수도 있는 일이다. 다음번엔 그 친구가 서른 세 개의 양초를 꽂은 생일케이크를 들고

와 사람들 있는 데서 익살스럽고도 우아하게 아내 앞에 무릎을 꿇는다. 이때도 역시 그는 알아채지 못한다—일 년 후(1973년) 대리석 탁자 앞에 앉아 대화를 나누면서 그녀를 통해 그 일을 알게 된다. 고백은 없다. 여성의 자기실현에 대해 얘기를 나눈다. 그녀는 그걸 대강 말한다. 그는 보덴 호湖의 기사와 달리 말에서 떨어지지 않고 일하러 간다. 직업처럼 하는 통신원 일이다. 자연스러운 이야기다. 거기에 더 할 말이 없다. 그것은 꼬박 일 년 동안 지속되었다. 위대한 사랑이다. 두 사람은 함께 살고 싶었을 것이다. 왜 그녀가 말할 수 없었을까. 그는 결국 그것도 이해하게 된다. 두 사람은 그가 그것을 이해하리라 생각하지 못했던 것이다. 나이 육십인 그가 그 일로 스스로를 쏘거나, 음독을 하거나 목을 매지는 않으리라는 확신을 주지 못한 것이다… 이제 됐다! 린이 파란색 채를 손에 들었다. 두 사람은 시합을 계속한다. 여기서 다른 무엇을 할 수 있겠는가. 아직 밤 열 시가 되지 않았다. 탐조등 아래로 파도가 친다. 내일은 비가 올 것이다.

린이 5 대 3으로 이긴다.

(나중에, 이 탁구시합을 한 지 약 한 달 뒤 난 말에서 떨어진다—난 외르크에게 욕을 한다. 외르크는 언젠가, 그러니까 1972년, 6년 동안

의 작업을 완전히 망칠 뻔한 걸 면하게 해 주었던 사람이다. 말하자면 친구다. 그의 방에서 난 안절부절못한다. 그리고 웃는다. 우리의 대화는 우리 둘만 아는 일이다. 그들만의 이야기인 것이다. 그런데 그는 내가 내 결혼에 대해 모르는 걸 알고 있었다. 미안해요! 난 화가 나서 한 말을 취소했다. 하지만 분노는 누구를 향한 것인가? 실은 그것도 분명하지 않다. 당시에 그녀가 그를 끌어들인 것이 아니다. 많은 사람들이 이야기를 했고, 친구인 그는 내가 그 일을 알고 있는지 물었다. 나는 이해해야 한다. 그녀의 고민을. 그녀를 위해 미국에서 온 한 묶음의 연애편지를 이 집에 보관하고 있는 그가 그녀의 신뢰를 저버릴 수 있었겠는가? 그럼에도 불구하고 나는 당황스럽다. 내 말은 비굴하고 바보 같다. 외르크는 제정신 박힌 그가 그럴 수 있으리라고는 생각도 못했을 것이다. 나보다 먼저 그 일을 안 사람이 얼마나 되든 그게 나와 무슨 상관인가? 나는 내 자신에 대해 당황스럽다. 내가 그 일을 안 뒤로 그걸 비밀, 우리 두 사람의 비밀로 남겨 두게 한 것이 자만심 때문이 아니라면 대체 무엇 때문이겠는가? 나는 내 자만심에 대해 당혹스러워 한다. 왜 그, 아내의 애인인 그가 내가 그걸 알기 전에 아내와의 이야기를 다른 사람에게 말하지 않은 것일까? 그건 그의 이야기인데.)

바는 대화를 나누기에는 적당하지 않다. 너무 시끄럽고 침침하다. 두 사람은 마실 생각이 없다. 원래 피곤한 것이 아니라 탁구를 친 뒤라 열이 난다. 샤워를 하면 좋을 텐데. 갑자기 모든 긴장이 풀어진다. 두 사람 모두 정주할 데가 없다는 우울함이 찾아든다. 이제 뭔가 기발한 생각을 내야 하는데 떠오르지 않는다. 린이 말한다.

It was a beautiful day!

일주일 후에 베를린에서 학술원 회의가 있다. 일주일 후 오늘 린은 무엇을 할까? 거기에 대해서는 말을 꺼내지 않는다. 그녀의 계획과 그의 계획에 대해서는. 한동안 두 사람은 발코니에 앉아 있다. 린은 잠옷 위로 술 달린 재킷을 걸치고 있다. 탐조등의 산개된 불빛 아래로 파도치는 소리가 가까이 그리고 점점 더 세게 들려온다. 아직도 두 사람은 그저 일반적인 이야기만 나눈다.

아직도 결혼 생활이 문제가 되나요?

내가 다른 여자와 같이 잤다고 고백하자 화장실의 겉벽을 긁어 열 손가락 모두에서 피가 낭자하도록 만들었던 여자가 떠오른다. 겉벽에 묻은 피를 저녁에 발견했고, 상처 난 그녀의 손가락은 다음 날 아침에야 알았다. 또 다른 여자가 떠오른다. 그녀는 침대에서 일어나 병원의 남편에게 전화를 한다. 전화가 있는 작은 방에서 그녀는 말하고 나는 듣지 않는다. 한 시간은 족히 지난 뒤 셋이서 식사를 한다…

그는 이 주제에 대해서는 별로 말하고 싶지 않다.

탐조등 불빛 아래 파도 소리는 두 사람의 대화를 방해할 정도로 크지는 않다. 그런데도 두 사람은 말이 없다. 조명 빛은 아주 멀리까지 비추지 못한다. 밝은 물보라를 튀기는 물마루 세 개를 볼 수 있고, 그 뒤로는 검다. 밤이다. 등대는 보이지 않는다. 수평선이 보이지 않는 밤이다. I am fine. 발코니에서 앉은 린이 말한다. It is not cold at all. 어쨌거나 그녀는 술 달린 재킷을 기꺼이 걸쳤다. 그가 최근에 있었던 인터뷰 후에 처음으로 들어 주었던 그 옷이다. 그리고 흰색 담요도 덮었다. 한번은 나란히 붙은 발코니 어딘가에서 목소리가 들려온다. 누군가 두 사람 말을 들을 수도 있다는 경고 같은 것이다. 두 사람은 잔물결과 함께 물보라를 치며 다가오는 세 개의 물마루를 바라본다. 이제 린은 선글라스를 벗고 있다. 그녀가 의자에 등을 기대자 풀어헤친 머리가 발코니의 나무 바닥에 닿는다. 물보라 아래 아치 모양을 보면 다가오는 물결은 녹색이다. 옅은 녹색이고 뿌옇다. 바의 음악 소리가 멎었다. 해변에서 때때로 들려오는 파도치는 소리에 방금 한 생각을 잊게 된다. 대개 파도 소리는 규칙적으로 들린다. 한번은 네 개의 물마루가 연이어 다가온다. 지금 잠잔다는 건 안타까운 일이다. 그래서 두 사람은 오랫동안 앉아 있다. You are watching me. 그는 그녀의 어깨를 붙잡는다. 머리카락을 움켜쥐고, 넓적한 손으로 뒤로 쓸어 넘긴다. 그러자 이마가 훤히 드러난다. 친밀한 한 사람의 이마가 드러난다. 아니면 그녀의 붉은색 눈썹을 손가락으로 따라 그린다. 그의 다정스러움이 린 때문이란 건 의문의 여지가 없다. 이 젊은 외국 여자 때문인 것이다. 그녀의 몸에 입을 맞추고, 그녀가 그를 자기에게 끌어당길 때 그의 감정은 그녀를 분명하게 느낀다. 그의 얼굴을 덮은 그녀의 머리카락, 넓고 부드러운 입, 지금은 가늘게 뜬 두 눈. 그녀가 즐거워하는 순간엔 갑작스럽게 다른 모든 여자들과 유사하게 보인다. 잠시 후 그녀는 그의 어깨 위에 머리를 기댄다. 두개골의 딱딱함이 느껴진다. You are thinking. 한 여자는 어쨌든 마지막 여자가 될 것이다. 그리고 난 그 여자가 린이었으면 한다. 우리는 쉽게 그리고 멋지게 작별할 것이다… 아침 7시, 바깥 발코니에 혼자 서 있다. 오늘 날씨가 흐릴지 맑을지 하늘을 보고는 아직 짐작할 수가 없다. 맨발로 딛고

선 나무 바닥은 축축하고, 약간 미끄럽다. 자신이 무슨 생각을 하는지 알 수 없다. 그는 깨어 있다. 갈매기들처럼. 팔을 걸치고 있는 나무 난간도 젖어 있다. 오한이 나서 아무 생각도 들지 않지만 그걸 즐긴다. 차가운 나무 마루를 딛고 있는 두 발을, 나무 난간 위의 두 팔을 느낀다. 갈매기 우는 소리가 들리지만 쳐다보지 않는다. 어떤 모습일지 알고 있다. 그의 몸이 그 순간 거기에 있다는 걸 느끼게 만든다. 그는 때로 수십 년 동안 실제로 무엇을 한 것인지 자문한다. 다른 사람들은 이렇게 말할 수 있을 것이다. 5년간 전쟁을 겪었고, 2년간 포로 생활을 했다. 또 다른 사람은 이렇게 말할 것이다. 40년간 연방철도에서 일했다. 또 다른 사람은 10년간 수용소에 있었다고 말할 것이다. 그 사람들은 왜 인생이 짧았는지 안다.

건축 :

제도판과 연필, 계산자, 트레이싱 페이퍼, 제도용 T자, 컴퍼스, 먹 냄새와 함께 한 십이 년의 기간. 제도하는 사람의 하얀 가운. 커다란 트레이싱 페이퍼를 말 때 들리는 쉬익 하면서 펄럭거리는 소리. 말아 놓은 마분지. 매일같이 차를 타고 일하러 가는 생활. 난 더 이상 대학생도 작가도 아니다. 많은 사람들 중의 한 사람이다. 아침저녁으로 역에서 볼 수 있는 그들의 얼굴. 난 하얀색 제도용 가운을 걸치는 것이 좋다. 제도하는 것이 즐겁다. 밖에 눈이 내리면 제도용 램프가 필요하다. 매끈한 트레이싱 페이퍼가 빛난다. 그건 전쟁이다. 먹으로 긴 선을 그릴 때 난 숨을 멈춘다. 글자를 그리는 것도 좋아한다. 제도용 숫자가 읽기엔 괜찮지만 그래도 예쁘지 않으면 지워 버린다. 시멘트, 시카, 클링커, 아연, 유리섬유, 내구耐久 벽돌. 이런 것들이 내가 붓으로 쓴 어휘들이다. 내 나이 서른이고 마침내 생계를 꾸릴 직업을 갖는다. 기사 자격증을 가지고 있다. 일자리를 얻게 되어 감사한다. 여덟 시부터 열두 시까지 그리고 한 시부터 다섯 시까지 일한다. 난 결혼할 수 있다. 계산자를 사용할 때는 전문가란 느낌이 든다. 왜 하필 건축가인가? 아버지가 건축가였다(학위는 없었다). 투명한 트레이싱 페이퍼, 움직이는 제도용 T자가 있었다. 미터 줄자는 장난감으로 사용하지 못하게 했다. 난 전에 쓴 것보다 더 정확하게 그린다. 게다가 공장 설계 제도사로서의 나 자신이 더 남자답다고 생각한다. 한번은 건축 중에 내가 계산하고 제도했던 계단이 층계참에 다다르지 못하는 일이 생겼다. 길이는 맞았는데 계단 하나가 부족했던 것이다. 그 후로는 그런 일이 다시는 일어나지 않는다. 계단을 만들려고 만들어 둔 나무판들을 벌써 잘라내 버렸다. 팀장이 손실을 떠

안았다. 현장에서 나는 건축기사님이라고 불린다. 철골작업 인부나 미장공이 듣고 있는 내 제도용 글씨를 보면 약간 주눅이 든다. 설계가 제대로 됐는데도 그렇다. 왕왕 어떻게 시공되어야 할지 잘 모를 때가 있다. 내가 아는 건 단지 그런 건 인부들이 이미 알고 있다는 것뿐이다. 모든 종류의 작업 인부들에 대해 별 느낌이 없다. 그들이 이마를 찌푸리면 내게 어떻게 할지 묻지 않는 것이 기쁘고, 그들이 욕을 하면 난 몸을 피해 버린다. 시간이 지나면서 일을 어떻게 시작할지 이해하게 되었을 때도 마찬가지다. 내 손으로는 할 수 없었을 것이다. 그러면 내가 의지하고 있는 내 두 손은 제도지 두루마리를 붙든다. 능력이 부족하다는 느낌이 남아 있다. 인부들은 그걸 눈치 채지 못하는 것 같다. 난 그들을 장시간에 걸쳐 관찰할 것이지만 그래서는 안 되는 것이다. 내가 그들보다 더 많은 보수를 받는 건 아니지만 그렇다고 관객처럼 쳐다보기나 하면서 돈을 받는 것도 아니다. 대부분의 인부들은 나보다 나이가 많다. 내 동생은 나를 믿어 준다. 동생이 가진 돈은 겨우 건축을 할 정도다. 작은 집을 짓게 된다. 내 설계가 단순하면 할수록 좋을 것이다. 그 대신 난 떠오른 착상들을 보여 주고 싶어 하고 집은 바보같이 되어 버린다. 그래도 집은 지어진다. 땅을 파고 뼈대를 세우고 기초를 닦고 판자를 대고 하는 모든 일이 설계대로 진행된다. 그 다음으로 칠을 하기 전 벽을 올리는 일 그리고 설계에 나와 있지 않은 일들이 이루어진다. 흙과 판자, 벽돌 더미 등 모든 것이 물건들이다. 인부들이 가고 난 후에도 난 한동안 남아서 측량을 하듯이 한다. 하수도관, 자갈, 삽, 손수레, 표면이 우둘투둘하고 약간 끈적거리는 타르지 두루마리, 시멘트 범벅이 된 톱, 활짝 핀 벚나무 아래의 배수구, 잔디에는 녹슨 둥근 철판 묶음도 놓여 있다. 한번은 꿈을 꾼다. 완성된 집이 내 설계와 닮지 않았는데도 인부들이 내 설계대로 지었다고 한다. 이 꿈에 비하면 건축 현장에서 나를 기다리고 있는 건 별로 놀라운 일도 아니다. 창문 하나가 너무 크다. 이건 더 작게 만들 수 없다. 창틀을 이미 주문해 두었기 때문에. 건축비를 아낀다는 건 이젠 너무 늦다. 동생은 미안해 한다. (이십 년 뒤 동생은 날 다시 한 번 믿는다. 두 번째 집은 최소한 합리적이다. 대지 위에 제대로 들어서 있고 엉터리가 아니다.) 내가 책임자로서 저지른 첫 번째 과오는 대학 동창을 고용한 일이다. 우리는 그때까지 사원으로 같이 일해 왔다. 나는 월 350프랑 대신에 월 500프랑을 제시하고, 우리들이 늘 여덟 시부터 열두 시까지 그리고 두 시부터 여섯 시까지라는 융통성 없는 근무시간에 불만을 가져 왔기 때문에 그에게 약간의 자유를 허용한다. 한 주 사십 시간을 원하는 때 자신의 일을 하라고 한다. 또 다른 직원인 기술자는 군대 사병으로 만나서 알게 되고, 이 무렵 일자리를 얻게 되어 기뻐한다. 우리 두 사람은 또 서로에게 말을 놓는 사이다. 우리 일이란 것, 요컨대 설계라는 것은 촌각을 다투는 멋진 일이다. 왕왕 난 집에서 한밤중까지 일을 한다. 동시에 이제 책임자가 되어 다른 직원들보다 더 늦게 제도용 책상에 가거나 더 일찍 제도용 책상을 떠나는 것이 옳지 않은 일이라고 느낀다. 하지만 정확히 여덟 시에 회사에 가서 벌써 흰색 제도용 가운을 입고 서 있으면 직원들이 출근했을 때 마치 내가 감시자 역할을 하는 것 같이 되어 버린다. 이것 역시 나를 힘들게 한다. 경우에 따라서 상담을 하러 가야 하는 경우가 있는데, 두 시간 뒤에 돌아오면 대학 동창인 쿠르트는 제도 스케치를 가지고 나를 기다리지 않는다. 자신이 얼마나 부지런히 일하고 있는지를 보여 주는 것인데. 그가 한 제안들은 어마어마하지만 거기에 반대를 해도 개의치 않는다. 기꺼이 그 문제를 다시 한 번 연구해 보겠다고 한다. 다른 직원인 설계사는 말이 없다. 점점 더 말이 없어진다. 그러다 어느 날 그만두겠다고 말한다. 무슨 일이죠? 월급을 올려달라는 것이 아니다. 그가 격분한 것은 다만 내 대학동창이 내가 자리를 뜨자마자 아니면 다른 방에서 개인적인 일을 한다는 사실 때문이다. 그의 제도판 밑을 들춰 볼 필요가 없다. 사실 그가 내게 내민 걸 안다. 연한 연필로 속임수를 쓴 것이다. 십 분이면 그릴 수 있는 스케치들이다. 할 수 있는 한 내 비위를 맞추어 그린 것들이다. 그 다른 설계사는 내 가게의 유일한 실무자이고 양심적인 사람이다. 그는 돈을 받은 만큼 일을 한다. 반면 그 건축기사는 더 많은 봉급을 받으면서 수개월 전부터 나를 속인 것이다. 그 일로 속이 상한 설계사는 자신의 양심적인 행동에 즐거움을 느낄 수가 없었던 것이다. 그 설계사의 이름은 아담이다. 그는 우리가 일하는 건물에 살고 있다. 어느 날 아침 보통 때처럼 출근할 때 그의 아내가 마치 미친 사람처럼 하고 있는 걸 발견한다. 그녀는 나를 붙들고 이렇게 말한다. 난 살인자가 아니에요. 프리쉬 씨. 난 살인을 하지 않았어요. 제가 살인자가 아니라고 말 좀 해 주세요! 그러면서 젖먹이 어린아이를 보여 준다. 그녀는 밤에 잠을 잘 수 있도록 작은 아기 침대를 내 사무실로 내려다 놓았다. 푸르스름한 젖먹이가 질식사를 한 것이다. 사병인 그녀의 남편은 그즈음에 군대에 있다. 내가 그에게 이 소식을 알릴 수밖에 없다. 양심적인 사람들에게 그런 일이 일어난 것이다. 그 몇 주 후 다른 사람, 건축기사를 한 카페로 부른다. 거의 아무 말도 할 필요가 없다. 다만 뭔가 상의해야 할 게 있다고만 말한다. 해고인가? 그는 이 말을 내 입으로 하기 전에, 그리고 이유를 묻지 않고 받아들인다. 그 이유를 언급하지 않아도 된 게 기쁘다. 그렇지 않았다면 쿠르트는 내게 이렇게 대응했을 것이다. 정확히 네가 바로 사원 시절에 그렇게 했잖아. 제도판 아래 네 공모 출품작을 그리고 있었지. 그 프로젝트는 오랫동안 실행되지 못했다. 그 무렵에는 시멘트가 부족했다. 전쟁을 치르느라 철근도 부족했다. 그 시기에 정식으로 고용되어 있지 않던 난 다시 글을 쓰기 시작한다. 뭔가를 구체적으로 표현하려고 희곡을 쓴다. 일과 후에 글을 쓴다. 그때 난 사무실에서 뭔가 다른 일을 하다가 들키는 일은 원하지 않아서 착상이 떠오르면 급하게 적어두려고 제도판 밑에 메모지를 놓아두고 있었다. 글을 쓴 지 오주 후에 첫 번째 희곡이 완성되고, 두 번째 작품은 삼 주가 걸린다. 취리히 샤우슈필하우스 극장에서 이 작품들이 공연되고, 토목과는 그러니까 내가 글을 쓴다는 걸 그냥 넘기지 않는다. 한번은 현장소장이 내게 긴히 할 말이 있다고 현장사무소로 데리고 간다. 다른 설계도들과 마찬가지로 내 이름이 서명되어 있는 설계도 한 장이 길이에 큰 실수가 있다. 척도는 현장에서 검사해야 한다. 모든 설계도에는 이런 글이 새겨진 도장이 찍힌다. 불도저가 땅을 너무 깊이 파기 전에 현장소장이 실수를 찾아낸 걸 감사하고는 내 설계사 책임이 아니라고 말한다. 내 자신이 이 설계도를 작성했고, 그냥 서명만 한 게 아니라 직접 그렸다고 말한다. 그렇게 말할 필요가 없었을지도 모른다. 그렇게 말한 덕분에 나머지 건축기간 동안(2년) 그 현장소장은 한 번도 자신이 실수를 했다고 인정하지 않는다. 여기서 누가 실수를 했는지가 결정되어 버린 것이다. 한동안 두 가지 일, 건축과 무대에서의 연습이 병행되어 진행된다. 여덟 시에 사무실에 나갔다가 열 시에 연습을 보러 샤우슈필하우스로 차를 타고 가서 객석에 문외한으로 앉아 듣는다. 배우들이 대본을 익히러 집으로 가면 난 현장으로 가서 인부들이 다이빙대의 형틀을 떼어 내는 것, 판자들을 다른 어딘가로 옮겨 놓는 것, 가구장이가 마침내 목공소에서 만든 걸 가지고 와 끼워 맞추는 걸 본다. 모든 게 다 제대로 되는 건 아니다. 샤우슈필하우스에서의 연습도 마찬가지다. 어느 곳에서나 구체화시킨다는 것은 그렇다. 물론 그건 다른 사람들이 시행하는 것이긴 하지만 그래도 난 내가 일을 한다는 느낌이 든다. 뭔가가 이루어진다. 매일같이 스물네 시간 전부를 써야 한다는 걸 잘 알고 있다. 전문적인 우려도 빠지지 않는다. 마지막 막이 너무 빈약한 걸로 드러난다든지, 나무에 칠한 래커 칠이 보기 흉하다든지 하는 일이 벌어지기 때문이다. 어떻게 해 볼 수가 없다. 현장을 떠나기 전 나는 막대기나 철사로 신발을 깨끗하게 한다. 그런 다음 자전거에 오른다. 자전거를 타면서 휘파람을 불기도 했던 것 같다.

1974년 5월 12일 :

하늘 저 아래 깔린 구름을 배경으로 펼쳐진 아침 바다는 진주조개처럼 잿빛을 띠고 있다. 파도 소리는 희미하고 해도 없다. 신발을 벗어 두 손에 들고 맨발로 모래 속을 거니는 것이 더 낫다. 텅 빈 해변 위를 나는 갈매기 소리가 어떤 소리보다 크게 들린다. 파도 소리보다도 크다. 오늘 비가 내릴 거라고 그는 생각한다. 모래언덕 위로 풀덤불이 있다. 바람이 분다. 그리고 셔츠만 걸치고 있다. 재킷은 입지 않았다. 사람은 걷는 동안만은 얼지 않는 것이다. 아직 비는 내리지 않는다. 모래 속 여기저기에 플라스틱캔이 박혀 있다. 어제는 보지 못했던 것들이다. 신발을 손에 들고 어디까지 걸어갈 것인가 자문한다. 어제 그 의자 두 개가 먼 곳에서 보니 조그맣다. 알아보기도 힘들다. 기분이 좋다. 터벅터벅 걷는다. 거의 넘어질 뻔한 직후에 그는 두 손에 신발 한 짝씩을 들고 생각했던 것이 무언지 알게 된다. 뭔가를 지어내지 말고 이 주말을 묘사하고 싶다. 이 무료한 현재를—하지만 이건 어제께 양품점에서 이미 생각했던 것이다. 그곳 지명은 잊었다. 그런 다음 그는 다시금 아무런 생각도 하지 않는다… 그런 다음 또다시 똑같은 생각을 한다. 아무것도 지어내고 싶지 않다. 있을 수 있는 독자를 염두에 두지 않을 때 내가 감지하고 생각하는 것을 알고 싶다. 대체 내가 독자를 만족시키기 위해서, 평론가에게 공급하기 위해서 글을 쓰는 것인가! 대학을 방문할 때마다 글을 쓸 때 독자를 생각하느냐는 질문을 받는다. 예를 들어 난 한 번도 맨발로 독자를 상상해 본 적이 없다고 그는 생각한다… 파도가 밀려 나갈 때 모래에 물기가 닿아 더 단단해지는 곳에서는 보다 쉽게 걸을 수 있지만 발이 차갑다. 만조 때라 백사장이 어제보다 더 좁아져 있다. 파도치는 곳에서 멀리 떨어져 있어서 모래가 건조한 곳에서는 걷기가 힘들다. 발바닥이 아려 오기 시작한다. 모래가 우둘투둘하다. 언젠가는 발바닥의 피부가 다 벗겨져서 정말로 아픔을 느낄 때까지 그렇게 오랫동안 걸어야만 하는지도 모른다.

그렇지 않으면 꿈속에 머물게 되는 것이다 :

— 개가 서너 마리 있다. 불독인 것 같다. 큰 개들이다. 난 이 개들과 함께 우리에 갇혀 있다. 하지만 개들은 내게 달려들지 않는다. 짖기만 한다. 나는 밖을 보지 못한다. 개들은 미친 듯이 짖어 댄다. 난 우리 밖에 누가 있는지 모른다. 목소리가 들린다. 우리는 잠겨 있다. 그렇지 않았더라면 개들이 너희를 찢어발겨 놓았을 것이다. 개들은 그냥 컹컹 짖기만 하는 것이 아니라 이제는 앞발로

문틈을 파헤친다. 개들이 다리를 끌어 뒤로 물러나면 앞발이 하나씩 차례로 잘려 나가 있는 게 보인다.

어제는 길고 홀가분한 오후였다. 마치(왕왕 그렇듯이) 영원히 극복된 것 같았다. 분노와 자기연민 없이 되돌아보는 시선. 모든 것이 영원히 극복되고 해명된 것 같았다(빠진 건 6음절 시구뿐이다). 그리고 지금 그는 모래언덕 위에 서 있다. 두 손에 신발을 들고. 그리고 이렇게 말한다.

Damn!

우선 바다가 진주조개처럼 잿빛이 아니다. 갈매기들은 하얗지 않고 모래는 노란색도 회색도 아니다. 잔디는 전혀 초록이거나 누렇지 않고, 낮게 깔린 구름은 보라색이 아니다—

Damn!

난 늘 사정을 모르고 산다.

Damn!

나중에 난 내 태도를 이해하지 못한다. 촌철살인의 적당한 말이 전혀 떠오르지 않는다. 모두가 그걸 증명하고 있다. 망상으로 스스로에게 상처를 입힌다. 여러 가지 생각에 젖어 있을 때는 대개 그건 드러나지 않는다. 다만 매일같이 나의 실수를 깨달을 뿐이다. 그 때문에 불안하고 공격적이 된다. 쉼 없이 생각이 들 것이라는 두려움과 불안정하고 흥분되어 있고 다치기 쉬운 감정적인 성격. 이런저런 것을 알고 있다고 생각하는 것은 아무런 도움이 되지 않는다. 길고 홀가분한 오후다. 세상이 나 없이 미래로 접어들고, 그래서 타인들과 미래를 공유할 수 없다는 걸 알고 있는 나와 밀착하게 되는 것 같다. 하지만 한 여자를 통해 현재를 소유하려는 그릇된 욕망은 남아 있다. 난 진공 상태가 어떤 건지 안다. 십오 분, 앞으로의 십오 분이 지나간 일 년보다 더 길게 보일 때가 그렇다. 그리고 그때 난 아직도 뭔가를 바라고 있다고 생각했다. 내 안의 병자는 죽기를 원하면서 거기에 대해 침묵한다. 내 뇌를 가장 가까이에 있는 벽에 부딪혀 박살내고 싶은 그의 냉정한 욕구—

Shit!

수요일이면 63세가 된다… 오늘은 비가 내릴 것이다. 하지만 그는 이 생각을 벌써 한 시간 전에 했다. 그리고 비는 아직 내리지 않는다. 몇 방울 떨어진 적은 있다. 아홉 시다. 열 시가 지나면 아침식사는 없다(방문에 그렇게 적혀 있다)―신발을 손에 들고 생각한 것이 무언지 다시 알게 된다. 그녀를 깨워야 한다… 아침에 린은 말을 붙일 수가 없다. 이제는 화장기가 없는 눈꺼풀은 핏기가 없이 창백하다. 하지만 숨은 쉬고 있다. 베개 위로 머리카락이 풀어헤쳐져 있고, 맨살이 드러난 팔은 거의 방바닥에 닿을 정도로 내려뜨려져 있다. 리넨 이불 밑으로 발 하나가 나와 있다.

요즈음 난 자작나무와 함께 일어나
얼음으로 된 거울 앞에 서
이마를 덮은 밀가루처럼 샌 머리를 빗는다.

…

요즈음 난 고통스럽지 않다.
잊을 수 있고
회상해야 한다는 사실이.

예전(1958) 새벽녘에 난 그녀가 자고 있는 동안 해안도로를 걷는다. 맨발은 아니지만 샌들을 신은 두 발이 역시나 아려오기 시작한다. 급해서 빠른 걸음으로 걷느라 주위는 거의 쳐다보지 않는다. 그래도 만灣에 열을 지어 정박해 있는 고철이 된 배들, 새벽 여명 속에 바다 저 밖 멀리에 떠 있는 어선은 본다. 처음에는 다만 집 앞으로 가서 방파제에 앉았다. 집을 가끔 올려다보았다. 그녀가 나를 찾기를 바랐던 것일까? 사람이 잠잘 때는 한 시간은 아무것도 아니다. 하지만 깨어 있는 사람에겐 한 시간이 길게 느껴진다. 그러고 나서 몸이 얼지 않도록 여기저기 거닐었다. 갑자기 또 지루해졌다. 좁은 해안도로가 바위를 끼고 굽은 곳, 작은 포구, 그녀가 자고 있는 그 집 맨 꼭대기 층의 작은 테라스가 마지막으로 보이는 거기에서 나는 다시 한 번 담벼락 위에 걸터앉아 두 팔은 옆으로 벌려 거친 모르타르 위에 손을 펼쳐 놓고 샌들을 신은 두 발을 건들거렸다. 모르타르를 두 손에서 긁어낸 다음 낮이 되기 전에 걸어간다. 급한 소식을 전하는 사람처럼 나는 거길 떠난다. 라스페치아. 더 이상 멀리 가지 않는다. 커피를 구하기에는 너무 이르다. 걸어 다니는 사람은 한 사람도 없다. 제정신 가진 사람치고 걸어 다니는 사람은 없다. 셔터는 모두 내려져 있다. 아직 문을 열지 않았다. 버스도 다니지 않아 도로 한가운데로 걸어 다닐 수가 있다. 공공 벤치에 앉아 몸을 떠는 것이 기쁘다. 뭘 생각해도 도움이 안 된다. 미래가 어떤 쪽에 놓여 있는지 알 수가 없다. 나중에 역에서 돋보기 없이 운행 시간을 체크한 다음 바지주머니에 돈을 얼마나 가지고 있는지 찾아본다. 그녀를 떠날까 아니면 그녀에게로 갈까? 그녀 옆에는 오직 그녀뿐이다. 그녀 곁에서 망상이 시작된다. 난 이미 너무 많은 것을 알고 있었다. 아직도 난 동전을 던져서 앞면인지 뒷면인지 결정할 수 있다고 생각한다. 하지만 이미 결정은 나 있다. 다만 스스로를 조소하기 위해 실제로 동전을 던진다. 앞인지 뒤인지 쳐다보지도 않고 100리라짜리 동전을 땅바닥에서 집어 든다. 이 도시 어딘가에서 커피를 구할 때까지만 기다릴 뿐이다. 라스페치아에서… 정확히 두 달 전 지금처럼 잿빛 새벽 시간의 파리였다. 공공 벤치에서 처음으로 키스를 했고, 그 다음엔 그날 처음으로 커피를 마실 수 있는 홀에 들어갔다. 옆 테이블에는 피 묻은 앞치마를 두른 푸주한들이 앉아 있었다. 너무 유치한 경고였다. 그녀는 취리히로 여행을 떠났다. 혼란스런 그녀가 역으로 나왔다. 그녀의 짐과 우산, 핸드백. 우리는 연인으로 그리고 첫 번째 이별을 분명히 인식하고서 한 주일 동안 취리히에서 지냈다. 머리끝이 쭈뼛 서는 일이 실제로 존재한다. 난 그것을 그녀에게서 보았다. 한 달 이상은 더 살 수 없다는 걸 분명히 인식했다. 내가 나폴리로 여행을 떠났다. 그녀가 역에 왔다. 팔엔 힘이 있었다. 우리는 어디로 갈 것인가? 우리가 거처를 찾은 건 결국 우연이다. 택시를 타고 마치 도망치듯이 도착한 곳은 포르토 베네레이다. 다시금 너무 유치하다… 자리에서 일어나기 전에 샌들의 모래를 털어 내고 커피 값으로 동전을 내민다. 우리는 일곱 달 동안 동거한다. 그 후 난 병에 걸린다(간염). 난 마흔여덟이고 병원에 누워 본 적이 없었다. 입원 생활을 즐긴다. 모든 것이 희고, 시중을 들어준다. 하지만 그때 기억을 잃을지도 모른다는 두려움이 생긴다. 이런 두려움은 처음이다. 밤중에 그녀에게 말해야 할 문장 하나가 떠오른다. 그 문장은 내게 옳은 것이다. 그 때문에 메모를 할 수 없는 나로서는 그 문장을 외우는 것이 중요하다. 아침에 오른팔에 매일같이 주사액을 넣는다. 서너 시간 지속된다. 내 머리 위 약병에서 한 방울씩 떨어진다. 잃어버리지 않도록 밤에 생각난 그 문장을 십오 분마다 반복한다. 그때마다 그 문장이 무슨 뜻인지 생각할 수 없다. 낱말들의 집단이다. 특히 담당의가 다녀간 뒤, 즉 내가 다른 낱말들을 듣고 난 후에는 이 낱말들의 집단을 다시 만들어 내는 것이 시급하다. 주사가 끝난 후엔 기운이 빠진다. 그뿐만은 아니다. 시력장애도 온다. 하지만 난 잠에 떨어지기 전에 그 문장을 메모해 두어야 한다. 저녁 무렵엔 정신이 드는 느낌이다. 난 그 문장도 아닌 문장을 읽는다. 주어가 뭔지 알 수가 없다. 궁리해 보아도 소용없다. 동사도 없다. 두렵다. 그녀가 날 찾아오지만 그 말을 할 수가 없다.

내가 들을 수 있는 걸까? 난 그녀가 오늘 새 옷을, 여름옷을 입고 있다는 걸 알아차리지 못한다. 그녀는 실망한다. 새 옷을 입어 날 기쁘게 해 주려고 하루 종일 취리히를 바쁘게 돌아다녔던 것이다. 더욱이 그녀는 나를 위해 꽃을 샀다. 참제비고깔이다. 내가 그걸 좋아하기 때문이었다. 집에 그 꽃 세 다발이 놓여 있다고 그녀는 말한다. 난 전부 다 이해가 가지 않는다. 그녀를 돌려보낼 것이다. 난 진짜 중국인보다 더 얼굴이 노랗고, 퇴원을 하면 폴크스바겐 두 대를 사려고 한다. 한 대는 그녀를 위한 것이고 한 대는 나를 위한 것이다. 다행히 누군가가 이곳을 들러 그녀와 로마까지 동행하기로 한다. 그냥 누구만은 아니다. 한스 마그누스다. 그녀를 돌려보냈다. 1959년 여름이었다. 그 직후 난 건강을 되찾는다. 또다시 걸을 수 있게 된다. 유황온천까지 삼십 분 거리를 갔다가 되돌아온다. 그 후에는 더 먼 거리도 갈 수 있게 된다. 기억이 또다시 거기에 머문다. 로마의 그녀에게. 하루 서너 시간 걸을 수 있게 되자 난 그녀 없이 살고 싶지 않다는 걸 알게 된다. 로마 응답 없음. 밤새도록 그녀와 통화할 수 없다는 사실을 이해할 수가 없다. 낮에도 안 된다. 로마 응답 없음이란 말뿐이다. 여러 가지 이유를 생각할 수 있겠지만 내겐 아무튼지 상관없다. 이 전화신호음 때문에 녹초가 된다. 그리고 다시 로마 응답 없음이란 목소리가 들려온다.

항상 전화기 옆에서 잠을 자기 때문에 이불을 가져오고 시간마다 전화할 수 있도록 자명종 시계를 놓아둔다. 병자가 그녀를 돌려보냈다는 걸 난 알고 있다. 의사가 옷을 입고 두 사람이 차를 타고 떠날 때 몇 분간 거리에 나가 배웅을 할 수 있도록 허락했다. 내 편지를 받지 못한 것일까? 더 이상 내겐 황달기가 없다. 난 그녀를 원한다. 로마 응답 없음, 로마 응답 없음이란 말만 들려온다. 하지만 어느 날 그녀의 목소리를 듣게 된다. 그 후 우리는 이탈리아 스위스 국경에서 만나서 두 대의 폴크스바겐을 몰고 취리히로 간다. 그녀는 로마에서 있었던 일을 말해 준다. 취리히에서 두 집을 방문한다. 그녀는 고트프리트 켈러가 주지사로 살았던 집에서 산다. 문들은 호두나무로 만들었고 창틀이나 문고리 등은 청동으로 되어 있다. 내가 자신 있게 할 수 있는 것이 무얼까? —1959년 시에나에서 난 잠이 깬 몽유병자처럼 우체국 앞에 서 있다. 이젠 한동안 가려던 곳으로 갈 수가 없다. 편지는 부쳤다. 속달로. 두툼한 편지. 결혼 신청이다. 받아들일 것이다. 그녀가 어떤 대답을 할지 상상이 되지 않는다. 받아들이지 않을 것이다. 근처 바에서 나를 기다렸던 친구는 내가 완전히 얼이 빠져 있다고 생각하지만 그 이유는 알지 못한다. 가장 빠르면 언제쯤 그녀의 답을 받을 수 있을까? 이번 가을엔 술을 마시지 못한다. 커피도 안 된다. 그처럼 맑은 정신으로 난 결혼하자고 제안했던 것이다. 아시시에서 난 맨 처음 우체국으로 간다. 그러고 나서 교회로 간다. 거기에선 막 결혼식이 거행되고 있다. 가톨릭식으로. 플로렌스에서는 친구와 호텔을 찾기 전에 우체국으로 간다. 전화를 해 버려야 하는 것 아닐까? 그 순간에도 여전히 외울 수 있는 내 편지가 도착했다. 난 그 사실을 취리히에서 그녀와 재회하고 듣게 된다. 내 소시민 가정의 결혼이 뒤늦게 이혼으로 끝난 지 여섯 달이 흐른 지금 결혼에 대해 내가 무얼 이해할 수 있을까? 그녀와 함께 프랑크푸르트로 온다. 그녀가 첫 강연을 하는 동안 로비에 앉아 그녀의 외투를 무릎 위에 갖고 있다. 다음번에 그녀는 혼자서 프랑크푸르트로 가기를 원한다. 한번은 그녀를 데리러 갔을 때 플랫폼에서 나를 보자마자 완전히 넋을 잃고 그 자리에 서 있다. 다음 날 그녀를 그토록 당혹스럽게 만든 전보 안에 무슨 내용이 들었는지는 그녀의 비밀로 남아 있다. 이 겨울 내가 우리의 두 집 사이에서 다른 여자에게 간다고 해서 예속에서 해방되지는 않는다. 내 아이들도 그녀를 좋아한다고 생각한다. 그 후 우리는 함께 로마로 이사한다. 줄리아 가 102번지. 시끄러운 곳이다. 그녀의 로마. 우리가 결혼했다는 소문이 한 번도 본 적이 없는 한 이탈리아 교회 합창단의 말을 빌려 신문에 회자된다. 사람들은 그녀가 자유롭다고 믿지 않는 것인가? 그녀 쪽이든 내 쪽이든 친구들에게 손님으로 있을 때 우리는 으레 함께 방을 받는다. 우리는 한 쌍의 부부, 일종의 부부인 것이다. 숨길 것은 거의 없는 것이다. 한 이탈리아 레스토랑에서 어떤 독일인이 우리 테이블로 온다. 난 이 우연한 만남에 두 사람이 정신없이 기뻐하며 인사하는 걸 본다. 그리고 삼십 분 동안 그 사람의 말에 귀를 기울인다. 그녀는 나를 소개하지 않고 난 내 자신을 소개하지 않는다. 그녀가 원하지 않는다는 걸 알기 때문에. 그리고 그 사람, 페터 후헬*은 비록 나를 알고 있었지만 마찬가지로 자신을 소개하지는 않는다. 때로 그건 우스운 일이다. 나폴리로 찾아갔을 때 그녀는 살고 있는 집을 보여 주지 않는다. 거리도 보여 주지 않는다. 난 그걸 이해한다. 자신과 가까이에 있는 사람들을 만나게 되는 걸 무척 싫어하는 것이다. 그녀는 내가 47그룹** 모임에 나타나는 걸 원하지 않는다. 그건 여전히 그녀

---

* 페터 후헬Peter Huchel(1903-1981). 동독의 작가, 시인. 《시집*Gedichten*》(1948), 《한정된 날들 *Gezählte Tage*》(1972) 등의 시집이 있고, 1948년부터 1962년 강제로 물러날 때까지 동베를린에서 발간된 잡지 《의미와 형식*Sinn und Form*》의 편집인이었다.

** 제2차 세계대전 후 독일인의 정신적 공황 속에서 새로운 전후 세대의 의식을 표현하고 새로운 표현 방법을 찾기 위해 1947년부터 리히터와 안더슈 등이 중심이 되어 모인 작가, 비평가, 문학사가, 출판업자들의 모임. 이 모임을 통해 성장한 작가로는 귄터 아이히, 하인리히 뵐, 일제 아이힝거, 잉게보르크 바흐만, 마르틴 발저, 귄터 그라스, 페터 빅

의 영역인 것이다. 그녀는 그 밖의 영역들을 가지고 있다. 때로 일부러 숨기려는 그녀의 태도가 지겨울 때가 있다. 무얼 두려워하는 것일까? 한번은 둘이서 클라겐푸르트로 여행을 간 적이 있다. 그녀는 내게 날개 없는 용이 있는 분수를 보여 준다. 그녀가 쓴 글을 통해서 유명해진 곳이다. 내가 그녀가 그걸 보여 준 최초의 남자다(그녀가 그렇게 말해 준다). 그리고 나를 가족에게 보여 준다. 그 후 다시 로마에서 그녀는 과거와 그리고 현재와 이별한다. 갑자기 마치 벽돌에 맞은 것처럼 멈춰 서서 가파른 이마에 손등을 올려놓는다. 제발, 안돼요, 우리 이 골목길로 가지 말아요, 안돼요, 제발 가지 말아요! 나는 묻지 않는다. 비밀은 진정한 자신을 드러내지 못하게 만든다. 그건 진실이다. 과거 우리의 삶에 관여했거나 아니면 어느 날 관여할 수도 있을 만한 사람들 모두가 함께 모이는 자리를 생각하는 건 끔찍한 일이다. 그들의 앎은 서로 충돌한다. 모순에 찬 인식을 주고받은 후에 그들이 도달하는 의견일치, 그들의 서로에 대한 이해, 그건 어쩌면 스스로 이해하는 것을 포기하는 것일지도 모른다. 우리 두 사람은 한 남작 따님의 집을 임대하는 부동산 중개인 앞에 앉아 있다. 중개인은 그 남작 따님이 어쩌면 세든 사람으로는 미국인 외교관을 선호할지도 모른다

셀 등이 있다. 신랄한 토론과 비판의 전통으로 유명하다.

고 이해를 구한다. 선생님, 그녀는 알려지지 않는 어떤 공주처럼 맥없이 말한다. 그리고 잠시 주춤한다. 우리는, 그녀는 말한다. 작가예요. 우리는 그 집을 얻는다. 그녀의 눈부신 면이다. 로마가 내려다보이는 테라스가 있는 집이다. 종종 그녀는 몇 주간 집을 떠나 있고, 난 그녀의 로마에서 기다린다. 한번은 그녀가 차를 몰고 로마로 오고 있는 길이라는 것을 알고는 한 시간도 더 기다릴 수가 없어 차를 몰고 시 외곽으로 나가 도로의 오르막 길목을 지킨다. 그녀의 파란색 폴크스바겐을 기다린다. 그녀를 마중하려고. 운전하는 그녀가 도로에 서 있는 나를 보지 못할 경우에 대비해 차 시동을 켜 둔 채 로마 / 시내 쪽으로 세워 둔다. 폴크스바겐이 그리로 다가온다. 파란색 차인지라 난 손을 흔든다. 어쩌면 그녀는 아직 시에나의 스페란차 식당에서 식사를 하고 있는지도 모른다. 난 시간이 있다. 그때 그녀는 날 알아보지 못했지만 얼마 지나지 않아 난 그녀를 따라잡는다. 나는 그녀의 둥근 머리를 뒤에서 본다. 그녀의 머리카락을. 그녀는 분명 내 차의 경적 소리를 듣지 못한 것이다. 경찰이 차를 정지시키기 위해 차 앞을 가로막는 것처럼 그녀의 차를 앞서기까지는 한참이 소요된다. 또 그 때문에 그녀는 깜짝 놀란다. 난 광대다. 난 그걸 안다. 그녀의 자유는 그녀가 가진 눈부신 면의 일부다. 질투는 내 쪽에서 치러야 할 비용이다. 그리고 난 그 비용을 철저히 지불한다. 로마가 내려다보이는 여름밤의 테라스에서 나는 내가 토한 것에 얼굴을 처박고 잠이 든다. 애정 어린 열망이 커지도록 내 자신을 괴롭힌다. 하지만 그녀가 있으면 그 열망은 있다. 아니면 내가 스스로를 속이는 것인가? 소심하게 지키는 가정으로서의 결혼, 그런 건 없었다. 무엇이 나를 괴롭히는가? 난 내 방에 앉아 있고 그녀를 엿보지 않는다. 하지만 그녀가 전화로 누군가와 통화하는 걸 듣는다. 그녀의 목소리는 활기차다. 웃는다. 긴 대화가 이어진다. 그녀가 누구와 말하는지 모른다. 내일모레 런던으로 갈 거야! 우리 둘이 함께 내 공연을 보러 런던으로 간다는 건 언급하지 않는다. 언젠가는 해서는 안 될 일을 해 버렸다. 내 앞으로 오지 않은 편지를 읽었다. 한 남자에게서 온 편지였다. 두 사람은 결혼을 고려하고 있었다. 난 부끄러워 아무 말도 하지 않는다. 내가 묻자 그녀는 거짓말하지 않는다. 그녀는 편지를 쓴다. 만약 우리 사이에 뭔가가 변한다면 당신에게 말하겠어요. 다시 한 번 난 그녀 없이는 견딜 수 없다고 생각한다. 북쪽으로 차를 타고 간다. 내가 외우고 있는 지역이다. 코모까지 열 시간. 전에는 거기서 밤을 새웠지만 이번에는 쉬지 않고 계속 간다. 그녀는 내가 그녀에게 가는 중이라는 걸 모른다. 난 계속해서 차를 몬다. 스위스의 아이롤로까지. 거기는 밤중이다. 보름달이 떴다. 지금 생고타르 고개를 넘는 것이 좋을 것 같다. 그 직후 짙은 안개 속에 접어든다. 도로 위의 중앙선을 알아보기가 힘들다. 나중에는 비가 내린다. 여행자용 임시거처에서 자고 가는 것이 더 이성적인 것이 아닌가 생각한다. 하지만 차에서 내리지 않는다. 난 전혀 피곤함을 느끼지 않는다. 그 반대다. 임시거처를 막 지나 계곡 쪽으로 접어들 때 우측 헤드라이트가 나간다. 차는 멈추지 않는다. 다만 천천히 몰 뿐이다. 시속 이십 킬로미터. 더 이상의 속도는 무리다. 헤드라이트가 왼쪽뿐인데다, 길이 난 곳을 알려면 도로 오른쪽 경계석을 보아야 하기 때문에. 폭우가 쏟아진다. 이제 난 이 고개에서 유일하게 차를 몰고 있는 사람이다. 혼자서 운전대를 잡은 지 열네 시간이 지났지만 결코 녹초가 되거나 졸리거나 하진 않다(그렇게 생각한다). 갑자기 흰색 경계석을 내 오른쪽이 아니라 왼쪽에서 보게 될 때 길을 벗어났다는 걸 깨닫고 급하게 차를 멈춘다. 차가 서 있고, 약간 앞쪽으로 기울어 있다. 차에서 내려 자동차가 낭떠러지 위에 서 있는 걸 확인하지 않는다. 후진 기어를 넣는다. 차를 뒤로 빼는 데 성공한다. 그리고 좀더 속도를 줄여 계속해서 차를 몬다. 차 유리를 닦기 위해 가끔 멈춘다. 비가 잦았는데도 여전히 안개는 머물러 있다. 안더마트에는 문을 연 호텔이 없는 것 같다. 자정이 지난 시간이다.

자동차 라이트를 점검한 후 계속해서 차를 몬다. 왼편 헤드라이트와 두 개의 작고 약한 주차등이 켜져 있다. 난 포기할 수 없다. 난 취하지 않았고(시에나에서 캄파리 한 잔, 코모에서 에스프레소 석 잔, 아이롤로에서 맥주 한 잔을 마셨다) 컨디션이 괜찮다고 생각한다. 반대편에서 오는 차들이 내 헤드라이트 불빛에 항의를 한다. 하지만 난 그걸 끌 수가 없다. 그리고 그들이 내 두 개의 약한 주차등을 알아보리라고 믿을 수가 없다. 경찰을 만나지 않기를 바랄 뿐이다. 세 시경에 집에 도착한다. 우에티콘암제의 집에. 아무 일도 일어나지 않았다. 전혀 아무 일도. 난 로마에 온 것이다! 그게 전부다. 난 거기에 있다. 왜 최소한 전화라도 걸지 않았는지 모르겠다. 그 생각을 하지 않았다. 그냥 그녀가 거기 있기만을 바랐을 뿐. 그녀는 거기 있다. 13년 전 일이었다. 잉게보르크는 죽었다. 마지막으로 우리 두 사람은 1963년 로마의 한 카페에서 오후에 만났다. 난 그녀가 그 집, 하우스 춤 랑겐바움에서 잠긴 서랍 속에 든 내 일기를 발견했다는 말을 듣는다. 그녀는 그걸 읽었고 태워 버렸다. 우리는 끝을 잘 견디지 못했다. 두 사람 모두.

거니 여관 :

어제와 다른 젊은 여 종업원이 잔 두 개에 얼음 조각과 함께 물을 부어 준다. 린은 아직 오지 않았지만 무얼 주문할지 그는 알고 있다. 멜론, 베이컨과 잼을 곁들인 팬케이크, 커피. 그녀의 일요일 아침 식사다. 그리고 이제 비가 제대로 내린다.

My Life as a Man :

몇 년 후 난 내 자신을 보면서 스스로를 인정하지 않는다—그녀는 취리히의 비르허 벤너 병원에 있고, 그는 그녀를 방문하러 병원에 온다. 그는 기다려야만 한다. 그가 방문하는 걸 막는 것이 분명하다. 하지만 그는 그녀를 보고 얘기를 하겠다고 고집한다. 그는 자신이 비인간적이라고 생각하지 않는다. 병실에 들어서자 그녀는 당황한 채 말이 없다. 왜 그녀가 이 병원에 있는 것일까? 그녀는 제 발로 걸어서 병원에 입원했다. 그는 꽃을 보고 누가 보냈는지 묻지 않는다. 간호사가 어제 놓아 둔 똑같은 꽃을 오늘 가져온 것으로 갈아 주는 걸 바라본다. 침대 모서리에 앉지 않고 서 있는다. 두세 시간 후엔 공항에 도착해야 한다. 그녀가 산책을 위해 옷을 입으러 침대를 떠나면서 속옷 차림의 그녀를 보지 않게 방에서 나가 달라고 부탁한다. 그는 미국으로 떠나려고 한다. 그렇다. 그녀를 두고. 그 모든 걸 그녀는 편지를 통해 알고 있다. 그녀는 마리안네를 알고 있고, 대범한 여자처럼 그녀와 말을 나누었다.

그는 5년째 되는 해 작별을 고하러 갔다. 그는 그녀의 병을 전적으로 믿지는 않는다. 반면 그녀가 매일 매일 받는 꽃에 얽힌 이야기는 믿는다. 하지만 그것 때문에 질투심이 일지는 않는다. 그녀에 대한 집착은 모두 다 사라져 버린 것이다. 그렇게 두 사람은 들판으로 나간다. 의사가 정해 준 대로 한 시간 동안. 그녀가 병원에 입원했다는 소식이 로마에 전해져 무척 놀랐지만 그는 계획을 변경하지 않았다. 그녀는 아직도 그가 미국에 있게 되면 판단을 잘 해서 미국으로 불러 주기를 바란다. 그러면 나을지도 모른다는 것이다. 그래서 만약 그녀가 계속 아프게 되면 그건 그의 책임이 되게 된 것이다. 의사가 대체 무얼 발견한 걸까? 그녀의 모습은 동정심을 불러일으킨다. 충분한 휴식과 음식 조절 외에 의사가 처방한 것은 뭘까? 방문객을 만나지 않도록 하는 것. 무엇보다 그의 방문은 그녀에게 해가 될 것이다. 우산 하나로 비를 피할 수 있게 팔짱을 끼고 걸을 수도 있을 것이다. 그는 이 과정, 이 시간들을 이미 알고 있는 연유를 알 수가 없다. 무슨 말을 나누지? 어떻게 침묵할까? 혼란스럽다. 비행기 출발까지는 세 시간 남아 있다. 그는 주소를 알려 준다든지 하게 될 것이다. 예전에 그녀가 한번은 빈에서 보았지만 얘기는 나누지 않았던 한 나이 든 남자 얘기를 해 주었다는 것이 떠오른다. 어쩌면 유대인이었을 것이다. 그들은 두 사람이 단 한순간에 서로를 이해했다고 느꼈다. 그리고 그녀는 마치 운명으로부터 달아나듯이 달아났다. 그 외국인이 거기, 그렇다, 그 병원에 있다는 건 수수께끼다. 우연히 말이다. 두 사람은 복도에서 서로를 알아봤다. 그리고는 그는 그녀와 지금같이 산책을 했다. 하지만 그녀는 그의 이름을 말하지 않는다. 그것 말고도 말을 삼간다. 모든 게 수수께끼투성이다. 그러니까 그 외국인이 매일같이 꽃을 보내는 것이다. 늘 똑같은 꽃, 서른다섯 송이 장미를. 그녀는 그렇게 말한다. 그리고 그는 그 말을 기꺼이 믿는다. 그가 떠나면 그녀는 혼자 남지 않을 것이다. 그런데 당신은 , 반년 후 그녀는 로마에서 이렇게 말한다, 내가 병원에 누워 있을 때 미국으로 떠났고, 날 그곳으로 부르지 않았어요. 당신이 날 부르도록 내 자신이 이 꽃들을 배달시켰다는 걸 당신은 결코 이해하지 못했어요.

Check out

두 사람은 아침식사 후 대체 뭘 해야 하는가. 우산을 쓰고 산책을 할까? 탁구를 칠까? 소파에 앉아 바다에 비가 내리는 걸 바라볼 수도 있을 것이다… 그때 린이 예약을 했기 때문에 이틀치 숙박비로 얼마를 지불했는지 대강 알 것이라는 생각에 그는 당혹스러워

한다. 그녀는 벌써 차에 타고 있다. 그는 그녀가 주급으로 받는 돈의 거의 두 배를 지불한다. 남자의 돈이다. 결혼한 상황이라면 너무나 당연한 일인데… 그는 린을 옆에서 바라본다(핑계가 전혀 없는 것은 아니다. 라이터 불을 켜 준다든지 경치를 보는 시늉을 한다. 모래언덕과 가건물, 돛대 같은 걸 보는 시늉을). 린이 운전을 한다. 대개 정면을 바라보고 있다. 그녀의 입술에 하루 종일 조롱기가 서려 있는 것에 다시금 익숙해졌다. 그게 아니라면 그녀의 입술이 변했다. 한번은, 그러니까 그저께 식탁에서 린의 기분이 상해 있었다. 이유가 뭐였을까? 최소한 그는 그걸 알아채고 물어보았다. 하지만 그 이유를 알아내지 못했다. 오해를 했나? 똑같은 길을 돌아간다. 추측하건대 그녀 역시 이번 주말이 행복하지 않을까 약간 걱정했던 듯싶다. 이제는 더 이상 걱정을 숨길 필요가 없다. 그가 담배주머니를 잃어버린 사실이 밝혀진다. 그는 입속에 파이프도 물지 않고 침묵한다. 우리는 서로를 잘 모르지만 연기하듯이 대화하기에는 너무 많이 알고 있다. 아직도 그는 어디서 린이 마음의 상처를 받았으며 맨 처음 불화를 가져온 것이 무엇인지 전혀 모른다. 게다가 린은 더 이상 그걸 생각하지 않는 것 같다. 한 번은 없었던 것이나 마찬가지다. 그는 결혼 생활이, 긴 결혼 생활이 필요하다. 괴물이 되기 위해서.

아마간세트

거기는 그가 어제께 이번 주말을 이야기하자고 결심했던 작은 지역이다. 자전적으로. 그렇다. 자전적으로 이야기하자고. 인물을 꾸며 내지 않고, 사건도 꾸며 내지 않고, 그의 현실보다 더 사실적인 현실을 이야기하는 것이다. 허구 속으로 도피하지 않고. 사회에 대한 책임을 핑계로 글쓰기를 정당화하지 않고 이야기하는 것이다. 소명을 의식하지 않고 말이다. 그는 소명을 의식하지 않지만 그럼에도 불구하고 살아간다.(거명한 사람들에 대해 고려를 전혀 하지 않는 것은 아니지만) 그는 단지 이야기하고 싶을 뿐이다. 자신의 삶을.

난 옷을 고르듯이 이야기를 고른다

어떤 것이 떠올라 놀라는 일이 점점 잦아진다. 대개는 사실 놀라운 회상이 아니다. 많은 것이 사소한 일들이다. 부엌에서나 조수석에 타고서 이야기해 줄 만한 가치도 없는 것들이다. 다만 내가 내 삶에 침묵하고 있다는 사실을 발견한 것에 놀라워진다. 난 어떤 특정한 독자들에게 이야기를 통해 봉사한다. 이 이야기들 속에서 내 자신이 낱낱이 드러난다는 걸 알고 있다. 마침내 실제의 나와 식별이 불가능할 때까지. 난 내 자신의 이야기 그대로 산 것이 아니다. 다만 문학으로 형상화할 수 있는 그중의 일부를 산 것뿐이다. 아버지나 형제자매 얘기는 전혀 없다. 지난해 내 누이가 죽었다. 그녀에 대해 알고 있는 걸 생각하고 당황했다. 그이에 대해 난 한 번도 쓴 적이 없다. 내가 항상 내 자신만을 묘사했다는 건 전혀 맞는 말이 아니다. 난 내 자신을 한 번도 묘사한 적이 없다. 다만 나를 드러나게 했을 뿐.

Max, what is your state of mind?

린이 묻는다. 비가 내려서… 거의 모든 사진에서 볼 수 있는 우울한 표정은 예전부터 내 맘에 들지 않는다. 그건 눈썹이 마비된 때문이다. 게다가 그 때문에 자만한 듯한 표정이 나타난다는 걸 알고 있다. 눈썹이 마비된 것은 어려서 홍역에 걸려 어둑어둑한 방에 누워 있어야만 했을 때 이불 속에서 회중전등을 켜고 몇 시간씩 책을 읽은 것 때문이다. 돈키호테였다. 그 후로 일주일에 두 번씩 눈썹 치료를 하러 다녔다. 안과의사는 눈썹을 들어 올리고는 갈색 팅크제로 안쪽을 발라 주었다. 아팠다. 말을 듣지 않은 대가였다. 엄청나게 쓰렸다. 그 후 두 눈을 붕대로 감고 대기실에서 한 시간 동안 앉아 있어야 했다. 치료도 별 소용이 없었다. 이 눈썹은(시선이 항상 내리깔고 있는 것처럼 보인다. 의심에 차 있고 조롱하듯이) 내 외모의 일부가 된 것이다—학교 다닐 때 이 외모 때문에 여러 선생님들이 얼마나 불쾌해 했는지 경험했다. 평범한 학생이 건방지다는 것이다. 나는 건방지다는 말이 무슨 뜻인지 정확히 알지 못했다. 어쨌든 그 말은 별로 좋지 않은 것이었다. 어느 정도 달갑지 않은 말 정도로 알고 있었다. 앉아!라는 말을 오랫동안 하면 나중에는 더 이상 앉아!라는 의미가 아니다. 하지만 외모는 그대로 남아 있다. 그 외모가 주는 인상도 그대로 남는다. 누군가 좀더 잘 알게 되었을 때 내가 실제로는 건방지지 않다는 사실에 놀란다는 사실을 경험한다. 이 발견은 나보다 다른 사람의 마음을 더 편하게 만든다. 난 그런 경험을 통해서 조심해야겠다는 생각을 한다. 특별히 겸손해야겠다고. 이 나의 외모에서 드러나는 자연적인 자부심은 틀림없이 건방진 것으로 보인다. 그러니까 나는 상냥하고 겸손하게 행동하고, 다른 사람이 그걸 탐탁지 않게 생각하면 내 자신이 잘못한 것이라고 자책한다—

No, 그는 말한다, I am fine.

비가 내려도 지겹지 않다. 매 순간 기쁘다. 이제 두 개의 와이퍼가 이리저리 작동된다. 그는 방금 전에 본 모든 걸 주목한다. 그는 기억하길 원치 않는다. 순간을 원한다. 바로 이 순간 경치는 무척이나 황량하다. 그래도 그는 바라본다. 액셀러레이터를 밟고 있는 그녀의 발을 본다. 망가진 신발과 핸들을 잡고 있는 그녀의 오른손, 가느다란 손을. 그리고 와이퍼가 이리저리 움직이는 것을 본다. 그는 아쉬운 게 없다. 이번 주말에 감사한다. 아직 다 가지 않은 이번 주말을.

브르타뉴 :

소형 모리스를 타고 셋이서 떠난 여행. 나는 내내 뒷좌석에 타고 있다. 내가 왜 운전 실수를 범하고, 잘못된 경로를 말해 주겠는가? 난 아무 말도 하지 않는다. 그녀가 오를레앙으로 갈 것을 오를리로 잘못 가고 있지만 아무 질책도 하지 않는다. 불행한 일이 아니다. 한 시간을 돌아가야 한다. 다만 나로선 어떻게 해 볼 도리가 없다. 그 때문에 그녀는 짜증을 낸다. 난 지겨운 놈이란 걸 알고 있다. 경치를 바라본다. 그리고 내게 책임을 돌릴 필요가 없다. 대신 (예를 들어) 내게 깊은 인상을 준 페터 한트케의 책 원치 않은 불행에 대해 말한다. 내가 운전석에 앉아 있을 때 그녀가 하는 질책은 때로 타당하다. 나는 휴가가 필요하다. 난 삼 주간 운전 실수를 하고 싶은 것이 아니라 프랑스를 보고 싶다. 프랑스 경찰이 엄한 표정으로 다가와 그녀에게 면허증을 요구한다. 그리고는 빨간불을 보지 못했느냐고 묻는다. 경찰은 여성 운전자라는 걸 확인한 후 기사도를 과시한다. 마담. 경찰은 모리스에 타고 있는 뒷좌석의 두 남자를 의식해서 지나치게 정중하지 않게 말한다. 그리고 각진 모자에 손을 대고 인사를 한다. 즐거운 여행되십시오! 우리는 바닷가로 간다. 물이 빠지고 있는 몽생미셸이다. 서로 멀찌감치 떨어진 채 물거품을 밟으며 산책을 한다. 우울하기 짝이 없는 부부와 함께 있는 것이 그 좋은 친구에겐 고역이라는 생각이 든다. 평온한 프랑스. 점심을 먹는다. 소박하지만 맛이 좋다. 우리의 친구, 작곡가는 옛 켈트 족에 대해 마치 뮌헨에 대해서 얘기하듯이 똑똑하게 전해 준다. 그녀는 이제 담배를 피우고 싶어 한다. 하지만 실은 그녀가 더 이상 담배를 피우지 않기 때문에 난 담배를 갖고 다니지 않는다. 그녀는 친구에게 담배가 있는지 묻는다. 친구는 주머니를 뒤져 담뱃갑을 꺼내 그녀가 스스로 집을 수 있도록 책상에 놓아둔다. 그녀는 그렇게 한다. 나는 그의 말에 귀를 기울인다. 그녀의 시선이 내게로 향한다. 불을 기다리고 있는 걸 보지 못한 것이냐고 묻는 것 같다. 난 친구가 성냥을 갖고 있는지 묻는다. 성냥이요? 그에겐 성냥이 있다. 왼쪽 아니면 오른쪽 외투주머니에 있다. 그는 접시에서 눈을 떼지 않고 그렇게 말한다. 내가 우리가 앉아 있는 테이블에서 일어나 그의 왼쪽 아니면 오른쪽 외투주머니에서 그의 성냥을 찾아내기만 하면 된다. 왜 내가 웃는가? 사실 난 성냥을 가지고 있고 일어설 필요가 없다. 난 불을 붙여 준다. 그녀의 시선에는 비난기가 없지 않다. 그게 뭐예요! 그는 여러 해 전부터 우리의 소중한 친구다. 식탁에서는 유쾌하고, 여행을 하도록 자극시키는 데는 최고다. 나중에 차 안에서 그에게 나를 자신의 하인으로 만든 이유를 아느냐고 묻는다. 한 가지 예를 든다. 분위기가 찜찜해진다. 그는 무슨 일인지 이해를 못하고, 그녀는 나에 대해 깜짝 놀란다. 난 어쩔 수 없는 사람이 돼 버린다.

당신은 우리 친구들 모두의 마음을 상하게 해요!

이 말을 들은 다음엔 스스로에 대해 혹독해진다. 스스로 자책하지 않을 때, 최소한 둘이 있을 동안에는 억제하게 될 때의 그 나의 병적인 혹독함. 그것은 독재의 이면이고, 자기책망의 이면이다. 내가 어떤 약점들을 가지고 있는지, 어떤 실수를 하는지 다른 사람이 알아서는 안 되는 것처럼 스스로를 나무라는 자기책망의 이면.

선라이즈 하이웨이 :

사무실 일을 해변에서 다 끝내지 못한 터라 린은 그가 운전을 해 주었으면 한다. 그녀는 이제 책을 읽는다. 사람들이 자기를 믿어 주면 그는 기꺼이 차를 몬다. 그리고 그녀는 그걸 분명하게 보여 준다. 그렇지 않았다면 린은 책을 읽을 수 없었으리라. 거의 직선에 가까운 도로다. 그러니까 추월할 차가 전혀 없다면 지루하다. 그는 그녀가 맨해튼에서 무엇을 할까 조용히 생각해 본다. 일요일 오후. 비가 내린다. 그리고 그녀의 작고 격자창이 달린 아파트.

Max, you are wrong

이 젊은 외국 여자가 말한다. 그리고 그는 그걸 보통 사람처럼— 건강한 사람, 이성적인 사람처럼 참는다. 그 때문에 내 마음이 홀가분하다. 난 그가 그렇게 할 수 있으리라고 믿어 본 적이 없었기 때문에… 그는 이 말을 비난으로 듣지 않는다. 왼쪽 차선을 타야 한다는 걸 알아차리고는 별다른 고민 없이 그렇게 한다. Sorry!라고 말하지 않는다. 그런 다음엔 어쩔 수 없이 침묵한다. 그걸 질책이 아니라 작은 도움으로 받아들인다. 최근에 그는 Alice in the wonderland라고 말했다. 원래는 Alice in wonderland다. 사실 그는 그걸 알고 있다. 게다가 그 책을 읽어 본 적이 없는 린이 잘못을 바로잡아 줄 때 깜짝 놀라 몸을 움츠리지 않는다. 그 때문에 감동이 다친 건 아니다. 그걸 검열이라고 생각지 않는다. 어저께 해변에서 일요일엔 맑을 것이라고 예견한 그의 실수가 타격은 아니다. 두 사람은 단지 오늘 비가 온 것을 아쉬워할 뿐이다. 린이 베를린 거주자 수를 잘못 말하면 그 역시 그렇게 말한다. You are wrong이라고. 힘들이지 않고 그렇게 말한다. 복수하는 것이 아니다. 그 때문에 그는 자신의 교정을 완화시킬 필요가 없다. I think you are wrong이라고 조심스럽게 말할 필요가 없는 것이다. 두 사람이 뭔가를 알지 못하는 경우가 있다. 예를 들어 이 섬에 최후의 인디언이 언제 살았는지 하는 문제다. 때로 린 역시 Are you sure?라고 말한다. 하지만 그 때문에 그는 흥분할 필요가 없다. 자연스런 질문인 것이다. 만약 그녀가 그런 다음 더 잘 알고 있으면 그는 만족한다. 이렇게 해서 시간이나 비용이 절감되는 것이다. 에둘러 가는 길, 잘못된 희망 같은 것이. 하지만 그가 확실히 알고 있을 때, 예를 들어 휘트니 박물관이 언제 개관되었는지를 그녀가 묻는 건 그를 화나게 하지 않는다. 휘트니 박물관에 가서 스스로 화내지 않고, 아련히 기억나는 독선의 쓰라린 추억 없이 그림 앞에 서 있을 수도 있는 것이다. 그는 실수하지나 않을까 초초해 하지 않는다. 시험 보는 중이라고 느끼지 않는다. 한번은 센트럴파크에서 린이 검은색 바위 위에서 미끄러졌다. 그가 미안해하자 린은 말한다. Are you crazy?—그는 아직도 그녀를 자신의 자기책망에 익숙하게 만들지 못한 것이다… (삼십 분 전에) 운전을 하던 린은 아직도 그의 질문에 응하지 않았다. 어째서 어떤 낯선 풍경을 보고 오늘이 일요일이라는 사실을 알 수 있는 걸까? 이제야 처음으로 린은 그 이유를 알아냈는지 묻는다. 그 역시 그사이 다른 걸 생각하고 있었다.

우리는 네루다의 시 낭독을 들었다.

이제 칠레 방문은 너무 늦었다.

(월요일) 아침에 몇 가지 처리할 일이 있다. 짐이 초과하지 않도록 책을 우체국에 가지고 가야 한다. 몇몇 사람들에게 전화를 해야 한다. 연락하지 않았던 친구들에게 마지막으로 전화를 한다. 모두가 마리안네의 안부와 우리가 언제 돌아올 건지 묻는다.

Are you have a good time?

우리 두 사람은 일을 했다. 난 이렇게 말할 수 있다. 휴가도 보냈다. 한 번은 런던에서 그리고 한 번은 브르타뉴에서. 건강은 더할 나위 없이 좋았다. 런던이 될 수도 있었지만 이제 우리는 베를린에 집을 가지고 있다. 비행기 소음이 하루 종일 들린다. 사람들은 거기에 적응이 된다. 그리고 귀는 그것이 착륙하는 비행기의 소음인지 이륙할 때 소음인지 구별한다. 하강하는 비행기들은 가로수 길 위에 나타날 즈음에는 이미 랜딩기어를 펼치고 있다. 똑같은 창문을 통해 똑같은 가로수 길 위로 바라보더라도 이륙하는 비행기는 더 높이 날고 소음은 더 날카롭다. 하강하는 비행기 소리와 달리 휘파람 소리가 나는 것이 아니라 집들 사이 대기 중에 천둥소리가 울려 퍼진다. 소음은 정확히 오전 일곱 시에 시작된다. 일어나서 부엌에 가기에 좋은 시간이다. 그런 다음에 책상에 앉는다. 나이가 들면 들수록 만약 일을 하지 않으면 그만큼 더 견디기 힘들어질 것이다. 글을 쓴다. 군대 시절의 회상, 고국에 대한 연설문 하나, 칠레의 망명자들 때문에 연방 참사원에 보내는 공개서한 하나. 밖에 해가 나면 하얀색 블라인드를 닫아야 한다. 그러면 눈이 부시지 않는다. 부드럽게 밝아진다. 이 베를린에서 갖는 우리의 두 번째 겨울, 두 번째 맞이하는 새해다. 생일파티를 열 수 있게 되었다. 내 책상이 뷔페 탁자가 되었고, 너무나 현명한 친구들, 그리고 춤이 있었다. 하루하루 책과 함께 한다. 때로는 꽃을 돌볼 때도 있다. 이 집은 처치 곤란한 것들이 쌓이지 않았다. 양탄자도 없다. 소위 베를린 방에서는 일층에서 걷는 소리도 듣는다(신발 소리뿐만은 아니다). 그러면 난 안다. 아침 인사를 하려고 당신이 오는군, 맨발로—

우리가 함께 잘못한 것이 무엇일까?

유럽으로 오는 배 위에서(이 코스는 올해 중단되었다) 하루 중 많은 시간을 체스를 두면서 보낸다. 당신은 차라리 혼자 갑판에 나가 있다. 갑판엔 승무원들이 많지만 생각에 빠져 혼자서. 아니면 갑판에 바람이 너무 셀 때는 차라리 혼자서 바에 있다. 나는 내 자신을 상대로 체스를 둔다. 대개 난 진다. 말하자면 갑자기 장군을 받게 되면 게임에 진 색깔이 내 쪽이라고 생각한다. 논란의 여지는 없다. 판 위에 승부가 나기 전 작은 초록색 탁자의 다른 쪽에 앉아 있으면 나는 다시 게임에 진 사람이 된다. 내겐 아무래도 좋은 것이다! 내가 알 수 없었던 건 다만 어떻게 그렇게 된 것인가 하는 것뿐이다.

But where are you today? Probably out with your husband for a walk··· Do you think he has noticed? What foolishness! It is as obvious as a bumper sticker, as obvious as an abdication⋯ I have spent many message units seeking your voice, but I always get frederick instead. Well, Frederick, I ask cordially, what amazing triumphs have you accomplished today?

과거란 얼마나 빨리 이루어지는지 — 오버룩, 관목 숲으로 난 오솔길에 서 있는 젊은 외국 여자의 모습. 그건 어제였다.

Exit 35

그는 초록색 표지판을 본다.

No left turn

린은 책을 읽는다.

Exit 29

그사이 그가 잠을 잔 것일까?

Max, you are a fortunate man

그가 몇 마일씩 가는 동안에 침묵하지 않으려고 어떻게 마를레네

디트리히의 접대용 아파트를 얻게 되었는지 다시 한 번 말해 주었을 때 린이 그렇게 말한다. 1963년 일이다. 약간 우습지만 실화다… 그는 이런 자동기어에 익숙하지 않다. 무척 쉽다. 벌써 두 시간 아니면 그 이상 운전을 하고 있다. 벌써 맨해튼의 잿빛 윤곽이 보인다. 그리고 다시 퀸스 근교의 끝없는 공동묘지가 나왔을 때 왼발이 깜박했다. 그가 밟은 것은 클러치가 아니라 브레이크다. 린이 안전벨트를 하고 있어서 다행이다. 바로 뒤따르던 차의 운전사가 갑자기 멈춘 포드 자동차를 보고 가까스로 차선을 바꿀 수 있게 된 것은 두 번째 행운이다… 신문에 이렇게 날지도 모른다. 두 명의 자동차 사고 사망자 발생. 젊은 미국 여성(정확한 인적사항)과 나이 든 스위스 남자(정확한 인적사항). 두 사람이 해변에서 보낸 주말이 기록될지도 모른다. 우리의 주말이.

이제 다시 린이 운전한다.

그는 말없이 앉아 있다. 약간 겁먹은 채. 만약 당신이 우리의 가장 친한 친구의 아이들과 작은 개를 더 이상 참아내지 않으면 우리는 곧 양로원에 들어갈 수도 있어요! 그리고 얼마 지나지 않아 그녀가 옳았음이 판명된다. 난 빨간 불인데도 분데스알레(베를린)를 통과하고 있다.

아직도 일요일이다.

(히틀러 시대 때) 베를린 출신의 유대인 약혼녀는 한나가 아니라 케테다. 그리고 내 인생사 속의 소녀와 그가 쓴 한 소설 속의 인물,* 두 사람은 전혀 다른 사람이다. 두 사람은 다만 역사적 상황을 공통으로 겪고, 이 상황 속에서 한 젊은 남자를 만날 뿐이다. 후에 자신의 태도를 분명하게 하지 못한 젊은 남자를. 그 나머지는 기교다. 자기 자신에 대해 비밀을 지키는 기교… 사실은 어떠했는가?—그곳이 기회가 있을 때마다 떠오른다는 게 특이하다. 프리드리히슈트라세 역이었다. 그때 난 동독 공무원들에게 내 여권을 제시하고서 그들이 나를 주시하는 모습, 그때 그들의 표정

* 막스 프리쉬의 장편소설 〈호모 파버Homo faber〉를 말한다. 이 소설 속의 한나는 주인공 발터 파버의 젊은 시절 유대인 애인으로서 부모를 유대인 수용소에서 잃었고, 그와 사귀던 중 임신하여 파버의 아이를 낳아 기른다. 파버는 그 사실을 모른 채, 후에 한나를 닮은 자신의 딸 엘리자베트를 만나 과거의 한나를 상기하며 사랑을 느끼게 된다. 소설 속에서 두 사람의 관계는 이렇게 묘사되어 있다. "한나와의 관계는 이러하였다. 한나와는 결혼할 수가 없었다. 그 당시 1933년부터 1935년까지 나는 조교로 취리히 공대에서 내 학위논문을 〔…〕 쓰고 있었으며, 월 3백 프랑을 받았다. 다른 것은 고사하고 경제문제로 보아서도 그때 결혼은 문제도 되지 않았고, 한나 역시 그 당시엔 결혼하지 않는다는 것을 책망하질 않았다. 나로서는 결혼할 마음의 준비를 하고 있었다. 실제로 결혼을 싫어한 것은 한나였다."

을 본다. 난 그들과 1937년 바젤의 바디셴 역에서 나를 주시하던 나치 공무원들을 혼동하지 않는다. Journalist? 그리고 내가 청년기의 직업적 자부심 같은 건 보이지도 않고 고개를 끄덕이자 말한다. 그러니까 이 유대인 여자가 당신에게 혐오스런 이야기를 전한 거로군요! 나는 플랫폼에서 그녀에게 간곡히 부탁한다. 독일로 돌아가지 마! 하지만 그녀는 들어가겠다고 한다. 부모가 베를린에 있다. 승강구에서까지 그녀를 붙잡고 말한다. 여기 있어 줘! 양심의 가책에 짓눌린 청년기의 사랑이다. 그녀는 나의 첫 애인이다. 우리는 동거하지 않지만 매일 만난다. 그녀는 학생이다. 뉘른베르크에서 인종법이 공표되고 있을 당시 우리의 사랑은 초보적이고, 무지하고, 낭만적이다. 오 년 동안 한 번도 마음속으로라도 배신한 적이 없다. 그녀는 아이를 원하고, 그 때문에 나는 놀란다. 그러기엔 너무 준비가 되어 있지 않다. 작가로서 실패했고, 백수로 남지 않기 위해 다른 직업 공부를 막 시작하고 있었으니까. 베를린 란크비츠에 사는 부모님을 방문한다. 키가 작고 머리가 하얀 신사인 부친이 나를 데리고 박물관으로 간다. 그 박물관 설립자인 그에게 늙은 수위가 기분 좋게 인사를 건넨다. 하일 히틀러, 추밀고문관님. 도중에 아리안 족 어린아이들을 죽여 제물로 바치는 그림들이 전시된 나치 돌격대원 쇼케이스를 본다. 난 극장으로 간다.

원하지 않아서 신부는 빠진다. 이번에는 갈색의 행진을 보고 유다 뒈져라!라는 합창소리를 듣는다. 그들은 실제로 그렇게 말한다. 난 겁나는 걸 애써 드러내지 않고 운터 덴 린덴 가街에 서 있지만 외국인인 내 손을 쳐들지 않는다. 기다려 봐! 나치 돌격대원 한 사람이 소리 지르자 행군 대열에 있던 몇몇이 몸을 돌린다. 어머니 고향인 뉘른베르크에서 그녀는 내게 종 모양의 소시지를 보여주려고 한다. 그녀는 유대인 출입금지라고 쓰인 표지판을 보지 못한다. 아무 일도 일어나지 않는다. 그녀의 코가 낮았기 때문에. 다만 가운데가 불룩한 둥근 창유리 뒤에서 난 아무것도 먹을 수가 없을 뿐이다. 그 후 전차 안에서(우리는 우리끼리만 있으려고 선로가 멀리 사라지는 곳을 보면서 차가 서는 플랫폼의 맨 뒤쪽에 서 있던 것이 기억난다) 그녀는 말한다. 독일에 대해 나쁘게 생각해선 안 돼. 그 뒤 난 그녀가 스위스에 머무를 수 있도록 결혼 준비를 마친다. 그리고 우리 둘은 취리히 시청의 호적사무소로 간다. 하지만 그녀는 그걸 눈치 챈다. 그건 아이를 원하는 사랑이 아냐. 그녀는 거부한다. 아냐. 그건 안 돼. 나중에 그녀의 책가방에서 작은 무기를 발견한다. 연발권총이 아니라 니켈도금을 입힌 소형 피스톨이다. 하지만 탄환이 들어 있다. 그것을 훔친다. 그녀가 유대인이기 때문에 내가 아이를 원하지 않은 것일까? 나의 진실이 무엇인지 더 이상 알지 못하자 난 생각을 하기 위해 숲으로 간다. 그리고 내 생각을 내 스스로 더 이상 믿지 않는다. 동전을 바닥에 던진다. 안쪽이냐 바깥쪽이냐? 계시의 예언, 주사위가 어떻게 떨어졌는지 난 모른다. 그녀가 그걸 말해 준다. 네가 나와 결혼을 결정한 것은 내가 유대인이기 때문이었을 뿐 사랑 때문에 그런 건 아냐. 난 말한다. 우리 결혼해, 그래 결혼해. 그녀가 말한다. 싫어. 네페르티티 여왕 묘를 발굴했던 카이로에 있는 그녀의 삼촌이 그녀가 바젤에서 공부하도록 경제적으로 도와준다. 난 취리히에 남아 있다. 히틀러라는 말을 한 번도 입에 올리지 않았던, 무척 독일적인 유대인이던 그녀의 부모는 1938년에 도망을 나왔다. 나이가 아흔이 넘어 있었다.

슈퍼마켓

린은 월요일 저녁을 위해 아직 몇 가지 살 게 있다. 그녀는 가격을 살피고, 자세히 본 다음에 다시 내려놓는다. 그때 그로선 도울 게 없다. 그래서 진열대 사이를 어슬렁거리면서 사람들을 유심히 본다. Silent Majority. 가난하지는 않지만 단조롭다. 사람들이 안됐어. 인드라*의 딸이 말한다. 더구나 진열대는 물건들로 가득

---

* 고대 인도의 폭풍우의 신. 베다 시대에는 최고의 신이었다.

차 있다. 야채와 과일, 다른 곳엔 통조림이 총알처럼 차곡차곡 쌓여 있다. 부족한 게 없다. 그는 집에 있는 가격과 비교해 보려고 가격표를 읽어 본다. 더 이상 집에 있는 가격을 모른다. 그 때문에 부끄럽다. May I help you? 한 흑인 종업원이 묻는다. 그때 린이 녹색 올리브를 좋아하는지 검은색 올리브를 좋아하는지 묻는다. 그녀는 무척이나 혼란스런 상태지만 서두르지 않는다. 지금은 일요일이고 오후다. 그가 장을 볼 때, 그러니까 물건을 진열대에서 집어서 작은 카트에 넣을 때 순식간에 그리고 내키는 대로 된다. 린은 계산을 해야 한다. 그리고 그는 시간이 흘러가는 것이 기쁘다. 그녀는 누군가가 기다렸다가 계산 후에 물건이 가득 든 자루를 받아서 차에 가져다주는 것이 즐겁다. 하지만 끝나려면 아직 한참 남아 있다. 그녀는 아직 조미료 하나를 찾고 있다. 그는 시간이 있다. 누군가가 거기에 기다리고 있다는 것은 그녀로서는 당연한 일이 아니다. 그는 서서 신문을 읽는다. 그가 눈을 들었을 때 린이 인파 속으로 사라져 보이지 않는다. 그녀가 어떻게 생겼더라? 그리고 나서 그는 그녀의 밝은 빨간색 머리 뒷모습을 알아본다. 거리에서 혹은 박물관에서 한 낯선 사람의 뒷모습을 보듯이 한동안 긴장한다. 같은 모습을 하고 있지만 다른 얼굴도 있을 수 있으니까. 형체가 없는 얼굴은 없다는 것. 그가 아는 건 그 정도다.

그녀가 쇠줄바구니를 들고 계산대 앞에 줄 서 있을 때 시선을 보낸다. 미소를 보인다. 그 다음 그녀는 지폐 두 장을 낸다. 십 달러짜리 지폐인 것 같다. 뒤이어 더 작은 단위의 지폐를 센다. 그녀가 돌려받은 동전은 틀림없다. 그녀는 쓸데없는 걸 사지 않는다. 자루 하나에 다 들어간다. 그는 그걸 왼손으로 받아 든다.

Money

마루방에 초록색 가스 자판기가 있다. 레인지를 켜기 위해서 어머니는 항상 이십 라펜짜리 동전을 넣어야 한다. 가스는 갑자기 다시 나가 버린다. 그래서 오래 요리를 할 경우에는 동전이 많이 필요하다. 그럴 때는 아버지가 밤늦게 집에 오실 때 주머니에 이십 라펜짜리 동전을 하나 더 가지고 있으리라는 것도 아무 도움이 되지 않는다. 시립 가스공장은 우리에게 외상을 주지 않는다. 돈이 무엇이라는 걸 내가 언제부터 알게 된 걸까? 초록색 가스 자판기는 우리가 누릴 수 없는 것은 우리 것이 아니라는 걸 내게 가르쳐 주었다. 어떤 소녀와 돈을 주고 빌린 범선에 앉아 있는데 바람이 불지 않아 한 시간 이상이 지났는데도 돈을 내고 바람을 일으킬 수 없다는 걸 알 때 그건 가난이 아니라 괴로운 일에 지나지 않는다. 나는 여러 해 동안 판매점에 서 있는 붉은 사이클 벨로 꿈을 꾼다. 난 그것이 내 것이 아니라는 걸 알고 있다. 아버지는 그걸 살 수 없는 것이다. 내가 교과서를 사야 할 때면 벌써 아버지는 제도기 걱정을 할 때가 많다. 어머니가 항상 차압당하지 않을까 걱정하던 게 기억난다. 하지만 아버지가 건수, 그러니까 토지 중개를 성사시키면 빚 갚는 것만으로 만족하지 않는다. 아버지는 과시하는 걸 좋아해 어머니에게 금 브로치를 사 주는 것이다! 아버지는 절약하는 걸 이해하지 않는다. 그래서 우리가 그걸 배워야만 하는 것이다. 도토리로 커피를 만들 수 있다는 소동이 기억난다. 내 형은 바이올린을 받는다. 난 그게 정상이라고 생각한다. 형은 음악적 기질이 있고 나이도 더 많으니까. 우리가 대학생이 된 것은 어머니, 아버지의 명예욕이다. 스스로의 선택에 따라 대학을 다니게 된다. 그래서 난 독어독문학과 학생이 된다. 애정 어린 교수 한 분이 내게 장학금을 주선해 준다. 그 덕분에 난 아버지가 죽은 뒤에도 계속해서 학교를 다닐 수 있게 된다. 일 년에 800프랑이다. 난 아이스하키와 축제행렬, 카페 카바레, 리마트 강물 위의 어린 백조들 등등에 대해 기사를 쓴다. 줄 수에 따라 보수를 받는다. 20프랑이라는 처음 받은 많은 원고료에 대해 신문사에 감사 편지를 쓴다. 월세를 기일에 맞춰 낼 수 있게 된 난 자립했다는 생각을 한다. 내가 누릴 수 없는 것을, 예를 들어 좋은 카메라를 진열장에서 오랫동안 관찰하려는 생각은 떠오르지 않는다. 가게에 들어가 그런 카메라를 손에 들어 보는 짓은 결코 하지 않는다. 이스탄불과 그리스까지 가서 휴가 중에 밤을 지새운다. 이스탄불에는 스위스 클럽이 있다. 신사분들이 점심을 먹었느냐고 묻자 난 거짓말로 그렇다고 말한다. 설탕을 듬뿍 넣은 블랙커피에 감사할 수 있다. 교환수단으로서의 돈. 사람들은 그걸 갖고 있거나 그렇지 못하다. 그리고 어느 쪽이든 문제가 아니다. 중요한 건 빚을 지지 않는 것이다. 아버지는 빚을 남기고 죽었다. 차압이 코앞에 닥친다. 화학자이고 막 결혼한 형이 빚을 떠안는다. 형은 어머니가 모욕을 당하지 않도록 천천히 분할로 갚아 나간다. 나는 빚을 져 본 적이 없다. 한 번은 예외였다. 내 첫 타자기 레밍턴 포터블을 좋은 기회에 150프랑에 살 수 있다. 하지만 난 50프랑밖에 낼 수 없다. 나머지는 결코 내지 않았다는 걸 난 알고 있다… 언제 돈이 처음으로 큰 역할을 했는지 기억이 난다. 여자친구가 있다. 외국인이고 나보다 좀 나이가 많다. 그녀는 과외로 생활비를 번다. 난 아직 대학생이고 어머니와 함께 살고 있다. 애인에게 초대받는 건 내게 별 방해가 되지 않는다. 때때로 포도주 한 병을 가지고 간다. 하지만 고기는 그녀가 샀다. 누군가 그녀가 요양이 필요하다는 걸 알아차렸고, 그런 목적으로 그녀에게

500프랑을 주고 싶어 한다. 난 거기에 아무런 반대도 하지 않는다. 왜냐하면 그 사람이 세련된 사람이라고 하니까. 군대 있을 때 다시 한 번 휴가를 받아 오자 그녀는 나를 더 이상 받아들이지 않는다. 그녀는 나의 남성다움에 관한 한 잘 안다고 말한다. 난 전혀 이해하지 못한다. 그 직후 그녀는 한 실업가와 결혼한다. 반대로 난 평생 동안 내가 애인을 돈으로 획득했다고 의심해 본 적이 없다. 게다가 난 남자로서는 너무 자존심이 세다. 건축설계사로서 나의 첫 봉급은 월 350프랑이었고, 그 다음엔 500프랑이었다. 이 정도로는 아이가 있는 가정에서도 이 시기에는 살기가 빡빡하다.

1943년 8월	수입 / 지출	
공모 1위 상금	3000,—	
둔켈 교수에게 받은 봉급	490,—	
엄마에게		500,—
동료들과 회식		60,—
트루디와 함께		15,—
셔츠		34,—
생활비		350,—
1943년 9월	수입 / 지출	
벨로 사이클		352,—

제도용품		40,—
제도용 책상대		33,—
책 바인더		7,50
병영에서 용돈		50,—
생활비		350,—
임금결산창구	190, 96	
출판사 원고료	32,—	
슈바이처 룬트샤우 고료	20,—	
사무실 스탬프		42,—
트루디와 콘서트 관람		14,—

수입이 필요에 따른다는 생각은 나로선 낯설다. 사람은 자신의 수입에 따라서 살아야 하는 것이다. 난 어떤 식당에서 다른 사람을 위한 식당이 있다는 걸 바로 알게 된다. 비록 지금 당장 주머니에 돈이 있다손 치더라도 내가 갈 곳이 아니라는 걸 알기 위해 문 앞의 메뉴판을 읽을 필요가 전혀 없다. 돈이 없어 생기는 결과를 잊을 수가 없다. 왜냐하면 난 그걸 입 속에 가지고 다니기 때문에. 이빨 말이다. 첫 번째 학업 시기, 그때는 줄당 원고료로 생활비를 벌던 시기였는데 제대로 된 치과의사에게 갈 돈이 없다. 그래서 치의예과 학생들이 내 이빨로 실습을 하면서 치근齒根 치료법을 습득한다. 무료로. 그 결과는 나중에 나타난다. 그때는 돈으로

도 더 이상 구할 수가 없다. 서른 살이 되던 해까지 긴 시간 동안 난 부자들과 친교를 갖지 않았다. 학교 동창이자 후원자이던 W를 제외하고는. 나는 부富를 오직 바깥에서만 보았고, 어디에서 그것이 오는지 생각도 하지 않았다. 그리고 시기하지도 않았다. 정원이 딸린 저택은 내게는 아무런 의미가 없는지도 모른다. 그것을 위해서 사람은 태어나야 하는 것이다. 내가 돈이 없어 굶주린 것은 단 한 번밖에 없었다. 그리고 단 삼 일간에 지나지 않았다. 1933년 프라하에서. 난 아직 체코 돈 1크로네를 수중에 가지고 있고, 빵집의 진열장을 들여다보면서 매번 내가 배고픔을 느끼지 않는다는 걸 확인한다. 단지 이 며칠간에 무엇을 시작해야 할지 모를 뿐이다. 박물관에 관심이 가지 않는다. 도시의 어떤 것도. 1942년 난 건축가 여자 동료와 결혼한다. 사랑하기 때문에. 부유한 중산층 출신의 딸로 이름은 게르트루트 콘스탄체 폰 마이엔부르크다. 내가 돈과 결혼했다는 친구들의 의심은 별로 신경 쓰지 않는다. 그녀의 부모님 댁, 거대한 토지는 절약정신을 갖춘 당당한 품위가 서려 있다. 신부는 관례대로 혼수를 받는다. 살림살이 가구와 옷가지 그리고 은이다. 신랑은 부엌기구를 준비해야 한다. 더욱이 그녀는 가족 부담으로 결혼식 피로연과(난 평생 처음이자 마지막으로 연미복을 입는다) 자신의 유산 일부를 받는다. 내가 알기로

120,000프랑이다. 내가 그 돈을 찾아 쓸 수 있었을지 난 모른다. 어쨌든 난 한 번도 그렇게 하지 않았다. 그런 액수는 내가 쓸 수 있는 게 아닌 것이다. 이 당시 내 수입은 정상이다. 월세와 생활비를 대기에는 충분하다. 하지만 보모에게 주는 돈은 그녀가 자신의 계좌에서 지불한다. 그리고 난 그녀의 계좌가 그런 데 쓰기 위해 있는 것이라고 생각한다. 젖먹이 아이는 힘든 것이니까. 잊을 수 없는 일이 있다. 내가 내 건축설계사무소를 설립하자 아주머니 소유의 한 오래된 집에 공간 두 개를 얻게 된다. 월세는 부담하지 않는다. 장인 역시 도와줄 준비가 되어 있다. 그는 내가 취리히에서 처음으로 공연된 극작품이 인쇄되는 것을 보고 싶어 할 거라는 걸 이해한다. 당시 내 작품의 출판업자인 마르틴 휘를리만이 인쇄비의 저자 부담 없이는 인쇄를 하지 않으려고 하자 장인이 내게 천 프랑을 선물하려고 한다. 하지만 나는 자부심이 너무 강했다. 이 시기에 난 내가 쓴 극작품이(이제 그들은 다시 노래한다) 인쇄비용 부담 없이 인쇄될 만한 가치가 있는 중요한 작품이라고 생각한 것이다. 그 후 세월이 흘러 우리가 한번은 일요일에 아이들과 바닷가에서 해수욕을 하려고 장인의 영지로 차를 타고 갔을 때 장인 장모는 부재중이다. 우리는 식모에게 소풍 가서 먹을 걸 싸게 하고 그날을 즐긴다. 그 후 그녀의 아버지로부터 편지 한 장을 받는

다. 엄격하고 진지한 편지다. 다시는 그런 일이 있어서는 안 된다는 것이다. 자신의 집이 호텔은 아니라고 쓰여 있다. 그리고 다시는 그런 일이 벌어지지 않는다. 그건 인색한 것이 아니라 가풍이다. 난 인색한 사례를 기억한다. 버클리에 있는 무척 부유한 예술품 중개인(유럽인이다) 집에 초청을 받아 며칠간 그 집에 머문다. 그는 미국에 처음 온 나에게 버스에서 필요한 동전을 어떻게 기기에 집어넣고 어떤 동전을 사용해야 하는지 보여 준다. 그걸 보고 앞으로 어떤 일이 벌어질지 이해한 뒤 내가 감사의 말을 전하자 그는 동전을 돌려 달라고 말한다. 십 센트짜리 동전을. 첫 결혼 때 난 장만한 것이 거의 없었다. 소파와 소파 커버, 타자기, 책, 브로켄하우스 제품의 책상, 작은 양탄자, 제도용 책상 둘, 전등 등등이다. 게다가 십삼 년 후 이혼에 이르러 재산을 분할할 때 난 빚진 쪽이다. 부드러운 가죽 양장으로 된 괴테 전집은 그녀 것이란 걸 난 알고 있다. 아버지의 선물이었다. 같은 전집 중 시와 진실이 또 한 권 있어 따로 있는 한 권을 내가 가질 수 있겠냐고 묻는다. 그녀가 옳다. 이 낱권 역시 그녀 소유인 것이다. 자신의 딸과의 결혼이 십이 년 후에 파경에 이르렀다는 사실을 전한 나의 고통스런 편지에 이혼에 따른 경제적인 부담이 가능하냐고만 물었던 장인을 난 뒤늦게 이해한다. 운전학원에 다니고 처음으로 내 자동차 폴크스바겐을 사게 될 때 난 48세이다. 몇 년간 난 전망이 없다. 로마에서는 절약하지 않고 취리히에서 오히려 절약한다. 외국에서 난 오히려 내가 지불할 수 있는 것은 누릴 수 있다는 느낌을 갖는다. 예를 들어 파리올리에 있는 아파트는 세가 월 2,000프랑이었다. 내 복장은 전혀 변한 게 없다. 난 계산할 필요가 없다. 그건 새로운 것이다. 내게 필요한 것은 무얼까? 이제는 마치 돈이 아무런 역할도 하지 않는 것 같다. 전혀 아무런 역할도. 다행히 추측하건대 나보다 훨씬 더 많은 수입을 가진 동료들이 있다. 그중에는 좋은 작가들도 있다. 이제 내가 거리낌 없이 누릴 수 있는 건 아주 멋진 파이프, 그것도 두 개나 되고, 일상에서의 안락함 그리고 시간을 절약하는 것이다. 기차를 타고 긴 여행을 하는 대신에 비행기를 타고, 공항에 택시를 타고 간다. 로마에서 우리는 평생 귀족들 집에서 일한 피나를 데리고 있다. 옆에 있는 통속의 얼음이 필요할 때 난 벨을 눌러 피나를 부르지 않고 차라리 직접 일어나서 손님들과 내 잔에 채운다. 귀족이 되지 않는 것이다. 한번은 나를 방문한 하인리히 뵐도 피나가 시중을 드는 동안 진땀을 흘리며 상의를 벗는다. 피나에겐 우리는 없는 거나 마찬가지이다. 일주 여행 중 취리히에서 난 폴크스 은행의 건물 전면을 쳐다본다. 갑자기 그곳을 기억에 떠올리고는 익숙한 홀 안으로 들어서서 혹시 내가 여기 계좌를 갖고 있는지 묻는다. 여권을 보여 준다. 맞다. 20,000프랑이 들어 있다. 그 당시 어느 날 내가 월 양육비를 부담할 수 없을지도 모른다는 두려움 때문에 저축해 둔 돈이다. 그 사이 그 돈이 23,000프랑이 된 것이다. 감사 인사를 한다. 십오 분 후 취리히 시 슈파카세 금고 간판을 보고 안으로 들어가 또 물어 본다. 내게 통장을 보여 준다. 174.30프랑. 1938년에 마지막으로 인출된 것이다. 맞은편에 칸토날 은행이 있다. 그래서 창구로 여권을 밀어 넣고는 거기서도 또 물어 본다. 창구직원이 한참 후에 돌아와 말한다. 없네요. 죄송하지만 없습니다. 사과의 말을 전한다. 어째서 내가 부자일까? 지출은 몇 배나 늘었고, 나가는 돈을 보면 심하다는 생각이 든다. 놀라지 않으려면 때때로 수입을 잘못 파악하고 있는 건 아닌지 따져 봐야 한다. 내가 잘못 알고 있었던 것이다. 생각했던 것보다 수입은 더 많다. 재산이 만들어진 것이다. 그리고 총액은 어느 정도 임의적인 것이다. 그건 임금이나 봉급과 관계 있는 것이 아니라 오히려 복권 같은 것이다. 누군가 낭패를 당해 백 프랑이나 천 프랑을 빌려 가면 난 그걸 잊어버린다. 정확히 계산해야 하는 사람들에게만 모르는 사이에 어긋나는 관계가 형성되는 것이 아니다. 자기 자신의 과거에 대해서도 독특한 관계가 모르는 사이에 형성된다. 그건 우스운 일이다. 물론 난 1955년 시골에 살 때에 소형 오토바이 한 대를 살 수도 있었을 것이다. 특별히 결심이 없는 건 아니지만 나쁜 버릇에 물들기 시작한다. 전축이라면 왜 현재 시장에 나와 있는 최고급이 안 되겠는가? 거기에 일급 스피커는 왜 안 되겠는가? 그 경우 난 뭔가를 극복해야 한다. 싼 것도 내겐 충분해! 하는 과거로부터 각인된 생각을. 친구들과 모임에서 돈이 많이 들어가는 계획을 짜는 경향이 있다. 난 부자가 아니라 최근에 부유하게 된 사람이다. 친구들에게서 질투하는 기색을 보지 못했지만 뭔가는 다르다. 그들은 이제 자신들의 돈 걱정을 전보다 덜 얘기한다. 그들은 내가 몇몇 사람을 도왔다는 걸 알고 있는 것이다. 무엇보다 부자들과의 교류가 변했다. 그들의 나에 대한 태도가. 갑자기 그들은 문학과 예술에 대해서뿐만 아니라 부동산 가격과 특별히 싼 가격에 살 수 있는 세계 어느 지역, 귀금속과 골동품 등등에 대해 거리낌 없이 말을 한다. 예전에 벌써 난 당연히 그들이 모든 것을 가지고 있는 걸 보았다. 사람들은 폴리아코프, 쿠노 아미에트와 호들러에 대해서 대화를 했지만 아직 자코메티에 대해서는 대화를 하지 않았다. 손님이 아직 그런 걸 누릴 수 있게 되지 못하는 한 그 물건의 가격에 대해서는 말하지 않았던 건 전략이었다. 그리고 난 아프리카의 사자 사냥에 대해서 혹은 팔레르모에 현재

정박 중인 요트에 대해서 듣긴 했지만 그것의 가격은 한 번도 들어 본 적이 없다. 부자들에겐 돈이 아무 역할도 하지 않는다고 생각했다. 최근에 난 그걸 이해하게 된다. 부자라는 건 그들에게 일종의 직업이다. 하나의 과제이고 작은 과제가 아니다. 그들이 무사태평한 건 아닌 것이다. 그들은 노이엔부르크에 멋진 집을 가지고 있다고 하는 프리드리히 뒤렌마트에게 하는 것처럼 나의 성공을 빌어 준다. 나는 그걸 느낀다. 난 그들의 딸들이 내 책을 그야말로 감동에 차 읽고 있다는 말을 듣는다. 당연히 난 그들의 눈에는 부자가 아니다. 어찌 됐든 재규어 420을 타고 있고, 그것이 우리들 사이를 더 가깝게 해 준다고 그들은 추측하는 것이다. 재산을 가지면 정치적 의식도 변하리라는 건 그들에겐 의심의 여지가 없는 일이다. 백만장자가 사회주의자라는 것, 더구나 반자본주의자라는 걸 생각이나 하겠는가? 그들은 사회주의를 질투의 이데올로기로 이해하기 때문에 내 말을 믿지 않는다. 내가 그런 질투를 할 이유가 없다고 생각하니까. 가난한 작가로서 방문했을 때 이 사람들은 나에 대해 지금보다 혼란스러워 하지 않았다. 내 경우에 결코 이해할 수 없었던 것은 돈이 권력이라는 사실이다. 나는 돈은 교환수단이란 생각을 여태 하고 있으니까. 이 생각은 틀렸다. 그리고 당연히 난 무엇이 잘못된 것인지 알고 있다. 내가 존경하는, 나보다 젊은 친구 한 사람은 내게 돈을 꾸어 달라고 하지 않는다. 난 단지 그가 더 많은 돈을 빌려야 한다는 걸 알고 있을 뿐이다. 그래서 난 그 돈을 빌려 준다. 무이자로. 왜냐하면 친구인 그가 부자인 나를 위해 일하는 것이 중요한 게 아니어서다. 하지만 종업원과 내가 모르는 노동자는 정확히 그렇게, 나를 위해 일을 한다. 그렇게 하지 않으면 월세를 갚을 수 없을 테니까. 이것이 내가 잘못 생각한 것이다. 와인을 즐겨 하고 그림을 팔아 돈은 거의 벌지 못한 어떤 화가에게 난 환갑 생일 선물로 육십 병의 와인을 보낸다. 그는 나중에 그걸 전부 다 깨 버리거나 남에게 주어 버렸노라고 말한다. 난 외국에 있었고, 그 때문에 그의 전시회에 참석하지 못했다. 하지만 난 편지도 쓰지 않았던 것이다. 와인 육십 병은 백만장자라면 지나가면서 던져 줄 수 있는 돈 정도밖에 되지 않는다! 난 그의 분노를 이해한다. 내가 돈이 없었다 해도 편지를 보내지 않을 수 있다. 하지만 그렇다고 그가 마음의 상처를 입지는 않았을 것이다. 이제 내가 W와 비슷한 잘못을 저지르고 있는 것일까?… 잉게보르크와 그녀의 돈에 대한 태도가 생각난다. 손안 가득히 은행권 지폐, 원고료를 들고서 그녀는 어린아이처럼 기뻐한다. 그러고 나서 그녀는 내가 뭘 원하는지 묻는다. 돈은 쓰기 위해 거기 있는 것이다. 그녀가 돈을 쓰는 모습을 보면 스스로의 노동의 대가를 쓰듯이 하는 게 아니라 마치 공작부인, 때로 가난해지기도 하는 공작부인이 멋진 돈 궤짝에서 꺼내 쓰는 것 같다. 그녀는 포기하는 데 익숙해 있었다. 돈은 행운의 문제인 것이다. 그녀의 돈인가, 나의 돈인가, 우리의 돈인가? 사람들은 돈을 갖고 있거나 아니면 갖고 있지 않다. 돈이 충분하지 못하면 마치 이 세상에 뭔가가 잘못된 것처럼 그녀는 당황한다. 하지만 불평하지 않는다. 그녀는 자신을 설득한 라디오 방송국에서 돈을 너무 적게 받고 있다는 걸 알아채지 못한다. 그리고 출판자에게 별로 명예가 되지 않을 계약서에 넋 나간 표정으로 서명을 한다. 그녀는 그렇게 함으로써 다른 사람이 계산한다는 걸 계산하지 못하는 것이다. 그녀는 신발을 마치 지네를 위한 것처럼 사 댄다. 난 그녀가 그걸 어떻게 사는지 모른다. 내 기억에 그녀는 높은 월세, 해변에서 망가진, 파리에서 산 핸드백 등 어떤 지출에도 후회하지 않았다. 돈은 이렇게 저렇게 우리를 떠난다. 그녀를 사랑하는 누군가 자신 몫으로 저금을 하면 그건 그녀의 사랑을 다치게 한다. 작은 성城이든 큰 성이든 원래 그건 우리 두 사람이 누릴 수도 있는 것이다. 하지만 그녀는 다른 사람들이 그걸 가져도 화내지 않는다. 그녀에게 선물하는 건 기쁨이다. 얼굴이 밝아진다. 그녀는 사치를 요구하는 것이 아니다. 사치스런 것이 있으면 거기에 맞게 행동한다. 그녀는 나와 마찬가지로 소시민 출신이다. 다만 그녀는 거기에서 자유로운 것뿐이다. 이념이 없다. 기질이 그런 것이다. 계산할 때 그녀는 경이로운 표정으로 그렇게 한다. 많은 여자들과 마찬가지로 그녀의 주머니에 든 지폐는 대개 구겨져 있다. 그 지폐들은 분실되거나 아니면 보다 멋진 것으로 변화되길 원한다. 내 오십 번째 생일 때 그녀는 나를 그리스로 초대한다.

화이트 호스 :

딜런 토머스가 취해서 죽은 갈색의 침침한 바. 커다란 거울들이 달려 있다. 그걸 보고 밖이 낮이라는 걸 알게 된다. 해가 나지 않아 잿빛의 황량한 일요일이란 걸. 둔중한 소리를 내는 화물차가 없다. 그 점이 일요일 같다. 그는 다시 한 번 허드슨 강변에 나갈 시간이 있지만 그만둔다. 그 대신 1974년치 작은 달력을 들춰 본다. 오월, 유월, 칠월, 팔월, 구월, 시월, 십일월, 십이월. 주 중에 비어 있는 날이 많다. 화요일, 수요일, 목요일, 금요일. 그리고는 채 비우지 않은 맥주의 값을 치른다—

몇 살까지 살고 싶으세요?

누군가를 사랑하나요?

그런데 무슨 근거로 그런 결론을 내린 거죠?

화재 진압 중인 소방관들. 번쩍거리는 붉은색 소방차들, 사이렌 소리, 파란색 회전경고등, 그는 때로 이런 것들을 쳐다본다. 소방관 한 사람이 창문 세 개를 부순다. 연기가 새 나온다. 그런 다음 계속 걷는다. 아직도 여전히 일요일이다. 비가 적당히 내리고 있다. 망토를 걸친 채 걷는다. 두 손은 바지 주머니에 넣고. 교차로마다 똑같은 놀이다. Walk/Don't walk. 담배를 사려고 했다는 걸 잊어버린다. 거리 표지판을 읽는다. 몇 시간 동안 머물고 있는 이곳이 어딘지 알고 싶은 생각도 없이. 캐널 스트리트. 이렇게나 멀리 걸었다. 여기저기 하수도에서 증기가 새 나온다. 나사 모양으로 피어오르는 하얀 증기, 누구나 아는 것이다. 오후 3시, 일요일이다. 여기서는 텅 빈 거리를 원하는 데서 횡단할 수 있다. 그 거리의 구멍 난 아스팔트 길 위를. 때로 보이지 않는 헬리콥터의 프로펠러 소리가 들린다. 공중에서 심하게 푸덕거린다. 그는 지붕들 위로 회색 구름이 다가오는 것을 본다. 그리고는 아무도 없는 긴 거리에 다시 정적이 찾아온다. 있는 건 쓰레기통뿐이다. 쓰레기통 더미. 목덜미에 비가 오는 걸 느낀다. 그는 마치 목표가 있는 것처럼 서 있진 않는다. 거리 한가운데 놓인 노란색 하수관을 쳐다본다. 차단목과 깃발을 세워 둔 공사현장. 아스팔트 속에 가라앉은 증기선 연통에서 새 나오듯이 증기가 솟고 있다. 그는 자기가 무얼 즐기는지 알지 못한 채 무언가를 즐긴다. 그리고 아직도 신발 속에 남아 있는 모래를 느낀다. 갑자기 아스팔트 표면의 맨홀 뚜껑에서 우레와 같은 소리가 들려온다. 보통은 거기에서 올라오는 건 쉰 냄새뿐이다. Subway. 하지만 타지 않는다. 어떤 목적지로 가야겠다는 생각이 없다. 원래는 호텔에서 한 시간 동안 쉬어야겠다고 마음먹었었는데. 두 손을 바지 주머니에 찔러 넣은 채 걷고 있다. 그사이 비가 그쳤다. 가다 멈출 때도 있다. 한 쌍의 젊은이들이 롤러스케이트를 타고 있다. 아스팔트 위에서 아이스하키를 한다. 젊은이들은 아이스하키용 정식 퍽을 쓰고 있지만 아스팔트 위에서는 미끄러지지 않고 대굴대굴 구른다. 한동안 그는 스틱을 손에 쥐고 싶은 생각이 드는지도 모른다. 그런 다음 걷기를 계속한다. 이번에도 역시 튀어나온 테를 두른 쓰레기통들, 월요일을 기다리고 있는 한 무더기의 검은 플라스틱 자루들, 그리고 이들의 빛나는 검은색을 쳐다본다.

Count down :

48시간 후면 난 비행기를 탄다… 린은 그가 비행기 표를 다른 날짜로 바꾸길 기대하지 않는다. 그리고 그는 그녀가 그런 요구를 하리라고 기대하지 않는다. 두 사람은 서로를 이해했다. 저녁에 린이 호텔로 온다. 그의 비행기 티켓은 노란 전등 밑에 놓여 있다.

Tell me!

그는 종종 마치 누군가 스스로에게 이야기할 수 있다는 듯이 그렇게 말한다. 그리고 귀를 기울인다. 정말로 귀를 기울인다. 과거에 린이 어떤 사람이었다는 것이 그에게 중요하지 않다, 상관없다는 걸 전적으로 믿지는 않는다.

(몇 개월 뒤 1975년 1월 난 그 합의를 깬다. 물론 그녀에게 과거의 목소리로 전화를 걸 생각은 하지 않지만 방문객을 맞는 회사 데스크 앞에 서게 된다. 직업적인 방문인 듯 행동한다. Lynn is no longer with us. 죽었단 말인가? 그렇게 들린다. 데스크의 흑인 여자는 당황하는 내 모습을 보고 사무실에 있는 린의 후임자에게 데려가는 대신 이렇게 말한다. I liked her very much indeed. 나중에 유럽에 있는 내게 온 편지를 통해 그녀가 최근에 있는 곳을 알게 된다. 배 갑판 위에서 급하게 쓴 긴 편지다. 그녀는 실직했다. 다른 직업을 갖고 싶은 생각이 전혀 없고, 아이를 갖고 싶다고 한다. 탁구를 많이 치고 당시에

내가 준 내 책을 막 읽고 있다는 것이다. 분명 혼자서 여행 중이다. 자신의 미래를 곰곰이 생각하고 있는 것이다.)

린이 그의 재킷에 달고 있는 건 제대로 된 단추가 아니라 그의 비옷 단추다. 너무 어두운 색이고, 또 약간 크다. 사람들 눈에 잘 뜨일 것이다. 십일 년 전 취리히 반호프슈트라세에서 산 영국제 재킷이다. 그는 그걸 잊지 않았다. 그녀가 찾아낸 것이다. 옷을 살 때 그녀가 조언을 해 준 것은 아마 처음이었을 것이다. 다시 한 번 안감을 바꿔야 할 것 같다. 이 옷(맨체스터)과 똑같은 재킷은 다시는 찾을 수 없었다. 런던에서도 찾을 수 없었다. 평생 입을 수 있는 재킷이다. 백 번은 세탁을 했다. 닳아 해졌고, 그래서 이 옷을 입으면 편안하다. 그 밖에 오른쪽 소매에도 눈에 띄는 단추가 하나 있다. 크기가 더 작다. 너무 작고 거의 붉은색이 나는 단추다. 누가 이 단추를 달았던가? 린이 넘겨짚었다. Your wife? 이 단추가 아니었다 해도 그녀를 잊지는 않았을 것이다. 월요일이다. 린이 마지막 저녁에 초대한 친한 커플은 자정이 되어서야 갔다. 린과 그가 둘이서만 식사하지 않은 것은 처음이었다. 그건 그녀가 원했던 일이다. 그녀의 친구들이 가려고 일어섰을 때 그 역시 재킷을 입었다. 단추가 없었다. 친구들은 그걸 이해했다.

재킷에 단추를 달아 주겠다는 약속을 린이 지킬 수 있는 마지막 기회였다. Your wife. 그녀가 이렇게 말한 후 그는 아내를 조용히 칭찬하고 싶은 욕구가 인다. 그동안 린은 여전히 재킷에 바느질을 하고 있다. 그때 그는 형용사는 누군가를 칭찬하기 위해 적합하지 않다는 걸 깨닫는다. 그건 단지 한 매력적인 여자, 현재 35살로 베를린에 살고 있는 여자에 대한 하나의 인상착의만을 말해 줄 뿐이다. 거긴 아침 다섯 시다. 그때 린이 말한다. You love her. 그 말에 그는 아무 말도 없이 그릇을 자동세척기에 넣는다. 그녀는 바느질을 마치고 웃는다. Your dirty jacket! 그가 옷을 입을 때 시간은 아침 네 시다. 린은 자야 한다. 그가 현관문을 가능한 한 조용히 밖에서 닫을 때는 이미 그녀는 잠이 들어 있다. 인적이 끊긴 거리에서 그가 아무 탈 없이 한 시간 동안 갔다고 린이 말할 수 있겠구나 하고 상상해 본다. 더 이상 날은 어둡지 않다. 하수구에서 증기가 피어오른다. 아스팔트의 하수구 맨홀 뚜껑에서. 십 분 뒤 그는 벌써 노란 택시를 타고 있다. No Smoking. 그래서 그는 뭘 해야 할지 모른다. 두 사람의 마지막 밤은 우울하지 않았다. 그의 몸 역시 말을 듣지 않았다. 그는 그리스 인 택시운전사와 잡담을 하려고 한다. 하지만 현관문을 그냥 밖에서 닫기만 했을 뿐 실제로 잠겼는지 아니면 손잡이를 돌려 열 수 있는 것인지 검사해 보지 않았다는 생각이 떠오르자 더 이상 운전사의 말이 들리지 않는다. 강도, 살인, 어떤 일도 일어날 수 있다. 호텔에 도착하자마자 전화를 하려고 한다. 두려움 때문에 좀더 나은 방법이 떠오르지 않는다. 그는 20달러 지폐를 준 뒤 거스름돈을 기다리지 않고 호텔로 들어선다. 야간 담당자가 드디어 나타나기까지 몇 분이 소요된다. 그 남자는 너무 졸려서 열쇠를 금방 찾질 못한다. 방 번호를 세 번이나 말해 준다. 1112A(원래는 1113이어야 하는데 여기에선 13이란 숫자를 피한 것이다). 마침내 방에 들어서서도 전화하지 않는다. 린이 잠을 자야 하니까. 한동안 재킷을 벗지 않고 앉아서 자물쇠를 곰곰 떠올린다. 그동안 밖은 벌써 밝아 온다. 지붕 위 물탱크들이 막 첫 햇빛을 받고 있다. 그때 그는 아무 생각도 하지 않는다는 걸 깨닫는다. 어제도, 내일도, 오늘도 생각하지 않는다. 그러면서도 잠을 자지 않는다. 열린 창문으로 보이는 것, 맞은편 건물 전면을 꼼꼼하게 바라본다. 피곤하지 않거나 아니면 너무 피곤하다. 그래서 침대에 누울 수가 없는 것이다. 아무 감정도 없다. 눈을 감으면 그녀의 자고 있는 얼굴이 아주 가까이 보인다. 이 생각이 떠오르면 몸이 말을 듣지 않는 것도 개의치 않게 된다. 맞은편 건물 전면, 강화벽돌, 쇠 창틀을 한 창문들, 몇몇은 커튼이 달려 있다. 파란색 또는 붉은색 혹은 노란색이다. 창문마다 에어컨용 박스가 달려 있다. 돌출창 하나에 관엽 식물이 놓여 있다. 고양이 한 마리가 추녀 돌림대 위에 앉아 있다. 일어서면 건물 전면 외의 것이 보인다. 길 아래 교차로는 가로등 불빛을 받아 노란색이다. 낮은 집들의 지붕이 보인다. 여기저기서 아침 하늘로 증기나 연기가 피어오르고 있다. 그 집에 사람이 살고 있다는 표시다. 사람들은 아직 자고 있다. 뱃고동 소리도 들린다. 세 번 울린다. 아래 뜰을 내려다본다. 정원과 함께 땅속으로 깊이 파여 있는 것이 보인다. 그는 목욕물을 받아 두었다는 걸 잊어버린다. 전화 연결이 되어 Operator라는 목소리가 들릴 때까지, 그리고 또 다른 끝에서 신호음이 울릴 때까지 시간이 오래 걸리는 바람에. 대답이 없다. 린은 죽었거나 아니면 자고 있는 것이다. 그는 욕조를 떠올리고 수도를 돌려 잠근 다음 코르크 마개를 빼낸 뒤 기술적인 과정을 연구하기 위해 복도로 나간다. 그녀 방문과 똑같이 밖에서 잠기는 호텔 방문은 열쇠 없이는 열리지 않는다. 그는 마음을 놓는다. 생각하고 한 일은 아니지만 다행히 열쇠를 손에 들고 있어서 방으로 다시 들어갈 수 있다. 그리고 옷을 입은 채 침대에 몸을 누인다—

린은 죄의식을 느끼게 하는 이름이 되지 않을 것이다.

돌로 된 탁자에 대해 말해도 될 것 같다… 우리가 일주 여행 중에 억수같이 쏟아지는 빗속에서 살펴본 베르조나의 그 집은 농가다. 담은 완전히 허물어져 있고, 들보는 여기저기 이끼가 끼어 있다. 우리는 세 들어 살던 로마 마르구타 가街에서 여기에 온다. 평생 동안 난 독채를 세 내거나 방 하나를 세 내 살았다. 이제는 당신과 함께 집을 갖고 싶다. 우산을 받쳐 들고 우리는 황량한 뜰을 지나 한 걸음씩 옮긴다. 쐐기풀과 나무딸기가 정글처럼 뒤엉켜 있고 고사리도 널려 있다. 이 지역 어디에서나 쉽게 볼 수 있는 투박한 돌로 된 단조로운 담이 테라스를 받치고 있다. 당신은 극히 말을 아끼면서 걷고, 난 아름다운 호두나무를 가리킨다. 널찍한 뜰이다. 거기엔 밤나무가 무척 많다. 집 안은 곰팡이 냄새가 나고, 벽엔 여기저기 곰팡이가 끼어 있다. 난 이 집이 개조되고 허물 수 있으리라는 확신을 받아들인다. 매매가격을 둘러싼 끈질긴 협상도 마찬가지로 감수한다. 처음부터 내게 한 가지는 분명하다. 독신 남자 혼자로는 이 골짜기에서 살 수 없을 것이다. 내가 거닐게 될 발코니를 본다. 작은 창에서 보면 쉽게 가능할 것도 같다. 하지만 난 당신과 산다. 벌써 삼 년 전부터. 우리는 아직 한 번도 결혼에 대해 얘기해 본 적이 없다. 내 마음에 드는 건 화강암으로 된 육중한 지붕이다. 그리고 전체가 언덕에 서 있다는 점이다. 그 집과

거의 탑이라고 할 수 있을, 돌로 된 마구간 모두가. 두 개의 벽체 상호 간의 공간적 관계, 그건 건축설계사라 해도 그렇게 쉽게 이루어 낼 수 없을 것이다. 난 감격했다. 비가 오고 있는데도. 난 집을 갖는다는 걸 꿈도 꾸지 못했다. 이제는 그렇게 하고 싶다. 그래도 우리는 여행을 하게 될 것이다. 집은 감옥이 돼서는 안 될 것이다. 집일 뿐. 만약 당신이 그럴 준비만 된다면, 우리의 집일 뿐이다. 난 구매에 신중하다. 단지 매매가격이 생각보다 비싸서만은 아니다. 그래서 당신이 어머니와 함께 있는 크리스마스 무렵에 다시 한 번 와 본다. 이런 골짜기에서는 겨울에 햇빛을 전혀 못 받거나 아니면 한 시간 정도 받는 것에 불과하다. 난 하루 종일 혼자 마당에 머문다. 눈이 내리지 않는 청명한 겨울날이다. 높은 산봉우리가 맞은편에 있다. 하지만 지는 해가 이 봉우리 위를 똑바로 넘어간다. 그래서 이 집은 여섯 시간 반 동안 해가 비춘다. 행운이다. 내부는 모든 게 전보다 더 곰팡내가 나는 것 같다. 당신이 여기 없는 게 기쁘다. 이 집에 마지막으로 정신이상 노인이 세를 들어 있었다. 그가 돼지 세 마리를 위해 집에서 요리했다고 하는 여물 냄새는 전혀 나지 않는다. 하지만 썩은 매트와 없는 것으로 쳐야 할 온갖 잡동사니에서 고약한 내가 난다. 측정을 해본다. 공간은 모두 작고, 담은 모두 두껍다. 오래된 벽은 많이 허물어 낼 수 없을 것이다. 그래도 이곳을 주거할 수 있게 만드는 것이 가능해 보인다. 저 밖에 놓여 있는, 테신에서 쉽게 찾아볼 수 있는 화강암으로 된 탁자에서 스케치를 한다. 로마에서 나는 그걸 당신에게 보여 주고, 제한적이지만 개조할 수 있는 것들을 설명한다. 그리고 당신은 내가 흥미가 있다는 걸 안다. 난 너무 자주 집을 바꾸었다. 여기라면 늘어나는 장서, 우리의 장서를 보관할 장소가 있을 것이다. 여기는 정원으로 나갈 수 있는 출구가 딸린 당신의 작업실이다. 여기는 손님용 방이다. 나보다 젊은 건축설계사와 상담한다. 이 지역에 살고 있고 개조를 맡을 수 있는 사람이다. 그리고 구입을 결정한다. 1964년에. 로마에서의 우리의 생활은 하루하루가 홍겹고, 어디에 있든 항상 하루하루 너무 마음에 든다. 온세르노네 계곡. 거기는 세상의 끝에 있는 게 아니다. 예를 들어 원한다면 당신은 취리히에서 대학을 다닐 수 있다. 때때로 우리는 지루하게 진행되는 개축 현장을 둘러본다. 한동안 터무니없는 짓처럼 보인다. 썩은 바닥을 걷어 내어 지붕을 받치고 있는 육중한 벽만 서 있어 폐허 같다. 밖에는 썩은 들보 잔해가 산더미처럼 쌓여 있다. 건물 전체가 유지되기 위해서는 시멘트를 발라야 한다. 개화된 꽃들이 이룬 총림에 사람들이 걸려 넘어진다. 젊은 건축가가 열과 성을 다하고 있는 개조 작업은 꼬박 일 년이 걸린다. 우리는 그와 함께 가서 바닥판을 고른다. 부엌과 욕실에 깔 것들이다. 당신이 고를 수 있다. 그사이 당신은 기본 설계를 알게 되고, 우리, 젊은 건축가와 전 건축가 모두에게 신뢰를 보낸다. 당신은 건축에 대한 나의 순진한 기쁨, 남자의 기쁨을 본다. 이런저런 것, 예를 들어 계단 같은 건 당신으로선 현장을 보고도 아직 상상이 가지 않는다. 당신은 텅 빈 거대한 구멍만을 보고 겁을 먹고 발판을 밟고 서 있다. 난 당신의 손을 잡아 준다. 이젠 모델을 보고 선택할 것이 여러 가지가 있다. 당신은 기름탱크의 크기라든지, 오일버너와 보일러의 상표 같은 기술적인 것들에는 흥미가 덜하다. 하지만 당신은 거기에 믿음을 보내고 마당 위로 내리는 청명한 가을빛에 기뻐한다. 건축가는 벽난로 틀에 트래버틴을 쓰려고 하고, 당신은 거기에 반대다. 나도 마찬가지다. 우리는 정말이지 저택을 원하는 것이 아니다. 또 전등도 필요하다. 그리고 그건 늘 어렵다. 예전에 때로 난 이런저런 건축주들과 상의했다. 취향 문제에 있어서는 돈을 내는 사람이 결정권이 있다. 이제 우리, 당신과 내가 결정을 하는 것이다. 가끔 일이 끝난 후 당신에게 전혀 확신을 주지 못하는 것도 있다. 예를 들어 거실 바닥이 그렇다. 작은 무늬는 실망스러웠다. 하지만 당신은 내가 오나시스가 아니라는 걸 이해하고, 그래서 우리는 그대로 하라고 한다. 그것 역시 그렇게 중요한 것이 아닌 것이다. 그 반대로 당신은 작은 현관에 깐 새 바닥에는 황홀해 한다. 이탈리아 성당에 있는 것처럼 물고기가시무늬가 그려진 벽돌이다. 식당의 붉은 취리히 벽돌 역시 코팅이 된 다음 장담한 대로 시간이 흐르면서 약간 어두운 색으로 변하자 당신 맘에 들기 시작한다. 이런 건 당신에겐 새로운 작은 경험들이다. 당신은 기뻐한다. 이 집은 또 당신의 작품이기도 하다. 벽 전체를 흰색으로 하자는 데 우리는 동의한다. 스페로냐에서처럼. 로마를 떠나기 전 우리는 예루살렘에 초대를 받는다. 1965년에. 그것도 당신 맘에 든다. 우리가 로마를 떠날 때 싸갈 짐이 별로 많지 않다. 그릇 약간, 로마식 전등 세 개, 의자 다섯 달린 토스카나식 식탁, 책들(로마에서 모은 책들뿐이다. 다른 책은 창고에서 운반될 것이다), (더 좋은 전축에 걸) 음반 몇 장, 그리고 당신의 작은 책상(내가 알기로 안 좋은 골동품이다)과 흔들의자, 프라이팬, 궤짝(1770년대) 하나와 옷걸이 몇 개, 로마제 이불과 내 타자기. 우리는 가정이 아니라 커플이다. 우리가 그 집에 이사할 때 인부들이 아직 거기에 있다. 시멘트 만드는 기계도 마찬가지로 그대로 있다. 마을길로부터 내려오는 계단은 아직 설치되어 있지 않다. 미끄러운 나무판을 밟고 가야 한다. 헛간에 돼지와 염소를 분리했던 칸막이 바닥을 철거하고 그제야 내 작업실을 짓고 있다. 이탈리아 인 인부들 다섯이 매일 국경을 넘어왔다가 저녁 때 다시 노바라로 차를 타고 간다. 그들은 아직 몇 주 동안 일을 더 해야 한다. 우리는 그들이 일해 주는 걸 은근히 기뻐한다. 당신은 나이 든 십장이 농사짓는 사뮈엘 베케트처럼 보인다고 생각한다. 그들은 작은 배낭에 먹을 것을 싸 가지고 와 돌 탁자 앞에 앉거나 잔디 위에 앉아서 점심을 먹는다. 당신은 그들이 양철그릇에 담아 온 수프를 데워 준다. 아니면 당신은 손수 우리 모두를 위해 수프를 끓인다. 마음에 든다. 난 맥주와 와인을 준비한다. 집 개조는 모든 것이 다 계획대로 되지는 않는다. 완성되고 난 후 벽이 어떻게 보이느냐, 화강암 석판을 댄 바닥은 어떻게 보이느냐 하는 건 그들의 취향에 달려 있는 것이다. 우리는 인부들에게 무척 감사한다. 내 작업실에 있는 벽난로는 내겐 필요 없는 것 같다. 물론 그건 이미 있던 것이고 약간 손을 본 것에 지나지 않는 것이긴 하지만. 난 치워 버리자는 생각이다. 이 베케트는 반대다. 그의 생각에 작가는 틀림없이 종이를 많이 태운다는 것이다. 나는 동의한다. 잘 가요, 잘 가요, 우리가 로마에서 가져온 음반에 실린 노래가 인부들이 일하는 동안 열린 창문을 통해 흘러나온다. 비가 오면 인부들은 지하실에서 일한다. 페인트공은 아직도 집 안에서 일을 한다. 그는 가끔 두 시간 정도 사라져 개천에서 낚시를 한다. 내 스케치를 토대로 세워진 책장 벽은 당신 마음에도 들 것이다. 당신은 우리의 도서관을 설치하고, 난 못으로 잠긴 상자를 연다. 당신이 앉아서 책을 읽느라 종종 정리하는 일의 진행이 더디다. 책들이 대접을 받는 것이다. 당신은 채소밭을 만든다. 그 밖에 우리는 포도나무 세 그루를 심는다. 그동안 9년이 지난 후에는 그 잎사귀들이 돌 탁자 너머까지 뒤덮어 그늘 길을 만든다… 난 왜 이 이야기를 하는가? 누구에게 얘기해 주는 것인가?—한번은 인부들이 마을길에서 무거운 상자 두 개를 들고 내려온다. 첫 번째 상자에는 추측했던 대로 핀란드산 사우나 오븐이 들어 있다. 다른 상자 하나는 이 오븐에 넣을 돌이 가득 들어 있다. 이 지역에는 흔한 화강암이다. 그 밖에 난 포도주를 저장할 지하실을 만든다. 내가 타자기 앞에 앉아 있을 때 못질하는 인부들은 방해가 되지 않는다. 그 반대다. 우리가 일을 하는 것이다. 하지만 어느 날 인부들이 연장을 모조리 꾸린다. 당신은 이탈리아식 쌀 요리와 그릴을 준비한다. 인부들은 멋진 일 년을 보냈다고 말한다. 손님 수백 명이 온다. 당신의 친구들, 내 친구들이다. 당신은 여주인이고, 난 당신이 그 역할을 잘하고 있다고 생각한다. 말하자면 당연히 그리고 힘들이지 않고(그렇게 보인다) 즐거운 마음으로 잘 해내고 있다. 무시무시한 천둥번개가 친다. 서른 시간 동안이나 계속해서. 또는 겨울에는 눈을 치운다. 나는 나무를 쪼개고 벽난로에 불을 지핀다. 하지만 그해 다른 일도 해낸다. 당신은 다른 걸 한다. 새벽에 난 낫이나 도끼를 들고 정글을 쳐내 트이게 만들려고 한다. 나중엔 빌려 온 전기톱을 쓴다. 우리는 여전히 도회지 사람이다. 우리가 결혼하지 않았기 때문에 마을 사람들은 당신을 부인이라고 부르지 않는다. 마리안네라고 말한다. 당신이 없을 땐 그 마리안네라고 부르지 그 부인이라고 하지 않는다. 한번은 당신은 또 우리 마당에서 뛰어다니는 많은 고양이들뿐 아니라 양도 보고 싶어 한다. 난 울타리를 설치하고 양 네 마리를 구입한다. 그중에 한 마리는 검은색이다. 마당에서 보면 양들은 늘 같은 방향에 서 있다. 모두 네 마리다. 하나같이 똑같은 짓을 한다. 세 마리는 들개가 물어뜯는다. 마지막 남은 한 마리는 선물로 주어 버린다. 천천히 시골에서의 여름이 한결같아지기 시작한다… 당신이 고안한 이런저런 요리를 묘사할 수 있을 것도 같다 / 당신이 당신보다 젊거나 늙은 사람들을 사귀게 되고 그들이 기꺼이 집에 오던 것 / 우리가 차가운 냇가에서 수영할 때 난 냇가에서 차갑게 만든 포도주 병마개를 따던 일. 즐겁게 있어 주던 당신의 존재 / 당신 침대 옆 바닥에 쌓여 있는 책들(주로 독일어지만 영어, 프랑스어, 이탈리아어 책도 있다) / 당신이 수많은 사람들에게 선물을 하던 일 / 생일날 당신이 보여 준 어린아이 같은 흥분 / 한 여자인 당신이 자전거를 타고 소녀적 시절을 떠올리게 만들던 일 / 당신 책상, 무거운 사전들과 글을 쓴 종이와 백지들, 그리고 문학적 아방가르드 잡지들과 우표, 당신이 입지 않는 유행 패션을 소개한 잡지들, 그리고 답장을 보낸 편지들 / 내 일에 대한 당신의 자애로운 염려 / 당신의 가죽으로 된 그리고 비에 젖은 텍사스 모자, 내가 그 모자를 역전 인파 속에서 알아보았던 일, 그리고 당신이 없으면 달라지는 장소들. 프라하, 바르샤바, 아비뇽, 파리, 레닌그라드, 오데사, 베니스, 런던, 예루살렘, 맨해튼 등등. 그리고 테신의 작은 돌 탁자 —

독자들이여, 이 책은 솔직한 책이다

그런데 이 책이 말하지 않은 것은 무엇일까? 그리고 그 이유는?

5번가

긴 하얀 옷을 입고 하얀 모자를 쓴 부인이 있다. 세기 전환기 패션이다. 정신이상자다. 그녀의 두 손은 건물 전면의 금속이나 돌을 만진다. 마치 모든 것이 거기 있다는 걸 확인하려는 듯하다. 두 손은 촉수와 같다. 그녀가 맹인일 수 없는 것이 빨간 불에서는 기다린다. 대부분의 행인들은 그녀를 전혀 눈여겨보지 않는다. 그녀는 다른 사람보다 더 느리게 걷지만 그 누구의 길도 막지 않는다. 그녀는 건물 전면에 다가간다. 유리가 있는 곳에서는 마치 거울에 비친 자기 모습을 더듬는 것처럼 보인다. 그녀는 행복해 보인다. 한번은 내가 그녀 앞을 걷다가 무슨 일이라도 있는 양 뒤를 돌아본다. 그녀의 얼굴을 보려고. 그녀는 행복하다. 그녀가 갑자기 멈춰 선다. 마치 이제 허공에 빠진 듯하다. 그런 다음 한두 걸음 뒷걸음질 친다. 그녀의 손가락은 물체를 거의 느끼지 못한다. 때론 전혀 느끼지 못한다. 그건 마치 그녀가 그것이 거기에 있도록 세례를 주려는 것처럼 보인다. 흉한 물질에게도 역시. 그녀가 사람들을 보는 걸까? 그녀의 복장은 우스꽝스럽지만 사람들은 축제 때 입는 예복이라고 생각한다. 또 그녀는 맨발로 걷는다. 난 한동안 눈여겨본 뒤에야 비로소 그걸 알게 된다. 때로 그녀는 말을 한다. 게다가 감추어진 그리고 지극한 애정이 담긴 몸짓을 한다. 이날은 그녀에게는 보다 특별한 날인 듯싶다. 충만한 하루, 현재.

출판업자 헬렌 볼프는 언론에 대체로 만족한다. 그녀의 책상 위 화병에 담겨 있는 꽃들이 이 수상자를 기쁘게 한다. 유럽에 그리고 베를린에 있는 우리 친구들에게 답례를 한다. 우베, 귄터… 다른 어딘가에서 난 말없이 작별을 고한다.

워싱턴 스퀘어 :

푸른, 이제는 벌써 여름을 알리는 나무들 아래 돌로 만든 탁자 앞에 체스를 두는 노인에게.

셰리든 스퀘어 :

셰리든이란 이름을 가지고 있고, 모자 위에 구구거리는 비둘기 두 마리가 앉아 있는 한 남자의 녹청색 조각상에게.

비골로 :

잽싼 아침식사 요리사들에게.

8번가 :

내가 담배를 피운다는 걸 이미 알고 있고 바깥 날씨가 좋을 때는 언제나 친절하게 그걸 말해 주는 담배 파는 사람에게.

중국인 세탁소 :

땀에 전 탁구 셔츠를 빨아서 다림질해 준 삐쩍 마른 중국인에게.

발두치 :

좋은 과일들이 차려져 있는 진열대에게.

알프레도 식당 :

그녀 친구들에게 작별을 고한다. 그들은 내가 이 작은 식당에 처음 왔다는 걸 알고 놀란다. 그 당시 난 이 작은 식당에 결코 가지 말아 달라고 부탁을 받았고, 거기에 집착하고 있었다. 우리 사이의 솔직함은 이제는 가능해졌지만 적당한 정도에 머물고 있다. 우리는 다른 테마들을 가지고 있다. 분명 이 식당의 음식은 비싸지 않고 맛있다. 왁자지껄 떠들지 않고 이탈리아어로 도란도란 이야기를 나누는 분위기, 지적인 손님들, 그리고 주인 알프레도는 누군가 이탈리아어로 자신과 얘기를 나누면 그걸 높이 평가할 줄 안다. 여기엔 독주가 없기 때문에 나중에 우리는 그의 집으로 간다. 여기에서 멀지 않다. 걸어서 칠 분 걸린다. 그는 지금 이혼했다. 집은 그대로고 얼마 전에야 흰색 페인트칠을 했다. 새로 만난 아내가 집에 오자 그는 시계를 본다. 그녀는 내내 대체 어디 있었을까? 그녀는 훌륭하다고 한다(난 그 말을 다른 사람에게서 들었다). 그녀는 호기심을 숨기지 않고 나를 맞는다. 완전히 경계심을 푼 것은 아니다. 마치 현상수배범과 비교하듯이 눈을 동그랗게 뜨고 경계한다. 금발이다. 머리는 위로 올려 빗었다. 나는 오래 머물지 않는다. 아직 선물을 사야만 한다. 카우보이 모자. 갈색 캠페인 모자를. 어디서 그런 걸 구할까? 두 사람은 마치 농담하듯이 한다. 지금은 세 시다. 그녀는 열한 시에 집에서 나갔다. 난 뭔가를 얘기해 준다. 서베를린과 동베를린에 대해서인 걸로 생각된다. 그는 그녀가 열한 시부터 어디에 있었는지 정말로 알고 싶어 한다. 그녀는 웃으면서 장 본 걸 보여 준다. 그리 많지 않다. 그걸 사는 데 네 시간이나 걸렸나? 그녀는 서베를린과 동베를린에 관심을 갖는다. 파리를 정말로 잘 안다. 그녀는 기꺼이 커피를 끓여 준다. 그는 여전히 농담을 한다. 사무실에 전화를 하면 그녀는 장을 보고 있거나 사람들이 전화할 수 없는 도서관에 있었다. 그리고 사무실에 전화를 하지 않았을 때는 내내 사무실에 있었다. 그녀는 웃는다. 그는 웃지 않는다.

스위스 은행법인 :

내 계좌에.

호텔 로비 :

마크와 잉거에게 작별을 고한다. 감사의 말과 함께 빌린 그릇과 식기를 돌려주었다. 양 볼에 번갈아 입을 맞추며.

Senator lounge :

토니 츠비커에게 작별을 고한다. 나를 여러 번 공항으로 태워 주었던 유쾌한 시골 여자에게. 양 볼에 번갈아 입을 맞추며.

죽음을 생각만 하지 않고 이야기할 시간이 온다. 엄숙하지도 않고 농담조도 아니다. 죽음 일반이 아니라 자신의 죽음에 대해서. 나이에 비해 난 지극히 건강하다. 의사는 아무것도 발견하지 못한다. 과음 후의 피곤함, 푄 바람이 불 때의 두통 등등. 이런 건 병이 아니다. 별로 조심하면서 살지도 않았는데 간경변에 걸리지 않았다. 가끔 심장압박이 있다. 이십 년 전부터 알고 있는 사실이다. 아프진 않다. 압박감과 무기력감, 숨쉬기가 어려워질 때의 호흡 욕구를 의사에게 설명해야 할 때면 난 이렇게 말한다. 손으로 심장을 잡으면 발톱이 없는 맹수의 앞발이 쥐어뜯는 것 같다. 말하자면 찌르는 듯한 고통은 없다고. 이렇게 두 시간이 갈 때도 있고 십오 분 후에 사라질 때도 있다. 대개는 아무도 눈치 채지 못하고 지나간다. 혼자 있을 때는 두려움이 엄습한다. 진짜 죽는다는 두려움은 아니다. 누워 있는 건 아주 나쁘다. 앉아 있으면 소파에서 일어서는 것이 두렵다. 뭔가를 한다는 건 꿈도 꿀 수 없다. 예를 들어 거리를 횡단하는 것 같은 것은 생각도 할 수 없다. 때때로 검사를 받지만 결과는 항상 똑같다. 심전도는 아주 좋다. 약은? 의사는 코냑을 들라고 권한다. 신장은 정상이다. 폐도 정상이다. 담배를 줄이면 좋을 것이다. 내 경우에는 기침이나 위통에 자주 동반되는 암으로 의심되는 징후는 없다. 나는 아픈 적이 별로 없었다. 죽는 꿈을 많이 꾼다. 그런 꿈을 꾸지 않을 때도 소스라치며 깨곤 한다. 난 지금 61, 62, 63살이다. 사람들이 시계를 보고 벌써 이렇게 시간이 갔나! 하는 걸 알 때의 그 느낌이다. 늙는다는 것에 대한 두려움은 우울하다. 죽음을 의식하는 것은 뭔가 다른 것이다. 기쁨에 찬 의식일 수도 있다. 누구나 그렇듯이 고통스럽게 죽는 것이 두렵다. 여행에 앞서 내 물건을 정리하려는 건 사려 깊은 행동이다. 이제 난 아버지보다 더 늙었고, 평균 수명에 거의 근접해 있다는 걸 알고 있다. 아주 늙고 싶지는 않다. 난 대개는 나보다 젊은 사람들과 함께 있다. 이들이 전혀 차이를 느낄 수 없는 곳에서도 난 모든 것에서 차이를 본다. 그리고 설명하기 힘든 것이 많다. 그럴 때 난 앞으로 할 일에 대해서도 말한다. 무엇보다 나보다 젊은 여자와 미래가 없는 내 상황을 결합시키려고 해서는 안 된다는 걸 알고 있다.

보잘것없는 신문과 한 인터뷰는 그사이 기사화되었다. 그중 몇 가지는 맞다. 국적, 자녀의 수, 작고 단단한 체형에 안경을 쓴 것, 취미가 탁구라는 것.

비행기에서 맞은 저녁, 안전벨트를 풀 수 있도록 허용된 뒤 왼편에 등대가 서 있는 회색과 초록색, 갈색의 방파제가 눈에 들어온다. 노란색 여울은 파도가 치면서 생기는 주름을 통해서만 육지와 분리되어 있다. 탁 트인 바다는 오른편에서도 볼 수 있다. 둥그스름한 버섯 같다가 나중에는 슬레이트(규암)처럼 딱딱해 보인다… 마지막 날 난 린을 처음으로 그녀의 사무실에서 보았다. 전에는 복도에서 보았다. 거기서 난 기다려야 했다. 그녀는 유쾌한 표정으로 들어왔다. 그녀의 사무실은 작고, 전망은 매혹적이었다. 열두 시가 되려면 우리는 좀더 기다려야 했다. 창가에 놓인 의자에 앉아 있는 린, 지금은 물의 요정 같은 티가 별로 나지 않는다. 그녀의 거동은 미국적(이게 어떤 의미인가?)이고 주 중에 보여 주는 모습이었다. 그녀의 사무실로 통하는 문들은 열려 있다. 여자 동료 한 사람이 들여다보자 린이 나를 소개했다. 그녀는 책 한 권에 서명을 해 달라고 요청했다. 그런 다음 우리는 나갈 수 있었다. Lunchtime. 엘리베이터는 발 디딜 틈 없이 차 있었고, 누군가 린과 말을 주고받았다. 나보다 햇빛에 덜 그을린 여자였다. 분명 그녀는 익살스럽게 답을 했지만 난 거의 이해하지 못했다. 혼자서 좌우로 열리는 문으로 나가 밖에서 기다렸다. 린이 오지 않자 이럴 때 우리가 약속한 대로 혼자서 식당으로 가 바 앞에 앉아 기다렸다. 분명 그 사람을 떼어 내기 위해서는 전략이 필요했으리라. 린은 이십 분 후에 왔다. 프랑스 식당이었다. 2인용 테이블이 나란히 놓여 있었다. 비밀스런 대화를 나누는 장소는 아니었다. 그 때문에 우리는 오히려 기뻤다. 주문을 하자 그녀는 내게 선물을 주었다. 난 그걸 풀었다. 린이 언젠가 만졌다가 주말을 지내면서 어딘가에서 잃어버렸던 내 담배주머니와 정확히 똑같은 종류의 담배주머니였다. 이니셜이 쓰여 있었다. Very nice 하고 난 말했다. But unfair. 왜냐하면 린은 자기가 사용할 수 있을 내 올리베티 레테라 32 타자기를 제외하고는 어떤 선물도 거절했으니까. Today I have got my period. 그녀가 말했다. 난 호텔에서 짐을 쌀 것이 남았다. 하지만 많지 않다. 그러니까 시간이 많다.

린은 거의 시간이 없다. 정확히 한 시간이 있다. 그녀는 공원을 걷자고 제안했다. 유엔 건물에서 멀지 않은 곳이었다. 우리는 무척 빠르게 걸었다. I am going to miss you. 신호등 아래서 그녀는 실수를 인정해야만 하는 사람처럼 눈썹을 치켜뜨고 말했다. 그 말과 거의 동시에 Come on, come on 하고 재촉했다. 또 난 이 공원이 처음이었다. 햇빛이 눈부신 정오. 선글라스가 없으면 참기 힘들 지경이었다. 물이 번쩍거렸다. 공원에는 많은 사람들이 한여름의 태양을 즐기듯이 몸을 드러내 놓고 있었다. 그들은 너무나 해가 부신 나머지 실제로 아무 생각도 할 수 없고, 아무것도 느낄 수 없는 것 같았다. 물은 푸른색이 아니라 검었다. 그 위로 수은처럼 번뜩였다. 우리는 난간에 기댔다. 갈매기들마저 눈이 부셨다. 우리는 거의 마시지 않았다. 마실 물이 아니었다. 높은 산엔 하얀 눈이 있다. 그와 반대로 바위는 거의 검은색이고, 눈을 들어 쳐다보니 별 하나 없는 정오의 밤이었다. 날이 뜨겁지는 않았다. 물에서 예리한 바람이 불어왔다. 검은색 보트들이 떠 있었고, 그 앞엔 물거품이 번쩍이고 있었다. 저 위 높은 굴뚝으로 하얀 연기가 피어오르고 있었다. 뭔 바람이 불 때처럼 밝게 빛났다. 물 위만 번쩍거리는 것이 아니었다. 나뭇잎도 번쩍거렸다. 사람들이 그늘 속으로 걸어가면 번쩍이는 건 사라졌다. 유리로 된 건물 전면에 맞은편 건물 전면의 그림자가 만든 어두움이 반사되었다. 반사된 건축물의 형태는 약간 왜곡되어 있었다. 우리는 침묵하지 않았다. 다만 우리가 무슨 얘기를 하는지 내가 모르고 있을 뿐. 우리가 팔꿈치를 괴고 있던 난간의 아연판이 미광微光처럼 번쩍거렸다. 하늘엔 비행기 한 대가 번쩍거렸다. 그때 린이 시계를 쳐다보았다. 우리는 아직 시간이 약간 있지만 이 시간으로는 아무것도 시작할 수가 없었다. 우리는 연인들이 앉아 있는 석등 위에 앉았다. 우리 위로 수천 개의 번쩍이는 창틀이 있었다. 쳐다보는 곳마다 빛이 나고, 번쩍거리거나 번뜩였다. 담배주머니에 기뻐하자 그녀는 기뻐했다. 제대로 만든 것이었다. 어두운 색 가죽은 촉감이 부드럽다. 우리는 내가 오늘 비행기를 타야 한다는 걸 불평하지 않았다. 다만 갈매기와 우리 앞에서 방향을 바꿀 때면 물거품을 내는 검은색 보트들을 바라볼 뿐. 린은 시계를 보았다. 난 그녀의 어깨에서 손을 거두었다. 키스하기 위해 우리는 일어섰다. 눈이 부신 야외 계단 위를 걸어갈 때 우리는 그 누구보다 경쾌하게 걸었다. 이제 헤어질 정확한 장소만 찾으면 됐다. 그리고 지나가는 차들을 조심하기만 하면 됐다. 네거리를 횡단할 때 우리는 손을 잡았다. 그리고 달렸다. 1번가 46번 도로. 거기가 바로 그곳이었다. Bye. 우리는 말했다. 키스도 하지 않고. 그런 다음 두 번째로 손을 들어 Hi라고 말했다. 몇 걸음 옮긴 후 나는 코너로 돌아 그녀를 보았다. 그녀의 걸어가는 모습을. 그녀는 돌아보지 않고 멈춰 섰다. 그녀가 그 거리를 횡단하기까지는 한참이 걸렸다.

▌해설

몬타우크—어느 주말의 기록

1.

프리드리히 뒤렌마트와 함께 1960년대 전후戰後 독일어권 문학의 중심에 서 있었던 막스 프리쉬(1911-1991)는 이미 고전작가의 반열에 오른 스위스 출신의 극작가이자 소설가이다. 수많은 그의 산문과 일기, 극작품의 중심 테마는 무엇보다 동시대인의 자의식과 정체성에 대한 문제 제기였다. 〈슈틸러〉, 〈호모 파버〉, 〈내 이름은 간텐바인이라 한다〉 같은 소설뿐만 아니라 〈산타 쿠르츠〉, 〈전기〉, 〈돈 후안 혹은 기하학에 대한 사랑〉 같은 희곡을 통해 자아의 파악 / 표현 가능성 혹은 불가능성을 지속적으로 문제 삼은 프리쉬는 20세기가 '자아문학'의 세기였다는 점에서 독자와의 소통에 성공한 작가다. 휴머니즘 시대와 계몽주의 시대에 모든 사물의 척도였던 개별적이고 일회적인, 대체 불가능한 개인의 위치가 점점 주변부로 밀려나게 된 현대의 상황에서 개인에게 닥쳐온 자아의 단절과 정체성의 혼란, 스스로를 찾으려는 시도, 개인의 해체, 개별적 존재의 훼손과 몰가치성의 확인, 그리고 소외—문학은 여러 가지 방식으로 20세기의 이러한 상실의 면면을 그리려 했고, 프리쉬는 그 한가운데 서 있었다. 이런 맥락에서 1974년 여름 프리쉬의 미국 방문 직후에 쓰여 1975년에 처음 발간된 소설 〈몬타우크〉는 그가 쓴 가장 현대적인 소설 중의 하나이고 또 독특한 위치를 차지하고 있는 작품이다. 하지만 이 소설이 출간되었을 때 많은 비평가들의 논란을 불러일으켰는데, 그 이유는 한편으로 놀라움을 안겨 주었고 다른 한편으로는 불쾌감을 야기하기도 했던 자전적 특성, 특히 파격적인 작가 개인의 자기노출 때문이었다. 어느 작가에게서나 마찬가지지만, 이 작품 이전에도 독자들은 프리쉬의 여러 작품들을 해석하면서 무엇보다 작가 개인의 이력 속에서 그 실마리를 찾으려고 했다. 사실 그의 일기와 이 책 〈몬타우크〉의 명백한 자전적 요소들, 그리고 〈슈틸러〉 등의 작품에서 유추를 통해 읽어 낼 수 있는 연관성을 제외한다면, 프리쉬 작품이 특별히 다른 작가에 비해 더 많은 자전적인 내용을 담고 있다고 말할 수 없다. 하지만 그의 문학적 발전 과정은 작가의 개인적인 이력과 유사한 지속적인 변화를 보여주며, 그 때문에 일반적으로 프리쉬의 삶이 작가의 지적 발전, 작품사 및 개인적인 실존 경험과 밀접하게 상호 결합되어 있다는 것은 부인할 수 없다. 그런 점을 고려한다 해도, 〈몬타우크〉에서 프리쉬 개인의 인생사가 너무나 확연히 드러나 있었기 때문에 실제 삶과 허구로서의 소설의 관계는 다시 한 번 적극적인 논의의 대상이 되었던 것이다.

프리쉬에게서 특히 두드러진 삶의 이력과 작품의 관계는 무엇보다 작가의 개인적인 성향, 다시 말해 그의 소설과 일기, 심지어 드라마에서 아이러니하게도 반복적으로 문제가 되는 '반복 혹은 정체에 대한 두려움'에서 찾을 수 있다. 그리고 일생 동안 지속된 공간적 · 직업적 변화 시도는 작가의 이런 '두려움'을 반증하고 있다. 언젠가 '사람들은 어디서나 너무 오래 머문다'라고 쓴 적이 있는 프리쉬는 취리히에서 태어나 거기서 살던 젊은 시절에 이미 한 곳에 정착하는 것과는 거리가 있었다. 22살 되던 해 프라하에서 열린 아이스하키 세계선수권대회 취재차 세르비아, 보스니아, 달마시아를 가로질러 흑해와 콘스탄티노플, 그리스를 횡단

한 프리쉬는 전후 폐허가 된 독일을 돌아본 뒤 50년대에 특히 스페인(1950)과 멕시코(1951), 그리고 미국을 다녀왔다. 쿠바(1956)와 그리스(1957)를 여행했고 아랍 국가들도 여행했다(1957). 60년대 초에는 스위스를 완전히 떠나 1960년부터 1965년까지 로마에서 살기도 했다. 스위스 베르조나에 집을 가진 뒤에도(1964) 프리쉬는 사적으로 혹은 공적으로 프라하, 바르샤바, 아비뇽, 파리, 레닌그라드, 오데사, 베니스, 런던, 예루살렘, 뉴욕을 쉬지 않고 여행한다. 주거지 역시 취리히에서 베를린으로, 다시 로마와 베르조나, 뉴욕으로 지속적으로 바뀌었다. 변화는 공간적인 것에 머물지 않는다. 그의 직업적 유전流轉, 즉 마투라(대학입학자격시험)를 거쳐 독어독문학 전공(1931-1933), 때 이른 학업 포기와 통신원 이력, 그 직후 건축을 전공한 두 번째 대학공부(1936-1941), 건축기사로서 직원으로 일하다 설계사무소를 차린 후 1954년 건축가 생활을 그만두고 마침내 자유문필가 생활에 이르기까지의 이력은 빈번한 주거지의 변경과 마찬가지로 그가 얼마나 스스로 변신하고자 했는지를 보여 준다.

대부분의 주거지 변경은 내적인 위기 및 그것의 해결과 밀접하게 연관되어 있었다. 1942년부터 같은 건축설계사였던 콘스탄체 폰 마이엔부르크와 결혼한 프리쉬는 《슈틸러》가 출간된 1954년 그녀와 헤어지고 취리히의 맨네도르프로 이사한다. 그 후 1959년 프리쉬는 취리히에서 작가 잉게보르크 바흐만과 동거하다 헤어진다. 잉게보르크 바흐만과의 관계는 프리쉬가 그녀의 방송극 〈맨해튼의 착한 신〉에 편지를 낸 것을 계기로 시작되었고, 프리쉬 작품 첫 공연 때의 만남 이후, 1958년부터 1962년까지 4년간 계속되었다. 많은 굴곡을 거친 후 첫 번째 부인과 이혼한 지 반년이 지난 1959년 여름 프리쉬는 시에나에서 그녀에게 청혼했다. 실제 두 사람은 결혼하지 않았지만 로마에서 다시 동거를 시작했다. 그리고 로마로 이주한 것과 함께 두 사람 간의 굴절된 관계가 잠정적으로 안정을 찾게 된다. 프리쉬가 그 후 10년 가까이 같이 살았던 여자는 그보다 서른 살 가까이 젊었다. 60년대 초 프리쉬와 알게 됐을 때 1939년생인 마리안네 욀러스는 아직 대학생이었다. 그녀는 그를 찾아 로마로 왔고, 1964년 프리쉬는 베르조나에 있는 오래된 농가를 샀다. 1968년 12월 두 사람은 거기서 결혼했고, 테신과 뉴욕, 그리고 베를린에서 번갈아 살았다. 그 후 1973년 여름 두 사람은 우선 별거에 합의했지만 1979년 테신에서 이혼하기까지는 6년이 더 걸렸다. 위기의 시기에 프리쉬는 1974년 한 미국 출판사의 초대로 미국을 방문하게 되면서 앨리스 록 캐리를 알게 된다. 그녀는 1943년생으로 당시 두 사람은 30년 이상 나이 차가 났다. 출판사 직원과 작가라는 공적인 관계로 처음 만난 두 사람은 사적인 관계로 발전했고, 5월 롱아일랜드 꼭대기의 작은 해변 지역인 몬타우크에서 주말을 보내게 되었다. 그 만남의 시작, 그리고 11일과 12일에 보냈던 그 주말의 끝을 프리쉬는 나중에 이 책 〈몬타우크〉에서 '린'이란 이름의 여주인공을 등장시켜 그리고 있다. 그사이의 짧은 만남을 제외하면 두 사람이 다시 만난 것은 1980년이 되어서였다. 그때부터 두 사람은 베르조나와 뉴욕에서 번갈아 가면서 같이 살았고 마침내는 결혼에 이르렀다.

프리쉬의 이런 이력을 알고 있는 독자라면 이 소설에서 전적으로 실제 그의 삶의 이야기가 말해지고 있다는 것을 당장 알 수 있다. 행복과 질투, 예속, 그리고 결국에는 냉정함으로 규정되는 잉게보르크 바흐만과의 관계를 알 수 있으며, 〈호모 파버〉의 모델이 된 케테라는 유대인 약혼녀에 대해서도 약간 알게 된다. 또 젊은 시절 물질적으로나 정신적으로나 프리쉬를 압도했던 친구이자 후원자였던 W에 대한 작가의 모순적인 감정도 보게 된다. 프리쉬의 첫 번째와 두 번째 아내에 대해서, 그리고 "세 여자에게서 있었던 네 번의 낙태"에 대해서도 읽게 된다. 특히 이 소설의 비허구적 특징은 소설의 프롤로그에 해당하는 몽테뉴 인용—"이 책은 솔직한 책이다. 독자여"—을 통해 모토로서 처음부터 확증되고, 본문 속에서는 도처에 프리쉬의 실제 행적을 드러내는 날짜와 장소가 표기됨으로써 확인된다. 분명 이 소설에서는 '프리쉬'라는 개인의 실제 삶이 문제 되고 있다.

2.

하지만 〈몬타우크〉는 개인의 자서전도 보고도 일기도 아니다. 이 책은 제목에 쓰인 것이 약속한 것, 즉 하나의 이야기Eine Erzählung를 담고 있다. "남녀 간의 관계로서의 사랑에 대해 새로 보고할 건 없다. 문학 작품 속에서 온갖 형태로 묘사되어 있으니까. 그 이름에 걸맞은 한 사랑은 더 이상 문학의 테마가 아니다—이렇게 단언하는 사람들이 있다. 그렇게 말하는 사람은 남녀 간의 관계는 변한다는 사실, 또 다른 사랑이야기가 벌어진다는 사실을 오인하고 있는 것이다." 작가의 이런 생각을 실증하는 이 이야기는 1974년 5월에 뉴욕에서 시작된다. 본문 중의 '그' 혹은 '나'가 알게 된 '그녀'의 이름은 린이고 '그'보다 30년 이상 젊다. 두 사람은 맨 처음에는 뉴욕에서 만나 롱아일랜드의 몬타우크라는 곳에서 밤을 새운다. 하지만 이 책에서는 이 짧은 시간 동안 일어난 사건,

즉 소설의 틀과 주요 연결선을 이루고 있는 서정적 이야기가 최소화됨으로써 오히려 그것이 가지고 있는 분위기가 최대로 고조되고 있다. 두 사람은 같이 잠을 자지만 서로 간의 대화는 최소한에 그친다. 대화는 늘 멈칫거리고, 또 대부분은 잡담이다. 그것은 반드시 두 외국인 사이에 존재하는 언어적 단절 때문만은 아니다. 오히려 '그'와 '그녀' 사이에 존재하는 본질적인 거리감 때문이다. 그것은 늙었다는 것에 대한 명료한 의식과 그에 모순되는 현재에 대한 집착에서 비롯된다. "이제 난 아버지보다 더 늙었고, 평균수명에 거의 근접해 있다는 걸 알고 있다. 〔…〕 난 대개는 나보다 젊은 사람들과 함께 있다. 이들이 전혀 차이를 느낄 수 없는 곳에서도 난 모든 것에서 차이를 본다. 그리고 설명하기 힘든 것이 많다. 〔…〕 무엇보다 나보다 젊은 여자와 미래가 없는 내 상황을 결합시키려고 해서는 안 된다는 걸 알고 있다." 침묵을 깨기 위해 그는 여자에게 자신의 삶에 대해 말해 준다. 하지만 그건 반드시 여자에게 말하는 것만은 아니다. 오히려 자기 자신에게 전해 주는 것처럼 들린다. 그의 세계는 그녀에게 낯설다. 더구나 그녀는 그의 책은 단 한 줄도 읽어 본 적이 없다. 두 사람이 안 지 며칠이 지난 후에도 여전히 그는 붉은 머리의 린이 플로리다에서 태어났지만 캘리포니아에서 대학을 다녔다는 사실을 알고 새삼스러워

한다. 그러니까 그는 린과 사랑에 빠져 있는 건 아니지만 그런데도 그녀와 함께 있으면서 행복해 한다. 자신이 늙었음을 알고 있고 자신에게 남은 시간이 얼마 되지 않는다는 것을 의식하고 있기 때문이다. 결국 "세상이 나 없이 미래로 접어들고, 그래서 타인들과 미래를 공유할 수 없다는 걸 알고 있는 나", 그럼에도 불구하고 "한 여자를 통해 현재를 소유하려는 그릇된 욕망"을 유발하는 모순 감정은 소설 전체를 지배하는 분위기로서 독자로 하여금 두 사람의 서정적 사랑 이야기에 편안하게 몰입할 수 없게 만들고 있다. 그 때문에 오히려 관심은 '관계'와 존재의 모순성에 향하게 되고, 그것은 비단 현재적 사랑에 국한되지 않는다. 그것은 과거에 있었지만 현재를 지배하는 전 생애의 '사람과의 관계', 나아가 그 속에서의 '자아 읽기'로 확장된다.

한 여자와의 체험은 그에게 "한 여자를 통한 현재", 원하든 원하지 않든 간에 과거를 불러내고 편입시키는 그런 현재가 된다. 그것은 기억과 반추로서의 사랑, 반복과 인용으로서의 사랑이라고 할 수 있다. 이 두 사람의 이야기는 기일이 정해진 로맨스다. 작별의 날은 처음부터 확정되어 있다. 유럽으로 돌아가는 비행기 표는 예약되어 있다. "그녀는 그가 날짜를 바꾸길 원하지 않고, 그는 그녀가 그런 부탁을 하리라고 기대하지 않는다." 그는 이 불편한 사랑이 실패할 수도 있고 또 분명 실패할 것이라는 것을 안다. "한 여자는 어쨌든 마지막 여자가 될 것이다. 그리고 난 그 여자가 린이었으면 한다. 우리는 쉽게 그리고 멋지게 작별할 것이다." 하지만 그녀는 위기를, 갈등을 알지 못한다. 그러하기에는 시간이 부족하다. 하지만 그는 바로 그 때문에 오히려 그가 가장 두려워하는 것, 어떤 경우에도 피하고 싶은 것, 즉 예속을 피할 수 있다고 생각한다. 이런 두려움 뒤에 숨겨진 것은 무엇이고 그것이 어디에서 왔는지는 단편적이지만 분명하게 연결되는 과거의 '회상'을 통해 조금씩 드러난다. 프리쉬의 소설에 익숙한 독자에게 이 소설에 등장하는 여인들은 종종 〈슈틸러〉와 〈호모 파버〉, 그리고 〈내 이름은 간텐바인이라 한다〉 같은 그의 소설 속에 등장하는 여인상을 떠올리게 한다. 하지만 프리쉬는 이 작품 〈몬타우크〉에서 초상을 그리지 않는다. 기억들은 인물들보다는 상태, 과정 혹은 발전보다는 상황들에 해당된다. 달리 말해 프리쉬는 자신의 애인과 옛 아내들을 묘사했다기보다는 오히려 그와 그 여자들 사이에 각각 존재하는 관계들을 밝히고 있는 것이다. 결국 한 젊은 미국인 여자와의 짧은 모험을 프리쉬는 긴 생애의 '관계'를 요약하는 계기로 취한다. 그의 일생의 만남과 헤어짐에 대한 이야기, 학창 시절부터 직접적인 현재에 이르기까지의 사랑 이야기를 들려주는 것이다. 하지만 과거로서가 아니라 여전히 그의 의식 속의 현재로서 들려준다. 이 지점에 어느 주말에 대한 기록은 일시적인 비가적 전원시임과 동시에 회상과 추억을 도드라지게 만드는 박편薄片이 된다. 회상과 추억 그리고 뉴욕 어느 거리, 레스토랑, 호텔, 미술관, 공원 등의 정물靜物들 속에 살아 있는 과거의 사랑 이야기들은 전원시는 아니다. 오히려 긴장과 대립, 의심과 주저, 위기와 갈등이 이야기된다. 어떻게 종속이 일어났으며 그것이 어떤 결과를 가져왔는지 말해 준다. 서정적 사랑이 아니라 고통스런 이야기들로 나타난다. 프리쉬는 그 고통스런 관계들의 책임 소재를 묻지 않는다. 판결이 아니라 오히려 '진실'을 드러내려 하고, 그 때문에 새로운 사랑 앞에서 그 진실에 솔직하고 싶어 한다. 자기 연민 없는 이 이야기들은 분노와 증오로부터 자유롭고, 독자에게는 그만큼 더 냉정하게 하나의 사례로 다가온다. 거기에서 그가 평생 동안 고마움의 부채를 지고 있는 한 남자와의 우정 이야기, 바흐만과의 사랑에 관한 회상, 그가 사랑하고 같이 살았던 여인들과의 추억은 작가 프리쉬의 주제인 개인의 죄와 무죄에 대한 변형된 우화Parabel로 나아간다. 애초에 자신의 행복, 자신의 고통과 슬픔을 스스로가 독자가 되어 단지 이야기하고 싶어 했고, 다른 어느 곳에서보다 독자와 비평가를 염두에 두지 않았음에도 불구하고 회상은 다시금 그리고 저절로 그렇게 된 것처럼 비유적으로 되고 만다—예속 혹은 종속의 우회로. 이렇게 프리쉬는 〈몬타우크〉에서 자기 자신을 이야기하면서도 노출증을 드러내지 않는다. 프리쉬의 내밀함은 뻔뻔함과는 거리가 멀고, 그의 이별의 정조는 애처로움과 비통함을 모른다. 그런 점에서 이 소설은, 한 평론가가 말한 것처럼, "한 두려움의 시인에 의해 씌어진 문학적 수확, 사랑의 책"(라이히 라니츠키)이라고 말할 수 있을 것이다.

3.

프리쉬는 여기서 사랑을 이야기하면서도 여전히 그의 옛 주제들에 충실하다. 다시금 그는 자기실현을 추구하는 개인에 대해서, 사랑과 죽음, 실현과 실망, 동경과 절망 사이에서 고뇌하는 인간에 대해 이야기한다. 하지만 예전과는 다르게 이야기한다. 이 소설 한 곳에서 프리쉬는 자신의 지금까지의 글쓰기 형식에 대해 "내가 항상 내 자신만을 묘사했다는 건 전혀 맞는 말이 아니다. 난 내 자신을 한 번도 묘사한 적이 없다. 다만 나를 드러나게 했을 뿐"이라고 쓰고 있다. 그리고 〈몬타우크〉에서 프리쉬는 지금까지와는 다르게 스스로를 묘사하려고 시도한다. 〈이야기를 향한 우리의 욕망〉이란 글에서 쓴 것처럼, 이야기는 그에게 "과거로 돌아가는 구상"이고 "우리가 현실이라고 부르는 상상의 유희"였다. 그것은 항상 경험을 표현하고 그것을 읽을 수 있고 인식할 수 있게 만들기 위해 필요한 허구로서, 체험과 경험을 감추고 동시에 분명하게 하는 과제를 갖는다. 그래서 프리쉬는 〈몬타우크〉 이전의 자신의 표현 방법에 대해 "난 이야기들을 옷을 고르듯이 고른다"라고 고백한다. 이처럼 과거 익숙한 인간을 익숙하지 않은 상황과 서사적 틀 속에서 보여 주었던 그는 여기에서 진기한 이야기나 믿기 어려운 우연을 포기하고 "단순한 화자의 위치"에 만족하고자 한다. 이제는 말해 버리거나 아니면 진정으로 털어놓지 않았기 때문에 "약간은 썩은" 묵은 감정을 털어놓음으로써, 말하자면 "의식적으로 이별"함으로써 자신의 과거, 자신의 삶, 자기 자신을 장악하려 한다. 그런 한에서 그는 프롤로그의 몽테뉴 인용이 말한 것처럼 이 소설의 실제로 "유일한 내용"이다. 이 소설에서 프리쉬는 허구에 대한 흥미를 더 이상 보이지 않는다. 그는 독자에게 말하고 있듯이, 자신의 현실보다 더 사실적인 사건들을 가공하지 않고, 즉 "허구 속으로 도피하지 않고" 쓰고 있다.

"난 이 날을 기록해 두고 싶다. 오직 이 날, 우리 두 사람의 주말을. 그리고 어떻게 이렇게 되었는지, 앞으로 어떻게 될 것인지를. 나는 아무런 꾸밈도 없이 이야기할 수 있기를 바란다. 단순한 서술자의 입장에서."

'단순한 서술자의 위치'를 찾겠다는 작가의 의도는 이야기되어지는 것에 적합한 서술 장치, 서술 시점의 복합적인 사용을 불가피하게 만든다. 일차적으로 현재 내지 현실 묘사의 직접성을 드러내기 위해서는 관찰자적 시점, 즉 3인칭 형식을 사용한다. 이 장치는, 어떻게 보면 파편적인 상념과 회상, 관찰기록, 메모의 몽타주처럼 보이는 소설의 전체 구도상 이 소설의 서사적 현실로서의 시간적인 정향점을 이루는 린과의 주말을 기록할 때 선택된다. 동시에 외부에서 관찰하는 3인칭 서술자의 시점이 가지고 있는 미학적 진술 기능은 소설 속의 한 부분에서 드러난다. "하루 종일 이렇게 같이 있는 것. 지루하지 않다. 다만 두 사람을 외부에서 바라볼 뿐이다. 두 사람은 서로를 알지 못할 것이다." 이것은 프리쉬와 린의 극히 외면적인 관계, 즉 두 사람이 서로 알지 못할 것이며 분명 전혀 알려고 하지 않는다는 사실을 보여 주며, 그런 만큼 두 사람 관계의 피상적인 양상을 표현하고 있다. 3인칭의 서술 장치는 다만 외부에서부터 기술될 수 있을 뿐인 관계의 피상성을 특징적으로 보여 주고, 프리쉬 자신이 이 관계에서 관찰자로서 외면적으로 머물고 있음을 알게 한다.

다른 한편 외부의 것을 파악하는 외적인 관찰의 3인칭 형식 내부에서 순간의 묘사를 드러내는 1인칭 형식Ich-Form은 관찰된 것을 기록하는 한순간에 작가 프리쉬가 문제됨으로써 스스로의 내부로 향하는 시간과 공간을 드러낸다. 현재의 만남과 구체적 현실 속에서 특정한 계기 ─ 상황, 사물, 특정한 단어, 소리, 느낌 등─를 통해 촉발된 이전의 만남들에 대한 회상은 린과의 현재 묘사를 중단시키고, 그 회상이 점점 더 집중적으로 됨에 따라 작가로 하여금 내부로부터 자신을 볼 수 있게 한다. 1인칭의 서술 형식은 이런 과정을 위해 선택되고 있다. 거기에 더해 독백적 특징을 갖는 부분 역시 이러한 1인칭 서술 형식을 갖는다. '자아'는 성찰하고, 내부로부터 솔직해진다. 하지만 이런 성찰들은 대부분 같은 장소에서 있었던 이전의 체험들에 대한 회상들로 나타나게 된다. 1인칭과 3인칭은 상호 결합되고, 이는 보통 때처럼 달리 두 인물의 양 시점에 해당되는 것이 아니라, 같은 인물의 두 개의 시점에서, 즉 이중의 시각, 내부로부터와 외부로부터의 시각에서 자신을 드러낼 수 있게 한다.

서술 형식의 이러한 교차는 작가 프리쉬의 '흐르는 물의 한 지점'으로서의 현재라는 독특한 시간 개념에서 출발하고 있다. 〈몬타우크〉에서 특징적인 것은 작가 스스로를 드러내기 위한 순수 허구성의 포기다. 하지만 문제는 정확하기는 하지만 단순한 자기 스케치, 즉 객관적인 자전적 글이 아니라 "예술적인 의무감 속에서 글을 쓰면서 내 자신 남자로서 나의 삶에 대해 경험한 것을 쓰고" 싶은 작가의 소망이다. 프리쉬는 그에 따라 자전적인 현실 진술, 즉 작가의 개인적인 실재를 대상으로 삼고 이것을 숨기지 않지만 그럼에도 불구하고 객관적 글이 아니라 미학적 묘사로서 읽혀졌으면 하는 하나의 텍스트를 쓰고 있다. 하지만 서술되는 작가의 현실이 '린과의 현재'뿐 아니라 이러한 만남이 야기한 연상, 즉 회상과 그 회상의 순간적인 관념, 그리고 성찰과의 결합으로 구성되어 있기 때문에 "단순한 서술자 위치"(3인칭)에 머물 수 없다. 그 자리에 삶의 다른 국면, 다른 관계가 묘사되는 다른 위치들이 들어선다. 가차 없이 자신을 묘사하려 하는 그의 '현실'에는 현재뿐만 아니라 (회상된) 과거가 속하기 때문에 3인칭의 현재 서술에 과거 서술은 1인칭으로 표현되어야 하는 것이다. 특히 이 소설에서 소규모 장章의 제목처럼 구성된 표제어들은 현재와 과거, 작가의 성찰과 현재의 관찰 묘사의 이전과 전환을 가능하게 하는 효과적인 미학적 장치로 이해할 수 있다.

그 밖에 여기에서는 보기 드물게 2인칭 형식Du-Form이 때에 따라 사용되고 있다. 이 독특한 장치는 작가의 두 번째 아내 마리안네와의 체험에 대한 회상에 사용되며, 또한 그것을 모든 다른 회상들로부터 구별시켜 준다. 이것은 프리쉬가 마리안네와의 관계를 린과의 관계에서처럼 외부에서부터만 보지도 않고, 다른 사람들과의 관계를 묘사할 때처럼 내부로부터의 방식으로 보지도 않는다는 점을 말해 준다. 말하자면 그녀는 보고의 대상이지만 독자는 청자로서 그 보고의 외부에 머문다. 더 나아가 프리쉬가 마리안네에 대한 자신의 관계를 묘사하기 위해 사용한 1-2인칭 형식 속에서 독자는 배제된다. 그 자리에 '너'가 들어서고, 그것을 통해 얘기되는 개인, 즉 마리안네는 더 이상 보고의 대상이 아니라 스스로 청자가 된다. 이 서술 형식 속에서 '나'와 '너'는 직접적으로 만난다. 이 '나'-'너'의 직접적인 대면 형식 속에서 화자(프리쉬)는 더 이상 독자에게 한 개인에 대한 자신의 회상들을 전달하지 않는다. 오히려 양자는 하나의 '개인', 직접적으로 연관된 하나의 개인이 된다. 특히 'Du'라는 대문자 표기(번역에서는 소문자 'du'를 '너'로 대문자 'Du'는 '당신'으로 차별화했다)는 허구적인 문학적 인물이 아니라 실제 개인이 문제가 된다는 점을 분명하게 해 준다. 독일어 관행상 편지에서 사용하는 대문자 'Du'는 일반적으로 편지에서 느껴지는 두 사람 관계의 직접성을 떠올리게 하며 두 사람이 무척 친밀하다는 걸 구체적으로 표기한다. 독자는 조심스러워서 이 관계에 관여할 수 없게 되는 것이다. 또 1-2인칭 형식에서 나타나는 독자의 배제, 즉 말하는 인물과 말해지는 인물의 직접적인 만남은 프리쉬와 마리안네 사이의 비교할 수 없을 만큼 긴밀한 관계를 표현할 뿐 아니라 그 관계가 현재에도 지속되고 있다는 관계의 현재성을 표현하고 있다. '너' 혹은 '당신'은 '그'나 '그녀', '그것'과 같은 다른 인물들처럼 소위 과거형 속에 존재하지 않는다. '너'는 지나간 것으로 치부되는 것이 아니라 현재적인 것으로 지속되고 있다. 여기에서 프리쉬는 한편으로 '나'-'너' 관계의 직접성, 다른 한편으로 '너'의 현존을 1-2인칭의 혼합 서술을 통해 가능케 하며, 동시에 이중적인 방식으로 프리쉬와 마리안네 사이의 특별한 관계를 부각시킨다.

4.

앞에서 말한 것처럼 프리쉬는 이 소설에서 스스로를 이야기의 대상으로 삼고, 작가로서의 의무나 독자, 그 무엇도 생각하지 않고 솔직하게 자신을 드러내는 것을 서술의 원칙으로 삼았다고 밝혔다. 그것을 위해 다양한 복합 시점과 현재형 / 과거형의 복합 서술, 빛 또는 영원 속의 순간을 드러낼 수 있는 공간적 · 시간적 동시 배열, 내적 독백과 체험 화법을 사용하고 있다. 세 가지 서술 형식으로 이야기하는 '나'는 동시에 세 가지 변이형 속에서 나타난다. 전적으로 외부로부터 기술되는 3인칭의 형식 속에서 '나'는 깊은 감정으로 결속되어 있지 않은, 훨씬 젊은 여자의 애인으로 그려진다. 또 회상의 형식을 빌어 '나'는 민감하고, 패배의식과 장애를 갖고 있으며, 내적인 그리고 외적인 성공을 얻으려고 노력하는 작가, 애인, 어린 시절의 친구로서 1인칭의 형식 속에서 나타난다. 마지막으로 결혼 생활의 어려움으로 고통 받는 사람으로, 스스로를 체험하고 현재 사랑을 하는 사람으로 나타난다. 동시에 '프리쉬'라는 개인은 또한 다른 사람에 의해 투영된 모습 속에서 드러난다. 즉, W라는 친구와의 관계에 있어, 사회적 · 정신적으로 열등하지만 궁극적으로는 그 관계를 극복한 자의식적인 남자로서 '거짓말쟁이', '괴물', '질투하는 애인' 등의 다양한 양상 속에서 나타난다. 질투하는 남편이자 동시에 질투하는 아내를 바라보는 남편으로, 유명인사로, 술 취한 사람으로, 신경질적인 사람으로, 행복한 애인, 예속된 애인, 냉정한 애인 등등으로 묘사된다. 이렇게 프리쉬는 〈몬타우크〉에서 한 개인의 가능한 현실들을 다양한 체험과 성찰, 태도, 그리고 묘사를 통해 스케치한다. 하지만 한 개인에 대한 적절한 묘사는 자전적/사실적인 것에서의 남김 없는 솔직함에도 불구하고 이루어지지 않는다. 순수 허구 대신에 순수 사실성을 투여한 길도 '나'를 완전히 파악하게 만들지 못한다. 한 개인의 다채로운 변이형들의 총합 역시 그 개인의 본질을 완전히 드러내는 데 충분치 않다. 결국 프리쉬는 인정한다. "이것은 솔직한 책이다, 독자여 ,그런데 이 책이 침묵하는 것은 무엇일까? 그리고 그 이유는?" 철저한 진정성에도 불구하고 그의 삶을 남김없이 발견하는 것, 즉 "자기 자신을 이야기하는 것"은 불가능한 것이다. 이 책은, 그가 인간의 가능성, 다시 말해 그의 현존재의 변이형들을 묘사함으로써 인간의 본질을 파악하려고 시도한 끝에, 개인적인 실재는, 우리가 그 실재를 제한 없이 사용하고 거기에 더해 자기 자신을 모순과 의혹 속에서 유보 없이 드러낼 때라 할지라도, 결코 그 총체성 속에서 묘사될 수 없다는 인식에 도달했음을 잘 보여 주고 있다. 그가 선택한 스케치 형식은 이런 인식의 논리적 귀결에 다름 아니다. 그가 〈일기 1946-1949〉에서 쓴 것처럼 "스케치는 더 이상 완결되지 않는, 또는 아직 완결되어 있지 않은 세계상의 표현이며, 진정한 정신적인 완성을 앞지르지만, 결국에는 빌려 쓸 수밖에 없는 형식적 완성을 두려워하는 기분의 표현"이다. 문제적 개인을 다룬 〈슈틸러〉와 〈호모 파버〉, 〈내 이름은 간텐바인이라 한다〉, 〈돈후안 혹은 기하학에 대한 사랑〉과 〈안도라〉, 〈비더만과 방화범들〉의 작가 프리쉬가 이번에는 시간 혹은 '순간' 속에서 또 다른 자기 읽기를 시도한 〈몬타우크〉는 이 점에서 역설적으로 문학이 문제적 개인을 끊임없이 묘사해야 한다는 것을 더욱 분명하게 말해 주고 있다.

5.

프리쉬의 최초의 포괄적인 자전적 텍스트인 이 소설은 한 개인의 삶에 대한 연대기적 회고가 아니라 짜 맞추어야 할 퍼즐 게임과도 같은 단편적인 윤곽이다. 하지만 정교하게 고안된 스케치 형식을 통해 다른 수많은 회상소설들보다 더 풍부하고 감동적으로 다가온다. 1975년 1월 우베 욘존은 초고를 읽고 난 뒤 프리쉬에게 보낸 편지에서 이 책은 '자기 자신의 삶에서 문학을 수단으로 하나의 예술작품을 생산해 내는 것'에 성공했다고 썼다. 문학비평계 역시 긍정적으로 반응했다. 마르셀 라이히 라니츠키 같은 평론가는 〈몬타우크〉가 여러 관점에서 그때까지 사람들이 프리쉬에 대해 알고 있던 모든 것을 뛰어넘는 것이라고 인정하기도 했다. "이것은 그의 가장 내밀하고 다감한 책, 그의 가장 겸손하고 어쩌면 가장 대담한 책, 그의 가장 소박하고 어쩌면 바로 그 때문에 가장 독창적인 책이다."

작가 연보

1911 건축가이자 부동산업자인 아버지 프란츠 브루노 프리쉬와 어머니 카롤리나 베티나 프리쉬 사이에서 5월 15일 스위스 취리히에서 출생.

1924-30 취리히 공립 실과 김나지움 졸업. 양친이 재정적인 어려움을 겪음.

1931-33 취리히 대학에서 독어독문학 전공.

1932 부친 사망. 학업 중단. 자유기고가로 활동. 주로 일간지 《취리히신문*NZZ*》, 《취리히화보*Züricher Illustrierten*》에 기고.

1933 발칸 지역과 프라하, 부다페스트, 이스탄불, 그리스 여행.

1934 최초의 소설 《위르크 라인하르트. 어느 여름의 운명적인 여행*Jürg Reinhart. Eine sommerliche Schicksalfahrt*》을 독일 안슈탈트 출판사(슈투트가르트)에서 출판.

1935 최초의 독일 여행을 통해 나치의 인종 이데올로기를 목도.

1936-41 취리히 국립공과대학ETH에서 건축학 전공.

1937 소설 《정적靜寂에서 들려온 대답*Antwort aus der Stille. Eine Erzählung aus den Bergen*》을 같은 출판사에서 출판. 글쓰기를 포기하기로 결정하고 그동안 쓴 원고를 불태워 버림.

1938 취리히 시 콘라트 페르디난트 마이어 상 수상.

1939-45 전쟁 발발과 함께 포병으로 입대. 이 기간 동안 총 650일간 소집되어 복무.

1940 《빵 주머니 속의 원고*Blätter aus dem Brotsack*》를 취리히 아틀란티스 출판사에서 출판. 복무 중 휴가기간 동안 건축기사 학위 취득.

1941 건축가 둔켈 교수 밑에서 건축기사로 취직. 콘스탄체 폰 마이엔부르크와 함께 형을 위한 단독주택을 설계.

1942 취리히 레치그라벤의 옥외풀장 건립 공모전에서 82 대 1의 경쟁률을 뚫고 일등상 수상(1947-49년 건축). 취리히에 건축사무소 개설. 게르트루트 안나 콘스탄체 폰 마이엔부르크와 결혼.

1943 소설 《어려운 사람들*J'adore ce qui me brûle oder Die Schwierigen*》을 스위스 아틀란티스 출판사에서 출판.

1945 소설 《빈 혹은 북경 여행*Bin oder Die Reise nach Peking*》 출판. 희곡 〈이제 그들은 다시 노래한다Nun singen sie wieder〉를 취리히 샤우슈필하우스 극장에서 초연. 에밀 벨티 재단의 희곡상 수상.

1946 이탈리아와 독일 여행. 1944년 8-9월에 완성한 희곡 〈산타 크루즈Santa Cruz〉를 3월에, 〈만리장성Die Chinesische Mauer〉을 10월에 같은 극장에서 초연.

1947 1946년과 1947년에 쓴 일기를 《마리온과의 일기*Tagebuch mit Marion*》라는 제목으로 출간. 출판인 페터 주어캄프, 작가 베르톨트 브레히트와의 만남. 이후 주어캄프 출판사

에서 저작 출간.

1948 르코르뷔지에, 피카소, 칼 바르트, 프랑수아 봉디 등이 참석한 평화를 위한 세계지식인대회 참석차 프라하, 베를린, 바르샤바, 브레슬라우 여행.

1949 빈과 베를린 여행. 희곡 〈전쟁이 끝났을 때Als der Krieg zu Ende war〉 초연.

1950 《일기 1946-1949*Tagebuch 1946-1949*》가 주어캄프 출판사에서 출간. 스페인 여행.

1951 희곡 〈외덜란트 백작Graf Öderland〉을 2월에 취리히 샤우슈필하우스에서 초연. 록펠러 재단 지원으로 미국(뉴욕, 시카고, 샌프란시스코, 로스앤젤레스)과 멕시코에서 1년간 체류.

1953 바이에른 라디오 방송국에서 방송극 〈비더만 씨와 방화범들Herr Biedermann und die Brandstifter〉, 〈립반윙클Rip van Winkle〉을 방송. 희곡 〈돈 후안 혹은 기하학에 대한 사랑Don Juan oder Die Liebe zur Geometrie〉을 샤우슈필하우스에서 초연. 건축협회에서 〈쿰 그라노 살리스Cum grano salis〉라는 제목으로 강연. 현대 도시건축 상황에 대한 공개적인 비판 시작.

1954 장편소설 《슈틸러*Stiller*》 출판. 건축사무소를 그만두고 자유문필가 생활 시작. 아내와 별거. 이후 취리히 멘네도르프 거주.

1955 L. 부르크하르트, 마르쿠스 쿠터와 함께 자료집 〈주목하

라 스위스 인들이여Achtung : Die Schweiz!〉를 발간해 새로운 도시건축을 제안. 〈문외한과 건축가들Der Laie und die Architektur〉이라는 방송극으로 독일 헤센 라디오 방송국의 슐로이스너 실러 상 수상. 브라운슈바이크 시 빌헬름 라베 상 수상. 동업자인 트로쉬에게 건축설계사무소 매각.

1956 콜로라도 아스펜에서 열린 국제디자인 회의에 참석, '왜 우리는 우리가 필요로 하는 도시를 가질 수 없는가Why don't we have the cities we need?'라는 제목으로 강연. 미국, 멕시코, 쿠바 여행.

1957 장편소설 《호모 파버*Homo faber*》 출판. 그리스와 아랍권 나라들을 여행. 스위스 로잔 시 샤를 비용 상 수상.

1958 잉게보르크 바흐만과 교제. 첫 번째 부인과 이혼. 로마로 이주. 희곡 〈비더만과 방화범들Biedermann und die Brandstifter〉을 취리히 샤우슈필하우스에서 초연. 다름슈타트 시 독일언어문학아카데미의 게오르크 뷔히너 상 수상. 취리히 시 문학상 수상.

1961 11월 희곡 〈안도라Andorra〉를 취리히 샤우슈필하우스에서 초연.

1962 독일 신문 《디 벨트*Die Welt*》 출판부와 편집인 선정 젊은 작가상 수상. 뒤셀도르프 시 예술대상 수상. 독일 노르트라인 베스트팔렌주의 젊은 예술가 지원상 수상. 마르부르크 대학 명예박사학위 수여.

1964 소설 《내 이름은 간텐바인이라 한다*Mein Name sei Gantenbein*》 출판. 포드 재단의 지원금 수상, 베를린 체류.

1965 예루살렘 시 맨스 프리덤 상 수상차 이스라엘 여행. 독일 바덴뷔르템베르크 주 실러 기념상 수상. 스위스 테신의 온세르노네 계곡의 베르조나로 이주.

1966 《취리히 경유*Zürich-Transit*》 출간. 첫 번째 구소련(모스크바, 레닌그라드, 오데사) 여행. 폴란드 여행. 스위스 외사청에서 '외국인 범람Überfremdung'을 테마로 강연.

1967 희곡 〈전기Biografie〉 초연. 프라하의 구체코슬로바키아작가연맹 초청으로 참석.

1968 두 번째 구소련 여행. 마리안네 욀러스와 결혼.

1969 《극작론*Dramaturgisches*》 출판. 일본 여행.

1970 미국 여행. 백악관을 방문해 대통령 안전보장 보좌역 헨리 키신저 면담. 스위스작가연맹 탈퇴.

1971 《중고등학생을 위한 빌헬름 텔*Wilhelm für die Schule*》 출판. 미국 체류. 뉴욕 콜롬비아 대학 강연.

1972 《일기 1966-1971*Tagebuch 1966-1971*》 출간. 미국 체류.

1974 《복무일지*Dienstbüchlein*》 출간. 스위스 실러 재단의 실러대상 수상. 미국문예아카데미 및 국립문예원 명예회원이 됨.

1975 장편소설 《몬타우크*Montauk*》 출판. 독일 수상 헬무트 슈미트의 공식수행원 자격으로 중국 여행.

1976 한스 마이어와 발터 슈미츠 편집으로 시대순으로 정리한

프리쉬 전집 출간. 독일서적인연합회의 평화상 수상.

1977 함부르크에서 열린 사민당 전당대회에서 '우리에게 민주적 공공은 있는가Haben wir eine demokratische Öffentlichkeit?'라는 제목으로 연설.

1979 희곡 〈세 폭짜리 성화Triptychon〉를 스위스 로잔에서 초연. 소설 《인간은 충적기에 출현한다*Der Mensch erschint im Holozän*》 출판. 마리안네 욀러스와 이혼.

1981 주어캄프 출판사의 지크프리트 운셀트를 위해 주택 설계. 취리히 국립 공과대학에 막스 프리쉬 문헌 보관소 개소.

1982 소설 《블라우바르트*Blaubart*》 출간. 뉴욕시립대학 명예 박사학위 취득.

1983 《막스 프리쉬—당대의 요청들*Max Frisch : For-derungen des Tages. Porträts, Skizzen, Reden 1943-1982*》이 발터 슈미츠 편집으로 출간.

1984 취리히 시에 거주. 소설 《블라우바르트》가 감독 크리스토프 자누시Krystof Zanussi에 의해 영화화됨.

1986 필립 필로드 감독에 의해 《노년의 대화*Gespräche im Alter*》 촬영. 오클라호마 대학 노이슈타트 국제문학상 수상. 상금으로 받은 2만 5천 달러를 니카라과의 한 학교 건축을 위해 기부.

1987 미하일 고르바초프 초청으로 모스크바에서 열린 '핵무기 없는 세계와 인류 생존을 위한 국제평화포럼' 참석.

1989 〈군대 없는 스위스? 결론 없는 대화Schweiz ohne Armee? Ein Pallaver〉가 연출가 벤노 베송에 의해 각색되어 〈요나스와 그의 노병 할아버지Jonas und sein Veteran〉라는 제목으로 취리히 샤우슈필하우스 극장에서 초연. 뒤셀도르프 시 하인리히 하이네 상 수상.

1990 프리쉬의 문학적 혹은 비문학적 형식의 대사회적 발언을 수록한 《고향으로서의 스위스?*Schweiz als Heimat? Versuche ber 50 Jahre*》가 주어캄프 출판사를 통해 단행본으로 출간.

1991 4월 4일 취리히 자택에서 사망.

역자 후기

원문 해독의 문제를 제외하고도 번역은 두 가지 점에서 어려웠다. 하나는 원작의 문체를 살리면서도 읽기 편한 우리말을 구사하는 것이었다. 다른 하나는 일인칭과 삼인칭, 대목에 따라서는 일인칭과 이인칭이 복합적으로 사용되는 독특한 서술 위치의 교차 때문이었다. 거기에 비한다면 현재형과 과거형, 관찰과 사색을 원작 그대로 드러내는 것은 오히려 쉬운 일이었다. 이 책을 맨 처음 긍정적으로 평가했던 평론가 라이히 라니츠키는 이 책의 문체에 대해 다음과 같이 극찬한 바 있다. "그〔프리쉬〕는 결코 이보다 더 간결하고 더 말을 아끼면서, 동시에 더 정확하고 더 함축적으로 쓴 적이 없다. 결코 지금보다 더 시각적으로 그리고 더 자극적으로 쓴 적이 없었다." 하지만 이 문체를 살리기 위해 간결해지면 질수록 우리말은 더욱 서투른 문장으로 변해 버렸다. 특히 관찰과 묘사를 드러내기 위해 대개 현재형으로 일관한 내러티브는 우리말의 리듬을 살리기 힘들게 만들었다. 그렇지만 시제가 회상과 현재를 가로지르는 작품의 본질적인 부분이기 때문에 리듬을 위해 그것을 임의적으로 희생시킬 수는 없었다. 또 관찰자의 시점에서 '그'와 '그녀'를 명백히 구분해야만 하게 되어 있어서 '그' 혹은 '그녀' 같은 주어가 반드시 필요했고, 비록 상황 속에서 명백하게 드러난 경우엔 가능한 한 생략하려 했지만 그래도 어색한 우리말이 되어 버렸다. 거기다 언어가 어떤 것을 표현하기보다는 오히려 감추는 것이라고 보고, 더 중요한 메시지는 행간 혹은 여백에 있다고 말하는 프리쉬의 언어관, 그리고 그에 따른 문장의 생략과 비약은 어려움을 가중시켰다.

물론 이런 것이 졸역의 변명이 되지는 않을 것이다. 번역을 마친 후 역자로서는 개인적인 한계를 인식했고, '간결하고 함축적이며 동시에 시각적이며 자극적인' 우리말로 이루어진 또 다른 프리쉬의 〈몬타우크〉 번역을 기대할 뿐이다. 다만 역자로서 원작의 의도를 살리기 위해 가능한 한 모든 기표를 독자적인 의미가 있는 것으로 보고 그대로 수용했다. 다시 말해 여백, 표제어의 위치, 원작에서 일반적인 서술과 구별되는 대문자 표기 등은 가능한 한 있는 그대로 재현했다. 곳에 따라서 십여 쪽에 걸쳐 하나로 이루어져 있는(W에 대한 회상 부분) 문단 역시 원작과 똑같이 배열했다.

이 소설 속 이야기의 주 무대인 몬타우크는 미국의 한 지역이며 주인공 두 사람이 사용하는 공용어는 영어이다. 프리쉬는 마치 이러한 사실을 끊임없이 환기하려는 듯 영어 구문을 본문에 섞어 놓고 있는데, 그가 작품 안에서 "외국어로 대화해야 할 때 말하고자 하는 것에 대해 더 또렷한 생각에 이르고 스스로를 객관적으로 볼 수 있게 한다"라고 쓸 때, 우리는 그와 관련된 작가의 의도를 꽤 명확히 감지할 수 있다. 그리고 바로 이런 점에서, 작품에 사용된 영어가 독일어권 독자들에게 외국어이듯이 우리 독자들에게도 역시 외국어 그대로 제시되어야 한다고 생각하여 영어를 그대로 노출시켰다.

그 밖에 텍스트에는 개인의 자전적인 부분이 많기 때문에 수많은 인명과 지명, 작품명이 등장한다. 잘 알려진 이름들도 있고 독문학을 전공한 사람 정도만 알 수 있는 이름도 있다. 역자는 이 부분에 최소한의 주석을 붙이는 것으로 한정했다. 어느 정도는 작가 연보와 작품 해설을 통해 밝혀지기도 하지만, 이 책이 추구하는 것이 설명과 이해가 아니라 한 개인의 경험에 대한 포괄적인 느낌이라고 생각했기 때문이다. 이 때문에 독서에 큰 장애가 되지는 않을 것이라 생각한다.

역자가 생각한 이런 것 외에도 의식하지 못한 많은 잘못들이 있으리라 생각된다. 언제라도 지적을 해 주시기를 바랄 뿐이다. 그리고 이후에 또 다른 역자에 의해 번역이 시도되어 역자의 오류가 수정되고, 가능한 한 원작의 모든 것이 그대로 살아날 수 있기를 고대한다. 번역 저본으로는 Max Frisch, *Montauk. Eine Erzählung*(Frankfurt am Main : Suhrkamp, 1975)를 사용했다. 끝으로 이 책을 번역할 수 있는 계기를 마련해 주고 독려해 주신 고려대학교 독어독문학과 김재혁 교수님과 기꺼이 출판을 맡아 준 고려대학교출판부에 깊이 감사드린다.

2006년 여름
역자

서양문학의 향기 · 8

몬타우크

지은이 | 막스 프리쉬
옮긴이 | 이정린

초판 발행 | 2006년 7월 20일
초판 1쇄 | 2006년 7월 20일

펴낸곳 | 고려대학교출판부
www.kupress.com
kupress@korea.ac.kr

등록 | 1962년 1월 17일 제6-19호
주소 | 136-701 서울특별시 성북구 안암동
전화 | 3290-4230, 4232
팩스 | 923-6311

찍은곳 | 한국컴퓨터인쇄정보

값 10,000원

ISBN 89-7641-568-X 04850
89-7641-475-6 (세트)